Barron stopfte seine letzten Habseligkeiten in einen Duffelbag, zog die Schnüre zu und sagte dann zu niemandem im Besonderen: »Das wär's also, und zum Teufel mit ihnen allen.«

Er richtete sich auf und warf einen letzten Blick auf die ordentliche, enge Welt einer Raumhafen-Unterkunft. Ursprünglich als Materiallager gedacht, war sie das erste terranische Gebäude auf Darkover in der Zone, die später die Handelsstadt werden sollte. Sein Zimmer glich einer Raumschiffkabine. Es war eng, strahlend sauber und voll gestopft, die Möbel waren funktional und fast alle eingebaut. Ein professioneller Raumfahrer hätte sich hier wohl gefühlt. Die Leute vom Bodenpersonal taten es nicht; sie neigten zu Klaustrophobie.

Barron hatte sich ebenso oft beschwert wie alle anderen, hatte geltend gemacht, das Zimmer möge eine anständige Unterkunft für zwei Mäuse sein, falls eine von ihnen strenge Diät halte. Aber jetzt, da er es verließ, spürte er einen merkwürdigen Schmerz, der beinahe wie Heimweh war. Er hatte fünf Jahre hier gewohnt.

Fünf Jahre! Ich hatte nie vor, so lange auf einem Planeten hängen zu bleiben!

Er warf sich den Duffelbag über die Schulter und schloss die Tür seines Zimmers zum letzten Mal.

Der Korridor war so funktional wie die Wohnräume; Hinweistafeln und Karten pflasterten die Wände bis zur Augenhöhe eines großen Mannes. Barron schritt dahin, ohne die vertrauten Anschläge zu sehen. Doch er warf einen kurzen, bitteren Blick auf das schwarze Brett, das seinen Namen in Rot auf der gefürchteten Verweisliste trug. Er hatte fünf Verweise – sieben genügten, um einen für immer aus dem Raumdienst zu entfernen.

Kein Wunder, dachte er. *Ich bin nicht ungerecht behandelt worden; tatsächlich hat man bei mir noch durch die Finger gesehen. Es war pures Glück und nicht mein Verdienst, dass der Kreuzer und das Vermessungsschiff nicht abstürzten und den verdammten Raumhafen von Darkover wegpusteten und die halbe Handelsstadt dazu!* Er presste die Lippen zusammen. Da machte er sich Gedanken über Verweise wie ein Schuljunge – und dabei ging es nicht nur um das. Viele Leute im Terranischen Raumdienst leisteten ihre ganzen zwanzig Jahre ohne Verweis ab – und er hatte sich in einer einzigen Katastrophennacht gleich fünf eingefangen.

Obwohl es nicht seine Schuld war.

War es doch, verdammt noch mal. Wem sonst könnte ich die Schuld geben? Ich hätte mich krankmelden sollen.

Aber ich war nicht krank!

Auf der Verweisliste hieß es: Grobe Pflichtverletzung, ernste Gefahr, dass ein landendes Raumfahrzeug verunglückte. Man hatte ihn buchstäblich im Dienst schlafend angetroffen. *Aber verdammt, auch geschlafen habe ich nicht!*

Ist es ein Tagtraum gewesen?

Ich möchte nicht versuchen, ihnen das zu erzählen. Wie soll ich ihnen klarmachen, dass ich in einem Augenblick, da ich mich mit jedem Nerv und Muskel auf die allein wichtigen Kontrollschirme hätte konzentrieren müssen – anderswo war! Man ertappte mich in einem tiefen Traum, überwältigt von Farben, Bildern, Geräuschen, Gerüchen, Blitzen leuchtender Klarheit. Da stemmte ich mich unter einem tiefpurpurnen Himmel gegen einen eisigen Wind, über mir glänzte eine rote Sonne – die darkovanische Sonne –, die Sonne, die die Terraner die Blutige Sonne nennen. Auf diese Weise hatte ich sie noch nie gesehen, durch eine breite Wand aus Kristallglas in

Regenbogenfarben zerlegt. Ich hörte meine eigenen Stiefel auf eishartem Stein widerhallen. Mein Puls schlug mit Hass, und ich spürte den Adrenalinstoß in meinem Blut. Ich fiel in Laufschritt. Hass und Blutdurst überfluteten mich. Vor mir erhob sich etwas – Mann, Frau, Tier –, ich erkannte es nicht, es war mir auch gleich – und ich hörte mein Fauchen, während eine Peitsche niedersauste und irgendwer schrie ...

Dann löste sich die Vision in das albtraumhafte Geheul des Alarms auf, der in allen Räumen losbrüllenden Sirenen, Hupen und Klingeln. Überall flammten die ABSTURZ-Lichter auf, und meine Reflexe gewannen die Oberhand. Nie hatte ich mich so schnell bewegt. Aber es war zu spät. Ich hatte den falschen Knopf gedrückt, und durch diese entscheidende Acht-Sekunden-Spanne entstand im Kontrollturm ein Chaos. Ein mittleres Wunder und der junge Kapitän des Vermessungsschiffs, der nach dem Sitz seiner Hosen navigierte – er bekam drei Orden dafür –, retteten den Raumhafen vor einer dieser Katastrophen, die Menschen – was an Menschen übrig geblieben ist – noch zwanzig Jahre später kreischend aus Albträumen hochschrecken lässt.

Seitdem hatte niemand ein Wort an Barron verschwendet. Sein Name auf der Verweisliste hatte ihn zum Paria gemacht. Er war angewiesen worden, sein Zimmer bis 2700 dieses Abends zu verlassen und sich zur Versetzung auf einen neuen Posten zu melden, doch niemand machte sich die Mühe, ihm zu sagen, wohin er geschickt werden sollte. So einfach war das – fünf Jahre auf dem Raumhafen von Darkover und siebzehn im Dienst waren ausgelöscht. Barron fühlte sich eigentlich nicht schlecht behandelt. Im Terranischen Raumdienst war kein Platz für einen Fehler dieser Art.

Der Korridor mündete in einen Bogengang. Eine Tafel, die Barron ignorierte, nachdem er sie jahrelang jeden Tag gesehen hatte, verkündete, dass er sich jetzt im Abschnitt Koordination befand. Im Gegensatz zu den Unterkünften war dies Gebäude aus darkovanischem Stein errichtet, durchscheinend und weiß wie Alabaster, und besaß riesige Glasfenster. Barron sah die flammenden blauen Lichter des Raumhafens, die Umrisse der Bodenfahrzeuge und gelandeten Schiffe und weit hinter den Lichtern blassen, grünlichen Mondschein. Es war eine halbe Stunde vor Sonnenaufgang. Er wünschte, er hätte unterwegs haltgemacht und gefrühstückt; dann war er froh, dass er es nicht getan hatte. Barron war nicht dünnhäutig, aber die Art, wie die Leute in der Cafeteria ihn ignorierten, hätte jedem den Appetit verdorben. In den letzten zwei Tagen hatte er überhaupt nicht viel gegessen.

Manchmal, wenn er die Standardverpflegung satt hatte, war er in die Altstadt hinübergeschlüpft, den darkovanischen Teil der Handelsstadt. Nicht wenige Restaurants dort bedienten Raumfahrer und Touristen, die der »exotischen Delikatessen« wegen kamen. Aber ihm war nicht nach einem Versuch zu Mute gewesen, an den Wachposten vorbeizukommen. Sie hätten ihn womöglich angehalten. Vielleicht hätten sie geglaubt, er wolle vor einem Gerichtsverfahren fliehen. Er stand nicht offiziell unter Arrest, aber sein Name war Dreck.

Barron ließ den Duffelbag vor dem engen Aufzugschacht stehen, trat ein und drückte den obersten Knopf. Die Kabine stieg hinauf und setzte ihn auf dem Flur vor dem Kontrollraum ab. Er senkte den Kopf, ging daran vorbei, ohne einen Blick hineinzuwerfen, und steuerte das Büro des Koordinators im Penthouse an.

Und dann stand er ohne Vorwarnung auf einer hoch gelegenen Brustwehr. Ein eisiger Wind traf ihn, so stark, dass seine Haut sich schmerzend zusammenzog und seine Kleider flatterten. Unter ihm schrien und stöhnten und starben Männer beim Klirren von Stahl auf Stahl, und irgendwo fielen Steine mit gewaltigem Knirschen und Poltern wie das Ende der Welt. Barron konnte nicht sehen. Er drückte sich eng an die Mauer. Mit glühenden Zähnen biss der Frost nach seinen steifen Fingern. Er kämpfte gegen die Übelkeit an, die ihm in die Kehle stieg. *So viele Männer. So viele Tote, und alle sind sie meine Leute und meine Freunde ...*

Er ließ den Stein los. Seine Finger waren so verkrampft, dass er sie mit der anderen Hand lösen musste. Er raffte die wehenden Kleider um sich und empfand einen Augenblick lang unangemessenes körperliches Wohlbehagen an dem dicken Pelz um seine kalten Hände. Schnell tasteten sich seine Füße durch die vollständige Dunkelheit. Er bewegte sich wie in einem Traum; er wusste, wohin er ging, aber nicht, warum; seine Füße kannten den Weg. Sie schritten von Kopfsteinpflaster über einen hölzernen Parkettboden bis zu dicken Teppichen, dann eine lange Treppe hinunter und eine andere hinauf – weiter und weiter weg, bis die fernen Geräusche der Schlacht und der einstürzenden Mauern gedämpft wurden und dann ganz erstarben. Die Kehle war ihm eng, und er schluchzte im Gehen. In einem niedrigen Bogengang zog er automatisch den Kopf vor einer Decke ein, die er nie gesehen hatte und nie sehen würde. Ein kühler Luftzug traf ihn. Er tastete in der Dunkelheit nach etwas, das sich wie ein loser Kapuzenmantel von federiger Beschaffenheit anfühlte, steckte seinen Kopf durch die Halsöffnung und zog das Gewand hinunter.

Er sank zurück und schien sich im gleichen Augenblick zu erheben, hochzusteigen und auf Vogelschwingen hinauszuschweben. Die Dunkelheit lichtete sich plötzlich und verschwand. Er nahm die Helligkeit nicht mit seinen blinden Augen, sondern durch die Haut seines Körpers wahr, und er spürte kaltes, rötliches Licht und frostige Wolken. Gewichtlos, von dem Federkleid getragen, flog er hinaus und orientierte sich an dem plötzlichen Leuchten des Sonnenaufgangs.

Er gewöhnte sich schnell an das Federkleid, und auf einem Flügel balancierend *(es ist lange her, dass ich das gewagt habe!)* blickte er nach unten.

Die Farben waren seltsam, flach, die Umrisse verzerrt und konkav; er sah sie nicht mit den normalen Augen eines Sterblichen. Weit unten drängten sich in der Nähe eines Außenwerks Männer in derber, dunkler Kleidung um einen mit Häuten bedeckten primitiven Turm. Pfeile flogen, Männer schrien; einer fiel mit einem langen Verzweiflungsschrei von der Mauer und verschwand außer Sicht. Barron schlug die Schwingen, wollte hinabtauchen und ...

Er stand auf einem festen Fußboden und wischte sich den Schweiß des Entsetzens vom Gesicht.

Er war hier. Er war Dan Barron. Er flog nicht, bis auf ein paar Federn körperlos, über eine unheimlich kippende Landschaft gegen eine beißende Luftströmung. Er betrachtete seine Finger und steckte einen in den Mund. Er fühlte sich taub, erstarrt an. *Der Stein war kalt.*

Es war wieder geschehen.

Es war so real, *so verdammt real.* Immer noch hatte er eine Gänsehaut, und er wischte sich die Augen, die immer noch von dem eisigen Wind tränten. *Großer Gott,* dachte er und schüttelte sich. Hatte ihm jemand Halluzinogene eingeflößt? Warum sollte das irgendwer tun? Er hatte keine Feinde, soviel er wusste. Er hatte keine wirklichen Freunde – er war nicht der Typ, der auf einem fremden Vorposten Freundschaften schloss –, aber Feinde hatte er auch nicht. Er tat seine Arbeit und kümmerte sich um seine eigenen Angelegenheiten, und er kannte niemanden, der ihn um seine wenigen Besitztümer oder um seine schwere und etwas unterbezahlte Arbeit beneidete. Es gab nur die Erklärung, dass er verrückt war, psychotisch, ausgeflippt, seine Landebasis verloren hatte. Ihm fiel ein, dass er in diesem unheimlichen Traum, dieser Besessenheit oder Halluzination Darkovanisch gesprochen und gedacht hatte – das stark akzentuierte Berg-Darkovanisch, das er verstand, aber bis auf ein paar Wörter, die notwendig waren, um in der Handelsstadt eine Mahlzeit zu bestellen oder irgendeinen Firlefanz zu kaufen, nicht sprechen konnte. Von neuem schüttelte er sich und wischte sich das Gesicht ab. Seine Füße hatten ihn bis auf ein paar Schritte an das Büro des Koordinators herangetragen. Jetzt blieb er stehen und bemühte sich, wieder zu Atem zu kommen und sich zu orientieren.

Es war das fünfte Mal gewesen.

Bei den ersten drei Malen hatte er an ungewöhnlich lebhafte Tagträume geglaubt, aus Langeweile und Katerstimmung geboren und aus Eindrücken seiner seltenen, aber farbigen Ausflüge in die Altstadt zusammengesetzt. Zwar erwachte er schaudernd vor der Realität der Furcht und des Hasses, von denen er in diesen Tagträumen besessen war, doch dann hatte er die Erinnerung verbannt und nicht darüber nachgedacht. Das vierte Mal – das vierte Mal war die Beinahe-Katastrophe auf dem Raumhafen gewesen. Barron besaß nicht viel Phantasie. Als mögliche Erklärungen fand er nichts anderes als einen Nervenzusammenbruch oder dass ein Mensch, der einen Groll auf ihn hegte, ihm einen bösen Streich gespielt und ein Halluzinogen eingeflößt habe. Er war nicht so paranoid, dass er glaubte, jemand habe Ziele wie seine schimpfliche Abberufung oder gar eine Raumhafen-Katastrophe angestrebt. Barron war verwirrt, ein bisschen verängstigt und ein bisschen zornig, aber sich nicht sicher, ob der Zorn sein eigener oder Teil des merkwürdigen Traums war.

Ewig konnte er hier nicht stehen bleiben. Er wartete noch eine Minute, straffte dann seine Schultern und klopfte an die

Tür des Koordinators. Ein grünes Licht blinkte HEREIN, und er gehorchte.

Mallinson, Koordinator der Raumhafen-Aktivitäten in der Terranischen Zone von Darkover, war ein stämmiger Mann, der zu jeder Tages- oder Nachtstunde aussah, als pflege er in seiner Uniform zu schlafen. Er machte einen phantasielosen und nüchternen Eindruck. Jeder Gedanke, den Barron gehabt haben mochte, seinem Vorgesetzten seine Erlebnisse zu enthüllen, starb unausgesprochen. Immerhin sah Mallinson ihm gerade ins Gesicht, und seit fünf Tagen war er der erste Mensch, der das tat.

Ohne Vorrede sagte er: »Na schön, was, zum Teufel, war los? Ich habe mir Ihr Dossier geben lassen; Sie gelten als ein verdammt guter Mann. Meiner Erfahrung nach bringt ein Mann es nicht erst zu einer ausgezeichneten Beurteilung und verdirbt sich dann alles auf eine *solche* Weise. Der Mann, der irgendwann einmal einen großen Fehler begehen wird, beginnt mit dutzenden von kleinen, und wir haben Zeit, ihn von seinem Posten abzuziehen, bevor er etwas wirklich Schlimmes anstellt. Waren Sie krank? Nicht dass das eine Entschuldigung wäre – wenn Sie krank waren, hätten Sie es melden und eine Ablösung verlangen müssen. Wir nahmen an, Sie hätten einen Herzanfall bekommen und seien tot – nichts anderes, so glaubten wir, hätte Sie so außer Gefecht setzen können.«

Barron dachte an den Kontrollraum und die Bildschirmreihen, die den gesamten Start- und Landeverkehr dieses Raumhafens zeigten. Mallinson ließ ihm keine Zeit zu antworten. »Sie trinken nicht, Sie nehmen keine Drogen. Wussten Sie, dass es die meisten Männer nur etwa acht Monate im Kontrollturm aushalten? Dann schlägt sich die Verantwortung bei ihnen in Albträumen nieder; sie fangen an, kleine Fehler zu machen, und wir lösen sie ab und versetzen sie. Als Ihnen niemals auch nur der geringste Irrtum passierte, hätten wir merken müssen, dass Sie einfach nicht Verstand genug hatten – die kleinen Irrtümer sind die Hilfeschreie des Gehirns: ›Das wird mir zu viel, holt mich hier heraus.‹ Bei Ihnen geschah es nicht, aber wir hätten Sie auf jeden Fall entlasten sollen. Darum sind Sie nicht mit sieben Verweisen hinausgeworfen, darum ist Ihnen kein Schadenersatz von einer Million Credit aufgebrummt worden. Wir haben Sie fünf Jahre lang an den Kontrollschirmen gelassen, und wir hätten wissen müssen, dass wir damit eine Katastrophe herausforderten.«

Barron war klar, dass Mallinson keine Antwort erwartete. Leute, die Fehler dieses Kalibers begingen, konnten nie erklären, warum. Wenn sie gewusst hätten, warum, hätten sie sich ja davor in Acht genommen.

»Mit Ihrem Dossier könnten wir Sie an den Rand versetzen, Barron, aber es gibt hier eine Möglichkeit. Wie ich hörte, sprechen Sie Darkovanisch?«

»Die Sprache der Handelsstadt. Die andere verstehe ich, kann mich aber nur mühsam darin ausdrücken.«

»Trotzdem. Vermessung und Erkundung ist Ihnen ein Begriff?« Barron zuckte zusammen. Es war ein Schiff von V & E gewesen, das vor fünf Tagen beinahe abgestürzt wäre, und er dachte zuerst, Mallinson spiele darauf an. Ein Blick in das Gesicht des Koordinators überzeugte ihn jedoch, dass dieser nicht sticheln wollte, sondern nichts als eine Information verlangte. Barron erklärte: »Ich habe ein oder zwei Bücher über Xenokartografie gelesen – mehr nicht.«

»Linsenschleifen?«

»Die Grundlagen. Die meisten Jungen bauen irgendwann einmal ein kleines Fernrohr, ich auch.«

»Das reicht vollauf. Ich brauche keinen Experten.« Mallinson lächelte grimmig. »Davon haben wir viele, aber die Darkovaner würden sie nicht akzeptieren. Und nun, wie viel wissen Sie über die darkovanische Kultur im Allgemeinen?«

Barron fragte sich, wohin all das führen sollte. »Lektion zwei, drei und vier des Orientierungskurses vor fünf Jahren. Nicht dass ich sie besonders gebraucht hätte, da ich auf dem Hafen arbeitete.«

»Na gut, Sie werden wissen, dass die Darkovaner nie viel Wert auf die einfachen technischen Erzeugnisse gelegt haben – Fernrohre, Mikroskope und dergleichen. Die wissenschaftlichen Bestrebungen, die wir bei ihnen vermuten, gehen in andere Richtungen, und darüber weiß auch ich nicht viel; das tut niemand außer ein paar Anthropologen und Soziologen. Tatsache bleibt: Wir – und damit meine ich das Amt für Terranische Angelegenheiten – erhalten manchmal von Einzelpersonen Bitten um kleine technische Hilfen. Nicht von der Regierung – falls es irgendeine Regierung auf Darkover gibt, was ich persönlich bezweifeln möchte –, aber das gehört nicht zum Thema. Irgendwer da draußen, die Einzelheiten kenne ich nicht genau, ist zu dem Schluss gekommen, bei der Feuerwache und der Bekämpfung von Waldbränden sei es praktisch, Fernrohre zur Hand zu haben. Irgendwie sickerte der Gedanke durch die entsprechenden Kanäle und geriet bis zum Ältestenrat in der Handelsstadt. Wir boten an, ihnen Fernrohre zu verkaufen. O nein, antworteten sie höflich, ihnen sei es lieber, wenn jemand ihren Leuten zeige, wie man die Linsen schleift, und den Zusammenbau, die Aufstellung und Benutzung der Geräte überwache. Das ist keine Angelegenheit, bei der wir einfach eine Notiz an die Personalabteilung schicken und die geeignete Person feststellen lassen können. Aber da sind Sie, zurzeit ohne Arbeit, und in Ihren Unterlagen ist Linsenschleifen als Hobby aufgeführt. Sie fangen heute an.«

Barrons Gesicht verfinsterte sich. Das war eine Aufgabe für einen Anthropologen, einen Verbindungsmann, einen Spezialisten für Darkovanisch oder – *Feuerwache! Zum Teufel, das ist ein Job für einen Schuljungen!* Steif sagte er: »Sir, darf ich Sie daran erinnern, dass das außerhalb meines Berufs und meines Spezialgebiets liegt? Ich habe keine Erfahrung darin. Ich bin Raumhafenlotse und Fachmann für ...«

»Seit fünf Tagen nicht mehr«, fiel Mallinson brutal ein. »Hören Sie, Barron, auf Ihrem Fachgebiet sind Sie erledigt; das wissen Sie. Wir wollen Sie nicht in Unehren entlassen – nicht ohne eine Ahnung davon zu haben, was mit Ihnen passiert ist. Und Ihr Vertrag läuft noch zwei Jahre. Wir möchten Sie auf einen für Sie geeigneten Posten stellen.«

Es gab nichts, was Barron dazu hätte sagen können. Wer seinen Vertrag brach, verlor sein Bankguthaben und den freien Flug zurück zu seinem Heimatplaneten. Das konnte bedeuten, dass man auf einer fremden Welt festsaß und die Bezahlung für ein ganzes Jahr verlor. Theoretisch stand ihm das Recht zu, gegen eine Verwendung auf einem Arbeitsgebiet außerhalb seines Berufs Einspruch zu erheben. Aber ebenso hatte man theoretisch das Recht, ihn mit sieben Verweisen zu entlassen, ihn auf die schwarze Liste zu setzen, Schadenersatz von ihm zu verlangen und ihn wegen grober Fahrlässigkeit zu verklagen. Er erhielt eine Chance, aus all dem herauszukommen – nicht heil, aber auch nicht für immer erledigt.

»Wann fange ich an?«, fragte er. Es war die einzige Frage, die ihm übrig blieb.

Aber er hörte die Antwort nicht. Während er forschend in Mallinsons Gesicht blickte, wurde es plötzlich undeutlich.

Er stand auf weichem Gras; es war Nacht, doch es war nicht dunkel. Rings um ihn flammte und brüllte ein großes Feuer, das mit lodernden Fühlern weit über seinen Kopf hinaufzüngelte. Und inmitten der Flammen stand eine Frau.

Eine Frau?

Sie war beinahe unmenschlich groß und schlank, aber mädchenhaft. Sie badete in den Flammen, als stehe sie sorglos unter einem Wasserfall. Sie brannte nicht, sie litt keine

Schmerzen. Sie lächelte fröhlich. Die Hände hielt sie über den nackten Brüsten gekreuzt; die Flammen leckten um ihr Gesicht und ihr feuerfarbenes Haar. Und dann verschwamm das mädchenhafte, vergnügte Gesicht und nahm die überirdische Schönheit einer großen Göttin an, die endlos im Feuer brannte, gebunden mit goldenen Ketten ...

»... und das können Sie alles unten bei der Personal- und Transportabteilung erledigen«, schloss Mallinson energisch und schob seinen Stuhl zurück. »Geht es Ihnen nicht gut, Barron? Sie sehen ein bisschen erschöpft aus. Ich wette, Sie haben nicht gegessen und nicht geschlafen. Sollten Sie nicht einen Arzt aufsuchen, bevor Sie gehen? Ihre Karte gilt immer noch für Abschnitt 7. Es wird alles wieder in Ordnung kommen, aber je eher Sie abreisen, desto besser. Viel Glück.« Doch er reichte ihm nicht die Hand, und Barron wusste, dass überhaupt nichts in Ordnung war.

Beim Verlassen des Büros stolperte er über seine eigenen Füße. Das Gesicht der brennenden Frau in seiner unmenschlichen Ekstase, das Entsetzen und die Überwältigung gingen mit ihm.

Er dachte: *Was in aller Welt – in jeder Welt – ist mit mir geschehen?*

Und im Namen aller Götter der Erde, des Raums und Darkovers – warum?

2

Die Bresche im Außenwerk wurde repariert.

Brynat Narbengesicht war hinausgegangen, um nachzusehen, stand nun auf der inneren Brustwehr und überwachte die Arbeiten. Es war ein kalter Morgen; Nebel floss den Berg herauf. Die Männer bewegten sich träge in der Kälte. Kleine, dunkle Männer aus den Bergen, die meisten von ihnen zerlumpt und noch von der Schlacht gezeichnet, kämpften gegen den rauen Boden und den kalten Stein. Angetrieben wurden sie durch Zurufe und einen gelegentlichen Hieb mit einer der Peitschen, die Brynats Männer in Händen hielten.

Brynat war ein hoch gewachsener Mann. Über seine zerfetzten Prachtgewänder hatte er einen Pelzmantel geworfen, ein Beutestück aus der Burg. Eine große, wellige Narbe lief ihm vom Auge zum Kinn und gab seinem Gesicht, das nie anziehend gewesen war, das wölfische Aussehen eines wilden Tieres in menschlicher Kleidung. Auf den Fersen folgte ihm sein Schwertträger, ein Männchen mit Fledermausohren, niedergebeugt von dem Gewicht der Waffe. Als Brynat sich ihm zuwandte, zuckte er zusammen. Er erwartete einen Schlag oder Fluch, aber Brynat war an diesem Morgen in bester Laune.

»Dummköpfe sind wir, Mann – wir verbringen Tage damit, diese Mauer niederzureißen, und was tun wir dann als Erstes? Wir bauen sie wieder auf!«

Das fledermausohrige Männchen gab ein nervöses, untertäniges Lachen von sich, doch Brynat hatte seine Existenz schon wieder vergessen. Den Pelz um sich ziehend, schritt er an den Rand der Brustwehr und blickte auf die zerstörte Mauer und die Burg nieder.

Burg Storn stand auf einer von Abgründen und Klippen verteidigten Höhe. Brynat wusste, er durfte sich gratulieren. Taktik und Ingenieurkunst hatten die Mauern niedergebrochen und Männer zum Sturm auf die inneren Befestigungen eingelassen. Burg Storn war in alter Zeit als uneinnehmbar gebaut worden, und uneinnehmbar war sie durch sieben Generationen von Aldarans, Aillards, Darriels und Storns geblieben.

Als sie noch stolze Lords der Comyn beherbergt hatte – die alten, mächtigen, über Psi-Gaben verfügenden Lords der Sieben Domänen von Darkover –, war sie bis ans Ende der Welt bekannt gewesen. Dann war die gerade Linie ausgestorben, Außenseiter hatten in die Überreste der Familien eingeheiratet, und schließlich waren die Storns von Storn hergekommen. Sie waren friedliche Herren gewesen, die nicht vorgaben, mehr zu sein, als sie waren – Adel der Wildnis, gerecht und ehrenhaft. Sie lebten in Frieden mit ihren Pächtern und Nachbarn und beschränkten sich auf den Handel mit den edlen Jagdfalken der Berge und schönen Metallgegenständen, geschmiedet von dem Stamm, der Erz aus den dunklen Klippen grub und an seinem Feuer bearbeitete. Die Storns waren reich und auf ihre eigene Weise auch mächtig gewesen, wenn mächtig bedeutete, dass die Menschen dem Wort eines Storn von Storn gehorchten, aber sie gehorchten lächelnd statt zitternd. Mit den anderen Bergbewohnern hatten die Burgherren wenig Kontakt und noch weniger mit den Lords der weiter entfernten Berge. Sie lebten ruhig und glücklich.

Und jetzt waren sie gefallen.

Brynat lachte selbstzufrieden. In ihrer stolzen Isolierung war es den Storns nicht einmal möglich gewesen, um Hilfe zu ihren fernen adligen Nachbarn zu schicken. Mit einiger Klugheit konnte Brynat sich hier festgesetzt haben, lange bevor die Nachricht sich in den Hellers und den Hyaden verbreitete,

Burg Storn habe einen neuen Lord. Und würde es sie kümmern, dass dort nicht länger ein Storn von Storn herrschte, sondern Brynat von den Höhen? Er glaubte es nicht.

Ein kalter Wind war aufgekommen, und die rote Sonne wurde von eilenden Wolken verdeckt. Die Männer, die sich mit den niedergestürzten Steinen abmühten, bewegten sich jetzt schneller, um sich in dem beißenden Wind warm zu halten. Ein paar Schneeflocken begannen zu fallen. Brynat gab Fledermausohr mit einem nachlässigen Schulterzucken ein Zeichen, und ohne sich umzusehen, ob das Männchen ihm folgte – aber wehe ihm, wenn er es nicht getan hätte! –, schritt er ins Innere der Burg.

Drinnen, fern von Zuschauern, ließ er das stolze Grinsen des Triumphes von seinem Gesicht gleiten. Es war kein Sieg auf der ganzen Linie gewesen, obwohl seine Gefolgsleute, die sich an der reichen Beute ergötzten, es dafür hielten. Brynat saß auf Storns Hochsitz, aber der Sieg entschlüpfte ihm.

Schnell stieg er eine Treppe hinunter, bis er an eine mit Samt gepolsterte und mit einem Vorhang gezierte Tür kam. Zwei seiner Söldner lümmelten sich hier auf bequemen Kissen. Ein leerer Weinschlauch zeigte, wie sie sich während ihrer Wache die Zeit vertrieben. Beim Klang von Brynats schweren Schritten sprangen sie auf. Der eine kicherte mit der Vertraulichkeit eines alten Gefolgsmannes.

»Ha, ha! Zwei Mädchen sind besser als eins – he, Lord?«

Bei Brynats finsterem Blick meldete der andere hurtig: »Heute Morgen kein Weinen und Jammern von dem Mädchen mehr. Sie ist still, und wir sind nicht eingetreten.«

Es war unter Brynats Würde, eine Antwort zu geben. Er bewegte herrisch die Hand, und die Söldner rissen die Tür auf.

Als die Angeln quietschten, sprang eine kleine, blau gekleidete Gestalt auf und fuhr zu ihm herum, dass ihr die langen roten Zöpfe um die Schultern flogen. Das Gesicht war einmal von pikanter Schönheit gewesen; jetzt war es verschwollen und blau geschlagen, ein Auge hatte sich unter einem Hieb halb geschlossen, aber das andere loderte in unstillbarem Zorn.

»Du Sohn einer Wölfin«, sagte sie leise, »keinen Schritt weiter – ich warne dich!«

Brynat schaukelte lässig auf seinen Fersen zurück, den Mund zu einem wölfischen Lächeln verzogen. Er stemmte die Hände in die Hüften und musterte das Mädchen in Blau, ohne zu sprechen. Er sah die weißen, bebenden Hände, bemerkte jedoch, dass die geschwollenen Lippen nicht zitterten und ihr Blick sich nicht senkte. Dem zollte er in seinem Inneren ein anerkennendes Lachen. Hier konnte er echten Triumph finden.

»Was, immer noch nicht versöhnt mit meiner Gastlichkeit, Lady? Habe ich Euch mit Wort oder Tat beleidigt, oder macht Ihr mir die Grobheit meiner Männer zum Vorwurf?«

Ihr Mund war fest. »Wo ist mein Bruder? Und wo meine Schwester?«

»Nun«, antwortete er schleppend, »Eure Schwester nimmt Abend für Abend an meinen Festmählern teil. Ich bin gekommen, um Euch zu bitten, meiner Gemahlin heute Vormittag aufzuwarten; wie ich glaube, sehnt sie sich nach einem vertrauten Gesicht. Aber, Lady Melitta, Ihr seid blass. Ihr habt das gute Essen, das ich Euch schickte, nicht angerührt!« Er machte eine tiefe, burleske Verbeugung, drehte sich um und ergriff ein Tablett, das mit Wein und feinen Speisen beladen war. Lächelnd bot er es ihr dar. »Seht, ich komme in eigener Person, um Euch zu dienen ...«

Das Mädchen machte einen Schritt vorwärts, packte das Tablett, ergriff einen gebratenen Vogel bei einem Bein und schleuderte ihn Brynat ins Gesicht.

Brynat fluchte, trat zurück, wischte sich das Fett vom

Kinn – und brach in schallendes Gelächter aus. »Zandrus Höllen! *Damisela,* ich hätte Euch nehmen sollen, nicht das wimmernde, winselnde Geschöpf, das ich gewählt habe!«

Sie atmete schwer und sah ihn trotzig an. »Ich hätte Euch vorher umgebracht.«

»Ich zweifle nicht daran, dass Ihr es versucht hättet! Wäret Ihr ein Mann, vielleicht wäre die Burg nie gefallen – aber Ihr tragt Röcke statt Hosen, die Burg liegt in Trümmern, meine Männer und ich sind hier, und alle Schmiede in Zandrus Werkstätten können ein zerbrochenes Ei nicht wieder flicken. Deshalb rate ich Euch gut, kleine Herrin: Wascht Euer Gesicht, zieht Eure schönen Kleider an und wartet Eurer Schwester auf, die immer noch Lady von Storn ist. Wenn Ihr vernünftig seid, werdet Ihr ihr zureden, sich in ihr Schicksal zu fügen, und ihr beide sollt Kleider und Schmuck und alles haben, was Frauen schätzen.«

»Von Euch?«

»Von wem sonst?«, lachte er mit einem Zucken der Schultern und öffnete die Tür.

»Lady Melitta darf in der Burg kommen und gehen, wie sie will«, sagte er zu den Wachen. »Aber hört gut zu, Mistress – die Außenwerke, die Brustwehren und die Verliese sind Euch verboten, und ich gebe meinen Männern die Erlaubnis – merkt Euch das! –, Euch mit Gewalt zurückzuhalten, solltet Ihr versuchen, Euch diesen Orten zu nähern.«

Sie wollte ihm eine Beschimpfung entgegenschleudern und hielt inne, sichtlich mit dem Gedanken spielend, was selbst begrenzte Freiheit bedeuten konnte. Endlich wandte sie sich wortlos ab. Brynat schloss die Tür und ging.

Vielleicht war dies der erste Schritt zu seinem zweiten Sieg. Im Gegensatz zu seinen Männern wusste er, dass die Einnahme von Burg Storn nur der erste Sieg war – und leer ohne die zweite Eroberung. Er schluckte einen neuen Fluch hinunter, kehrte dem Zimmer, in dem das Mädchen gefangen saß, den Rücken und schritt weiter. Höher und höher stieg er in den alten Turm hinauf. Hier gab es keine Fenster. Schmale Schlitze ließen nicht das rote Tageslicht ein, sondern ein gespenstisches blaues Flackern, das wie in Ketten gelegte Blitze war. Ein kalter Schauer überlief ihn.

Gegenüber alltäglichen Gefahren war er furchtlos. Aber dies war die alte darkovanische Magie. Allein schon die Sagen darüber schützten Orte wie Burg Storn noch lange, nachdem die anderen Verteidigungen gefallen waren. Brynat fasste das Amulett um seinen Hals mit plötzlich kraftlosen Fingern. Er hatte sich gesagt, bei der Zauberei handle es sich nur um Theater, hatte seine Söldner angefeuert, die Burg zu stürmen, und gesiegt. Er hatte auf Burg Storn gezecht und über die alten Geschichten gelacht. Ihre Magie hatte die Burg nicht gerettet, oder? Das war doch nur ein Schauspiel, mit dem man Kinder ängstigte, nicht gefährlicher als die Nordlichter.

Er ging durch das geisterhafte Flackern, durch einen bleichen Bogen aus durchscheinendem Stein. Zwei seiner verrohten, brutalen Männer, die härtesten, die er für diese Aufgabe hatte gewinnen können, saßen hier auf einem geschnitzten Sofa. Er stellte fest, dass sie weder spielten noch tranken und dass sie ihre Augen von dem zweiten Bogen abgewendet hielten, wo ein Vorhang aus blauem Licht wie eine Fontäne zwischen den Steinen spielte. In ihren Gesichtern zeigte sich beim Anblick ihres Hauptmanns nackte Erleichterung.

»Irgendeine Veränderung?«

»Keine, Lord. Der Mann ist tot – tot wie Durramans Esel.«

»Wenn ich das nur glauben könnte«, murmelte Brynat mit zusammengebissenen Zähnen und marschierte kühn durch den Vorhang aus blauen Flammen.

Er hatte ihn schon einmal durchschritten, und das war seine mutigste Tat gewesen – wenig erschien es dagegen, dass er den letzten Wachtturm ganz allein genommen hatte. Er wusste, seine Männer betrachteten ihn dafür mit ehrfürchtiger Scheu; er jedoch hatte nicht allein vor den Flammen Angst. So etwas hatte er jenseits der Berge schon gesehen; es war unheimlich, aber harmlos. Mit Widerwillen empfand und ertrug er das lektrische Prickeln, bei dem sich die Haare auf Kopf und Unterarmen sträubten. Den Rücken gegen die aufquellende animalische Angst straffend, ging er hindurch.

Das blaue Licht erstarb. Er stand in einer dunklen Kammer, die ein paar blasse Wachskerzen in feststehenden Kohlenpfannen beleuchteten. Weiche Vorhänge aus gewebtem Pelz umgaben ein einziges niedriges Ruhebett, auf dem ein Mann bewegungslos lag.

Die stille Gestalt schien in der Dunkelheit leicht zu glühen. Es war ein schlanker, zarter Mann. Helles Haar strömte um eine hohe Stirn und tief eingesunkene Augen. Obwohl er noch jung war, hatte er ein ernstes, strenges Gesicht. Er trug eine Jacke und eine einfache Hose aus gewebter Seide, keinen Pelz und keinen Schmuck, nur einen einzigen sternförmigen Stein, der ihm wie ein Amulett um den Hals hing. Seine Hände wirkten weiß, weich und nutzlos – die Hände eines Schreibers oder Priesters, Hände, die nie ein Schwert gehalten hatten. Die Füße waren bloß und weich; kein Atem hob die Brust. Brynat blickte auf den schwächlichen Mann nieder und empfand die alte frustrierte Wut. Storn von Storn lag hilflos da – und trotzdem außerhalb von Brynats Reichweite.

Brynats Gedanken stoben zurück zu der Stunde, als die Burg gefallen war. Die Diener und Soldaten hatte man ergriffen und überwältigt. Vertrauenswürdige Männer waren ausgeschickt worden, die Damen zu binden, ohne sie zu verletzen. Den jüngeren Storn, nicht mehr als ein Junge und aus vielen Wunden blutend, hatte Brynat mit widerwilliger Bewunderung verschont – ein Junge, um diese Burg allein zu verteidigen? Er wurde ins Verlies gesperrt, aber Brynats eigener Feldscher hatte seine Wunden versorgt. Storn von Storn war Brynats eigentliche Beute.

Seine Männer wussten es nicht. Sie hatten nur die Schätze eines reichen Hauses gesehen, die Vorteile, eine Festung zu besitzen, wo sie sicher sein würden. Aber Brynat jagte ein edleres Wild: die Talismane und Kräfte der alten Storns. Mit Storn von Storn in seinen Händen, einem Storn reinen Blutes, konnte er sie benutzen – und Storn, so hatte er gehört, war ein schwacher, kränklicher, unkriegerischer Mann – blind geboren. Deshalb hatte er in Zurückgezogenheit gelebt und die Verwaltung seines Besitzes den jüngeren Geschwistern überlassen. Die beiden Mädchen und den Jungen hatte Brynat; *jetzt galt es dem schwachen Lord!*

Er war durch unheimliche Lichter und magische Feuervorhänge in die Privaträume des Lords von Storn vorgedrungen – und fand ihn entflohen, nicht aus seiner Trance zu wecken.

Und so hatte Storn tagelang gelegen. Jetzt beugte sich Brynat krank vor Wut über das Ruhebett. Keine Muskelbewegung, kein Atemzug verriet, dass der Mann lebte.

»Storn!«, brüllte er. Seine Stimme hätte sogar Tote wecken müssen.

Kein Haar regte sich. Brynat hätte ebenso gut in den Wind um die Brustwehr schreien können. Er knirschte mit den Zähnen und zog den Dolch aus seinem Gürtel. Wenn er den Mann nicht benutzen konnte, besaß er doch wenigstens die Macht, ihn vom verzauberten Schlaf in den Tod zu schicken. Er hob das Messer und stieß es nach unten.

Das Messer drehte sich in der Luft, es wand sich, glühte blau und ging vom Heft bis zur Spitze in weiß lodernden Flammen auf. Brynat heulte auf vor Qual, tanzte umher und schüttelte die verbrannte Hand, an der das glühende Messer mit teuflischer Kraft festklebte. Die beiden Söldner stolperten zitternd, die Haare zu Berge stehend, durch den elektrischen Vorhang.

»Ihr ... Ihr habt uns gerufen, *Vai Dom?*«

Wild schleuderte Brynat das Messer auf sie. Es löste sich und flog. Einer der beiden wollte es auffangen, schrie und schüttelte es ab. Immer noch zischend und brutzelnd, blieb es auf dem Fußboden liegen. Mit leiser Stimme einen wilden Strom von Flüchen ausstoßend, verließ Brynat die Kammer. Die Söldner folgten ihm, die Augen aufgerissen vor Entsetzen, die Gesichter wie Tiermasken.

In marmornem Frieden, weit außerhalb ihrer Gewalt in unerforschlichen Reichen, schlief Storn weiter.

Tief unter ihm hatte Melitta Storn ihr verletztes Gesicht gebadet. Vor ihrem Toilettentisch sitzend, verbarg sie die schlimmsten Male mit Kosmetika. Sie kämmte und flocht ihr Haar, nahm ein sauberes Kleid aus dem Schrank und legte es an. Einen plötzlichen Anfall von Übelkeit niederringend, trank sie reichlich von dem Wein auf dem Tablett. Sie zögerte einen Augenblick, nahm dann den gebratenen Vogel vom Fußboden auf, wischte ihn ab, zerriss ihn geschickt mit den Händen und aß das meiste davon auf. Sie wünschte Brynats Gastfreundschaft nicht, aber halb ohnmächtig vor Hunger war sie sich selbst und ihren Leuten nicht von Nutzen. Nachdem sie Wein und Fleisch zu sich genommen hatte, kehrte nun wenigstens ein Teil ihrer körperlichen Kraft zurück. Ihr Spiegel sagte ihr, dass sie abgesehen von der geschwollenen Lippe und dem blauen Auge beinahe wie früher aussah.

Und doch konnte nichts mehr wie früher werden.

Erschauernd dachte sie daran, wie die Mauern mit einem Getöse, als nahe das Ende der Welt, zusammengebrochen waren. Männer drängten sich durch die Lücke. Ihr jüngster Bruder Edric, der blutende Wunden im Gesicht und am Bein hatte, war weiß wie ein Gespenst, nachdem man ihn von der letzten Verteidigung gerissen hatte. Ihre Schwester Allira floh vor Brynat, wie eine Wahnsinnige kreischend. Das Kreischen stieg auf zu einem Schmerzensschrei – und dann nichts mehr. Melitta war ihnen nachgelaufen, mit bloßen Händen hatte sie gekämpft und geschrien, geschrien, bis drei Männer sie ergriffen und sie, die wie eine gefesselte Henne zappelte, zu ihrem eigenen Zimmer trugen. Sie stießen sie grob hinein und verrammelten die Tür.

Melitta verbannte die sich aufdrängenden Gedanken. Sie hatte einige Freiheit, nun musste sie sie benützen. Sie griff nach einem warmen Umhang und verließ das Zimmer. Die Söldner an der Tür standen auf und folgten ihr in einem achtungsvollen, vorsichtigen Abstand von zehn Schritten.

Böser Ahnungen voll, ging sie durch die verlassenen Flure wie ein Geist in einem Spukhaus, unablässig verfolgt von den Schritten der fremden Kerle. Überall waren die Zeichen der Belagerung, der Zerstörung und Plünderung. Wandbehänge waren abgerissen, Möbel zerhackt und beschmutzt. Die große Halle trug Spuren von Feuer und Rauch. Melitta hörte Stimmen und schlich sich vorbei. Dort zechten Brynats Männer, und wenn er auch Befehl gegeben hatte, sie in Frieden zu lassen, würden Betrunkene sich daran halten?

Und wo ist Allira?

Brynat hatte den boshaften Witz gemacht – war es ein Witz gewesen? –, Allira als seine Gemahlin zu bezeichnen. Melitta war in den Bergen aufgewachsen; auch in dieser friedlichen Zeit hatte sie Geschichten von derartigen Raubüberfällen gehört: Burg geplündert, Männer getötet, Dame mit Gewalt zur Heirat gezwungen – falls eine Vergewaltigung eine Heirat genannt werden konnte, weil irgendein Priester anwesend war –, Bekanntmachung, der Räuber habe in die Familie eingeheiratet, und alles war friedlich – auf der Oberfläche. Es war ein schönes Thema für Sagas und Geschichten, aber Melitta erstarrte das Blut in den Adern bei dem Gedanken daran, dass ihre zarte Schwester sich in den Händen dieses Mannes befand.

Wohin hatte Brynat sie gebracht? Zweifellos in die königliche Suite, die ihre Vorfahren für die Hastur-Lords eingerichtet hatten, sollten diese Burg Storn jemals mit ihrem Besuch beehren. Diese Mischung aus Blasphemie und Eroberung würde Brynat zusagen. Mit rasendem Herzen rannte Melitta die Treppe hinauf. Sie wusste plötzlich, was sie dort finden würde.

Die königliche Suite war kaum vierhundert Jahre alt; der Teppichboden fühlte sich unter den Füßen neu an. Die Insignien der Hasturs waren über der Tür in Saphiren und Smaragden eingelegt, aber Hammer und Meißel hatten die Edelsteine aus der Wand gerissen und nur das beschädigte Mauerwerk zurückgelassen.

Melitta stürmte in den Raum wie ein Wirbelwind. Innere Überzeugung – das alte, selten benutzte, nur halb erinnerte *Wissen* in ihr, die Spur telepathischer Begabung, die sie von einem beinahe vergessenen Vorfahren geerbt hatte – zwang sie, hier nach ihrer Schwester zu suchen. Sie eilte durch die Räume. Die Verwüstungen sah sie kaum.

Im letzten Zimmer fand sie Allira. Das Mädchen kauerte auf einem Fenstersitz, den Kopf in den Armen, so verschüchtert und zitternd, dass sie nicht einmal den Blick hob, als Melitta hereinstürzte, sondern sich nur in ein noch kleineres Bündel aus zerrissenen Seidenstoffen zusammendrückte. Melitta legte ihr die Hand auf den Arm, und Allira fuhr mit einem schwachen Entsetzensschrei hoch.

»Hör auf damit, Allira. Ich bin es bloß.«

Allira Storns Gesicht war so verzerrt vom Weinen, dass es fast unkenntlich war. Sie warf sich ihrer Schwester in die

Arme, umklammerte sie und brach in einen Sturm von Schluchzen und Schreien aus.

Melitta drehte sich das Herz um vor Mitleid, doch sie fasste Allira fest mit beiden Händen, schob sie von sich und schüttelte sie heftig, bis ihr Kopf auf und nieder flog. »Lira, in Aldones Namen, hör mit dem Gejammer auf! Das wird dir nicht helfen – und auch Edric und Storn und unsern Leuten nicht! Solange ich hier bin, wollen wir nachdenken. Benutze das an Gehirn, was dir übrig geblieben ist!«

Aber Allira konnte nur keuchen: »Er ... er ... huh ... buh ... Brynat ...« Sie starrte ihre Schwester mit so benommenen, glasigen Augen an, dass Melitta sich entsetzt fragte, ob Allira durch Misshandlungen den Verstand verloren habe, wenn es nicht noch schlimmer war. Wenn ja, war sie fürchterlich allein und konnte ebenso gut gleich aufgeben.

Sie befreite sich, suchte und fand auf einer Anrichte eine halb leere Flasche mit *Firi*. Wasser oder sogar Wein wären ihr lieber gewesen, aber in dieser Notlage war alles recht. Sie schüttete Allira die Hälfte des Inhalts mitten ins Gesicht. Allira keuchte. Mit Augen, die von dem starken Alkohol brannten, blickte sie zu ihrer Schwester hoch. Zumindest für kurze Zeit war ihre Vernunft zurückgekehrt. Melitta fasste ihr Kinn, kippte die Flasche und zwang Allira ein halbes Glas des starken Schnapses in den Hals. Allira wehrte sich, schluckte, hustete, würgte, japste. Dann trat Zorn an die Stelle der Hysterie, und sie schlug Melittas Arm mit der Flasche zur Seite.

»Hast du den Verstand verloren, Meli?«

»Das wollte ich dich fragen, aber du warst nicht in der Verfassung, mir zu antworten«, entgegnete Melitta heftig. Dann wurde ihre Stimme sanfter. »Ich wollte dich nicht ängstigen oder dir weh tun, Liebes; ich weiß, davon hast du mehr als genug gehabt. Aber ich musste dafür sorgen, dass du mir zuhörst.«

»Mir geht es wieder gut – so gut, wie es mir überhaupt jemals wieder gehen kann«, verbesserte Allira sich bitter.

»Du brauchst es mir nicht zu erzählen«, sagte Melitta schnell. Sie zuckte vor dem zurück, was sie im Geist ihrer Schwester lesen konnte; ihrer beider Gedanken lagen offen voreinander da. »Aber – er kam und verspottete mich, nannte dich seine Gemahlin ...«

»Es hat sogar irgendein Mummenschanz mit einem seiner rot gekleideten Priester stattgefunden, und er setzte mich auf den Hochsitz an seine Seite«, bestätigte Allira, »das Messer nahe genug an meinen Rippen, dass ich nicht zu sprechen wagte ...«

»Und sonst hat er dir nichts zu Leide getan?«

»Er hat weder Messer noch Peitsche benutzt, falls es das ist, was du meinst.« Allira senkte die Augen. Vor dem anklagenden Schweigen ihrer jüngeren Schwester brach es aus ihr heraus: »Was hätte ich tun können? Edric wahrscheinlich tot – Zandru allein wusste, wo du warst – er hätte mich getötet!« Neues Schluchzen schüttelte sie. »Du hättest es ebenso gemacht!«

»Hattest du keinen Dolch?«, tobte Melitta.

»Er ... er hatte ihn mir weggenommen«, stammelte Allira weinend.

Melitta dachte: *Ich hätte ihn gegen mich gerichtet, bevor er mich in der Großen Halle zu seiner Marionette machen konnte.* Doch sie sprach die Worte nicht laut aus. Allira war immer ein zartes, sanftes Mädchen gewesen, das vor dem Schrei eines Falken erschrak, zu ängstlich, um ein anderes Pferd als den frömmsten Zelter zu reiten, so scheu und ihrer Heimat verbunden, dass sie weder an einen Liebhaber noch an einen Gatten dachte. Melitta meisterte ihren Zorn und zwang sich, freundlich zu sprechen. »Liebes, niemand macht dir einen Vorwurf. Unsere Leute wissen, wie es geschah, und sonst geht es niemanden etwas an. Und alle Schmiede Zandrus können ein zerbrochenes Ei oder die Jungfräulichkeit eines Mädchens nicht wieder flicken. Deshalb lass uns überlegen, was wir jetzt tun sollen.«

»Haben sie dir etwas getan, Meli?«

»Wenn du meinst, ob sie mich vergewaltigt haben, nein. Dies Narbengesicht, verflucht sei seine Mannheit, hatte keine Zeit für mich, und ich nehme an, er hielt mich für eine zu wertvolle Beute, als dass er mich gleich einem seiner Männer überlassen hätte – obwohl er das wahrscheinlich irgendwann tun wird, wenn wir es nicht verhindern.« Mit Grausen dachte sie an Brynats Bande aus Renegaten, Räubern und halbmenschlichen Wesen aus den tiefsten Hellers. Sie nahm Alliras Gedanken wahr, sogar der brutale Schutz des Räuberhauptmanns sei besser, als in die Gewalt dieses Abschaums zu geraten. Nun, sie durfte Lira nicht tadeln – hätte sie vor dieser Wahl gestanden, was hätte sie dann wohl getan? Nicht jeder gekochte Brei wird gegessen, und nicht alle tapferen Worte werden zu Taten. Trotzdem veranlasste sie ein Widerwille, den sie nicht ganz verbergen konnte, ihre Schwester loszulassen und trocken zu erklären: »Edric muss im Verlies sein, denn Brynat hat mir verboten, dorthin zu gehen. Aber ich glaube, ich würde es spüren, wenn er tot wäre. Du hast mehr Psi-Begabung als ich; nimm dich zusammen und versuche, seine Gedanken zu erreichen.«

»Und Storn!«, regte sich Allira von neuem auf. »Was hat er getan, um uns zu beschützen – da liegt er wie ein Stück Holz, in Sicherheit, von seiner eigenen Magie bewacht, und uns überlässt er *ihrer* Gnade!«

»Was hätte er sonst tun sollen?«, fragte Melitta vernünftig. »Er kann kein Schwert halten, er kann nicht sehen, um es zu führen. Wenigstens hat er dafür gesorgt, dass niemand im Stande ist, ihn als Marionette zu benutzen – wie dich.« Ihr

Blick, heftig und zornig, bohrte sich in den ihrer Schwester. »Hat er dir schon ein Kind gemacht?«

»Ich weiß es nicht – es könnte sein.«

»Du Dummkopf!«, wütete Melitta. »Begreifst du immer noch nicht, was er will? Wenn es ihm nur um ein williges Mädchen ginge, warum dann nicht eine – oder ein Dutzend – von den Dienerinnen? Hör zu. Ich habe einen Plan, aber du musst wenigstens ein paar Tage lang das bisschen Verstand anwenden, das dir die Götter gegeben haben. Wasch dein Gesicht, zieh dich ordentlich an, versuche, wie die Lady Storn auszusehen und nicht wie eine Trossdirne aus dem Hundezwinger! Brynat glaubt, er habe dich gezähmt und zu seiner Frau gemacht. Aber er ist ein Grobian, und du bist eine Lady. Du hast das Blut der Sieben Domänen; du kannst ihn überlisten, wenn du dir Mühe gibst. Versuche, Zeit zu gewinnen, Allira! Bekomme hysterische Anfälle, überlasse dich deiner Trauer, halte ihn mit Versprechungen hin – sag ihm schlimmstenfalls, dass du dich an dem Tag, an dem du dich schwanger weißt, von den Zinnen stürzen willst – und *überzeuge ihn davon!* Er wagt es nicht, dich zu töten, Allira; er braucht dich festlich gekleidet und geschmückt auf dem Hochsitz an seiner Seite, zumindest so lange, bis er sicher ist, dass kein Gefolgsmann oder Feind versuchen wird, ihn von seiner Höhe zu stürzen. Halte ihn ein paar Tage hin, nicht länger, und dann ...«

»Kannst du Storn aufwecken, damit er uns hilft?«, keuchte Allira.

»Bei allen Göttern, was bist du dumm! Nur Storns Trance macht uns sicher und gibt uns Zeit, Lira. Ist Storn wach und in Brynats Gewalt – dieser Teufelssohn würde Edric ein Messer in den Bauch stoßen, mich seinen Soldaten vorwerfen, damit sie ein paar Stunden Spaß haben, solange ich am Leben bleibe, und wer weiß, ob er dann überhaupt noch ein Kind von dir haben wollte! Nein, Lira, bete, dass Storn in Trance bleibt, bis ich mir einen Plan ausgedacht habe! Du tust dein Teil, indem du den Mut nicht verlierst, und ich tue meins.«

In Melittas Herz reifte ein kleiner, verzweifelter Plan. Sie wagte nicht, ihn Allira mitzuteilen. Sie konnten belauscht werden oder, wenn sie ihn in Worte fasste, mochte sich unter Brynats Bande irgendein halbmenschlicher Telepath befinden, der sich bei seinem Anführer in Gunst zu setzen suchte, indem er ihm Bericht erstattete. Aber ein Samenkorn der Hoffnung war in ihr aufgegangen.

»Komm, Allira, wir wollen dich anziehen, wie es sich für die Lady von Storn schickt, damit du diesem Rüpel Achtung einflößt«, sagte sie und bereitete sich darauf vor, Brynat gegenüberzutreten, ohne irgendetwas zu verraten.

3

Barron war, noch keine zwanzig, in den Dienst des Terranischen Imperiums getreten und hatte auf drei Planeten gearbeitet, bevor er nach Darkover kam. Er entdeckte an diesem Nachmittag, dass er Terra nie verlassen hatte. Das fand er heraus, indem er Terra zum ersten Mal verließ.

An dem ihm bezeichneten Ausgangstor der Terranischen Zone überprüfte ein gelangweilter junger Angestellter den Schein von der Abteilung Transport und Personal, nach dem Barron, Klasse zwei, als Verbindungsmann über die Zonengrenze entlassen wurde. Er bemerkte: »Sie sind also der Mann, der ins Gebirge will? Sie sollten Ihre Kleidung lieber wegwerfen und sich eine passende Ausrüstung für eine Reise auf diesem Planeten besorgen. Die Klamotten, die Sie anhaben, mögen für die Zone genügen, aber dahinten in den Bergen werden Sie erfrieren – oder vielleicht gelyncht werden. Hat man Ihnen das nicht gesagt?«

Man hatte ihm überhaupt nichts gesagt. Barron fragte sich verblüfft, ob von ihm erwartet werde, dass er sich als Eingeborener kleide. Er war ein Verbindungsmann des Terranischen Imperiums, kein Geheimagent. Aber der Angestellte war seit dem Unfall der Erste, der ihn wie ein menschliches Wesen behandelte, und dafür war er dankbar. »Ich dachte, ich solle als offizieller Vertreter gehen. Dann bekomme ich keinen Pass?«

Der junge Mann zuckte die Schultern. »Wer sollte ihn ausstellen? Sie müssten diese Welt nach fünf Jahren eigentlich besser kennen. Terraner, überhaupt Leute des Imperiums, sind außerhalb der Handelsstadt nicht beliebt. Oder haben Sie sich nicht die Mühe gemacht, Anweisung Nummer zwei zu lesen?«

»Nicht das Kleingedruckte.« Er wusste, dass Imperiumsleute mit sofortiger Deportation bestraft wurden, wenn sie ohne Erlaubnis irgendein Gebiet des Planeten außerhalb der Handelszonen betraten. Barron hatte nie den Wunsch dazu verspürt, und deshalb hatte er sich auch nie die Frage gestellt, warum das so war. Ein fremder Planet war ein fremder Planet – es gab tausende von ihnen –, und seine Arbeit war immer innerhalb der Zone gewesen.

Jetzt nicht mehr.

Der junge Mann war in gesprächiger Stimmung. »Fast alle Terraner von Vermessung und Erkundung oder den anderen Verbindungsjobs tragen darkovanische Kleidung. Sie ist wärmer, und man sammelt dann keine Menschenmenge um sich. Hat Ihnen das niemand gesagt?«

Barron schüttelte den Kopf. Er erinnerte den Angestellten nicht daran, dass ihm seit einigen Tagen niemand irgendetwas gesagt hatte. So oder so, er würde stur bleiben. Er tat seine Pflicht im Dienst des Imperiums – es war die ihm offiziell zugewiesene Aufgabe –, und er ließ sich von den Darkovanern nicht vorschreiben, wie er sich anziehen oder benehmen solle. Wenn den Darkovanern seine Kleidung nicht gefiel, konnten sie beginnen, Toleranz gegen fremde Sitten zu lernen. Das wurde von jedem Mann, der Arbeit für das Terranische Imperium annahm, als Erstes verlangt. Er war zufrieden mit seiner leichten, warmen synthetischen Jacke und Hose, seinen weichen, ausgeschnittenen Sandalen und seinem kurzen, gefütterten Mantel, der den Wind abhielt. Viele Darkovaner in der Handelsstadt hatten diese Kleidung übernommen; sie war bequem und unzerstörbar. Warum sie wechseln? Etwas steif erklärte er: »Es ist ja nicht so, als ob ich die Uniform der Raumpolizei trüge. Sicher, das wäre eine Verletzung des guten Geschmacks. Aber diese Sachen?«

Der Angestellte antwortete mit einem rätselhaften Schulterzucken. »Es ist Ihr Begräbnis«, sagte er. »Da, ich glaube, jetzt kommt Ihre Transportgelegenheit.«

Barron blickte die mit Kopfsteinen gepflasterte Straße hinunter, entdeckte jedoch keine Spur von einem sich nähernden Fahrzeug. Da war die übliche Schar von Müßiggängern, Frauen in dicken Umschlagtüchern gingen ihren Geschäften nach, und drei Männer führten Pferde. Er wollte schon fragen: »Wo?«, und merkte dann, dass die drei Männer, die gerade auf das Tor zugingen, *vier* Pferde führten.

Er schluckte schwer. Auf allgemeine Weise war ihm bekannt gewesen, dass die Darkovaner wenig Technik besaßen und keine motorisierten Fahrzeuge benutzten. Sie hatten verschiedene Pack- und Zugtiere, hiesige Verwandte des Büffels und der größeren Rotwildarten, und zum Reiten Pferde, wahrscheinlich von Tieren abstammend, die vor etwa hundert Jahren von Nova Terra importiert worden waren. Das ließ sich einsehen. Das darkovanische Terrain eignete sich nicht für Straßenbau in großem Umfang, die Bevölkerung hatte kein Interesse daran, und große Bergbau- und Fabrikunternehmen, die einen Oberflächentransport notwendig machen, gab es sowieso nicht. Barron, sicher innerhalb der Zone, hatte all dies bemerkt, und seine Reaktion war gewesen: »Na und?« Es hatte ihn wenig gekümmert, wie die Darkovaner lebten; das hatte nichts mit ihm zu tun. Seine Welt war der Kontrollturm: Raumschiffe, Fracht, Passagier-Transit – Darkover war ein wichtiger Knotenpunkt für den Langstrecken-Hyperflug, weil es so passend zwischen dem oberen und dem unteren Arm der Galaxis lag –, Vermessungsschiffe und dazu die verschiedenen Traktoren und Oberflächenfahrzeuge, die sie alle versorgten. Barron war auf den Wechsel vom Raumschiff zu Packtieren nicht vorbereitet.

Die drei Männer hielten an und ließen die Zügel der Pferde los, die gut trainiert waren und stillstanden. Der vorderste der drei, ein schlanker junger Mann in den Zwanzigern, fragte: »Sie sind der terranische Vertreter Daniel Firth Barron?« Er hatte einige Schwierigkeiten mit dem Namen.

»Z'par servu.« Die höfliche darkovanische Phrase, *zu Ihren Diensten,* entlockte dem jungen Mann ein schwaches Lächeln der Anerkennung. Er antwortete mit einer Redensart, die Barron nicht verstand, und ging dann wieder zu der Sprache der Handelsstadt über. »Ich bin Colryn. Das ist Lerrys und das Gwynn. Seid Ihr soweit? Könnt Ihr sofort aufbrechen? Wo ist Euer Gepäck?«

»Ich bin bereit, wenn Ihr es seid.« Barron zeigte auf den Duffelbag, der seine wenigen Besitztümer enthielt, und die große, aber leichte Kiste mit der benötigten Ausrüstung. »Der Beutel kann so viel herumgeworfen werden, wie Ihr wollt; es sind nur Kleider darin. Aber passt auf, dass Ihr die Kiste nicht fallen lasst; sie ist zerbrechlich.«

»Gwynn, kümmere du dich darum«, sagte Colryn. »Wir haben Packtiere außerhalb der Stadt stehen, aber für den Augenblick können wir das Gepäck mitnehmen. Es ist nicht leicht, Packtiere durch diese Straßen zu bringen, so eng, wie sie sind.«

Wie Barron merkte, warteten sie darauf, dass er aufstieg. Er hielt sich vor Augen, dass dieser Einsatz alles war, was zwischen ihm und dem Ruin stand, nur schien das im Augenblick nicht sehr wichtig zu sein. Zum ersten Mal in seinem Leben als Erwachsener wäre er gern weggelaufen. Er verkniff den Mund und erklärte sehr steif: »Ich sollte Euch warnen. Ich habe noch nie in meinem Leben auf einem Pferd gesessen.«

»Tut mir Leid«, antwortete Colryn. Seine Höflichkeit war fast übertrieben. »Es gibt keine andere Möglichkeit, dahin zu kommen, wohin wir wollen.«

Der Mann, der als Lerrys vorgestellt worden war, schwang Barrons Duffelbag auf seinen Sattel. »Ich nehme das hier, Sie werden dann genug Mühe mit Ihren Zügeln haben.« Sein Terranisch war wesentlich besser als das Colryns, es war völlig akzentfrei. »Sie werden das Reiten bald lernen, ich habe es auch gelernt. Colryn, zeig ihm doch, wie er aufsteigen muss! Und reite neben ihm, bis er nicht mehr so nervös ist.«

Nervös! Barron hätte ihn am liebsten angeschnauzt, er habe schon fremde Welten besucht, als dieser Junge sich noch mit seinem Spielzeug beschäftigte. Dann beruhigte er sich. *Zum Teufel, ich bin nervös, der Junge müsste blind sein, wenn er es nicht sähe.*

Bevor ihm klar wurde, wie es geschehen war, saß er im Sattel, seine Füße steckten in den hohen, verzierten Steigbügeln, und es ging langsam die Straße hinunter, weg von der Terranischen Zone. Er war zu verwirrt und zu sehr damit beschäftigt, das Gleichgewicht zu halten, um einen einzigen Blick darauf zurückzuwerfen.

Barron war noch nie zuvor mit Darkovanern auf Tuchfühlung gekommen. In den Restaurants und Läden der Handelsstadt waren es dunkle, gleichmütige Gesichter gewesen, die ihn bedienten, Fremde, weit genug entfernt, um ignoriert werden zu können. Nun war er für eine unbegrenzte Zeitspanne unter ihnen, und das mit nichts als ein paar ganz allgemeinen Hinweisen und sehr oberflächlichen Vorbereitungen.

So etwas hat es im Terranischen Imperium noch nie gegeben! Verdammt, man bekam nie Arbeit außerhalb seines Berufs zugewiesen, und wenn sie einen auf einem fremden Planeten tatsächlich hinausschickten, wurde man in allen Einzelheiten informiert und gründlich ausgebildet! Im Augenblick brauchte er alles an Konzentration, was er aufbringen konnte, um im Sattel zu bleiben.

Es dauerte fast eine Stunde, bis er anfing, sich zu entspannen, und das Gefühl nachließ, er werde gleich hinabfallen. Jetzt hatte er Zeit, sich seine drei Gefährten anzusehen.

Sie waren sämtlich jünger als er, soweit er es beurteilen konnte. Colryn war groß und schlaksig, aber zart gebaut, und sein Gesicht war schmal und fein mit einem Schatten von einem braunen, lockigen Bart. Seine Stimme klang sanft. Für einen so jungen Mann machte er einen ungewöhnlich sicheren Eindruck. Beim Reiten sprach und lachte er lebhaft. Lerrys war stämmig, sein Haar war fast rot genug für einen Terraner, und er konnte kaum älter als zwanzig sein. Gwynn, der dritte, dunkel und hoch gewachsen, war der älteste von den dreien. Abgesehen von einem Nicken und einer kurzen Begrüßung hatte er Barron keine Aufmerksamkeit geschenkt. Er benahm sich den jüngeren Männern gegenüber etwas zurückhaltend.

Die Männer trugen weite schwere Reithosen, die über hohe, tadellos sitzende Stiefel fielen, und geschnürte, jackenähnliche Hemden in satten dunklen Farben. Gwynn und Colryn waren mit dicken, pelzgefütterten Reitmänteln ausgerüstet und Lerrys mit einer kurzen losen Pelzjacke mit Kapuze. Alle drei hatten kurze Westen, Messer im Gürtel und kleinere Messer in Taschen am Stiefelschaft. Gwynn besaß dazu noch ein Schwert, obwohl es beim Reiten über die Kruppe seines Pferdes hin und her schwang. Ihre Haare waren unterhalb der Ohren glatt abgeschnitten. Barron entdeckte an ihnen eine Vielzahl von Amuletten und Schmuckstücken. Die jungen Männer wirkten wild, prächtig und barbarisch. Barron, der sich seines durch und durch zivilisierten Aussehens in Kleidung, Haartracht, Haltung und Benehmen bewusst war, fühlte sich merkwürdig eingeschüchtert. *Verdammt noch mal, auf so etwas war ich nicht vorbereitet!*

Sie ritten zuerst durch die kopfsteingepflasterten Straßen, zwischen den gedrängten Häusern und Märkten der Altstadt dahin, dann auf breiteren, glatteren Steinstraßen, vorbei an Häusern, die in Gärten zurückgesetzt waren, und fremdartigen hohen Türmen. Schließlich endete die Steinstraße auf zertrampeltem Gras, und die Reiter bogen zur Seite ab und auf eine lange, niedrige Einfriedung zu. Zäune und Tore aus Holz und Stein umgaben eine Art Hof mit rötlicher, festgetretener Erde, wo mehrere Dutzend seltsam gekleideter Männer sich mit unterschiedlichen Dingen beschäftigten: Sie be- und entluden Tiere, sattelten und striegelten sie, kochten über offenen Feuern oder Kohlenpfannen, wuschen und spritzten an einem hölzernen Trog und trugen Eimer mit Futter und Wasser zu den Tieren. Es war sehr kalt und sehr verwirrend, und Barron war froh, als sie endlich im Lee einer rauen Steinmauer ankamen, wo ihm erlaubt wurde, von seinem Pferd zu rutschen und es auf Colryns Nicken hin einem Mann in derber Kleidung zu übergeben, der es wegführte.

Zwischen Gwynn und Lerrys – Colryn blieb zurück, um für die Tiere zu sorgen – ging Barron zu einem Unterstand, dessen Dach und Wand vor dem Wind schützten. Lerrys sagte: »Ihr seid das Reiten nicht gewöhnt; ruht Euch doch aus, während wir Essen kochen. Und habt Ihr kein Reitzeug? Ich kann Euch Euren Beutel bringen – es wäre besser, wenn Ihr Euch jetzt umziehen würdet.«

Obwohl Barron wusste, dass der Junge freundlich sein wollte, reizte ihn das ständige Herumhacken auf diesem Thema. »Die Sachen, die ich bei mir habe, sind genau wie diese hier, tut mir Leid.«

»In dem Fall solltet Ihr lieber mit mir kommen.« Lerrys führte ihn wieder aus dem Unterstand hinaus und durch das entgegengesetzte Tor in dem langen Zaun. Köpfe drehten sich ihnen nach, als sie vorübergingen. Jemand rief etwas, und Männer lachten schallend. Barron vernahm wiederholt ein gemurmeltes *Terranan,* das keine Übersetzung erforderte. Lerrys drehte sich um und sagte bestimmt: »*Chaireth.*« Darauf folgte ein kurzes Schweigen und dann ein Durcheinander von leisen Worten und Gebrummel. Der rothaarige junge Mann winkte ihnen, und sie alle entfernten sich mit so etwas wie Ehrerbietung. Schließlich erreichten die beiden einen Markt oder Laden – hauptsächlich Tonkrüge und primitive Glaswaren. Eine Menge loser Kleidungsstücke lag über Körben und Fässern. Lerrys erklärte fest: »Ihr könnt in dem Zeug, das Ihr anhabt, nicht durch die Berge reiten. Es ist nicht meine Absicht, Euch zu beleidigen, aber es ist unmöglich.«

»Ich habe keinerlei Anweisungen erhalten ...«

»Hört zu, mein Freund ...« – Lerrys benutzte das darkovanische Wort *Com'ii* – »... Ihr habt keine Ahnung, wie kalt es im Freien wird, besonders oben in den Bergen. Eure Kleider mögen warm sein –«, er berührte den leichten synthetischen Stoff, »– aber nur für den Aufenthalt unter Dach und Fach. Die Hellers sind die Knochen der Erde. Eure Füße werden wund, wenn Ihr in diesen Dingern reitet, ganz zu schweigen von ...«

Barron, jetzt in schrecklicher Verlegenheit, musste tonlos eingestehen: »Ich kann es mir nicht leisten.«

Lerrys holte tief Atem. »Mein Pflegevater hat mir befohlen, alles zu besorgen, was für Ihr Wohlbefinden notwendig ist, Mr. Barron.« Barron wunderte sich über diese Form der Anrede. Die Darkovaner benutzten keine Titel, allerdings sprach Lerrys ein ausgezeichnetes Terranisch. Ob der junge Mann Dolmetscher von Beruf war? »Wer ist Euer Pflegevater?«

»Valdir Alton vom Comyn-Rat«, antwortete Lerrys kurz. Sogar Barron hatte von den Comyn gehört, der Kaste erblicher Herrscher, und es brachte ihn zum Schweigen. Wenn die Comyn etwas damit zu tun hatten und wollten, dass er darkovanische Kleidung trug, war es sinnlos, sich dem zu widersetzen.

Eine Weile wurde temperamentvoll gefeilscht. Barron hatte beträchtliche Kenntnisse in der darkovanischen Sprache, nicht weil sie ihn interessiert hatte, sondern weil er überhaupt rasch Sprachen erlernte, aber er bekam nur wenig mit. Dann sagte Lerrys: »Ich hoffe, das hier wird Euch gefallen. Ich dachte mir, Ihr würdet nicht gern auffallende Farben tragen; ich mag sie auch nicht.« Er reichte Barron einen Stapel von Kleidungsstücken, die meisten aus einem dunklen Stoff, der wie Leinen aussah, dazu eine dicke Pelzjacke, wie er selbst eine trug. »Ein Mantel ist einem beim Reiten lästig, falls man nicht damit aufgewachsen ist.« Es war auch ein Paar hoher Stiefel dabei.

»Probiert die Stiefel lieber an, ob sie passen«, schlug er vor.

Barron bückte sich und streifte seine Sandalen ab. Der Kleiderhändler kicherte und bemerkte etwas über Sandalen, worauf Lerrys grimmig feststellte: »Der *Chaireth* ist Lord Altons Gast!« Der Kaufmann schluckte, murmelte ein paar Entschuldigungen und verstummte. Die Stiefel saßen, als seien sie für ihn angefertigt worden, und obwohl sie sich an seinen Knöcheln und Waden merkwürdig anfühlten, musste Barron zugeben, dass sie bequem waren. Lerrys hob die Sandalen auf und steckte sie in Barrons Tasche. »Im Haus werdet Ihr sie wohl tragen können«, meinte er.

Barron wollte antworten, aber bevor die Worte seine Lippen erreichten, überkam ihn ein eigentümlicher Schwindel.

Er stand in einer großen Halle mit Gewölbedecke, die nur von ein paar flackernden Fackeln beleuchtet war. Von unten kam der Lärm Betrunkener, und er roch Feuer, bratendes Fleisch und einen beißenden Qualm, der ihn verwirrte und ihm Übelkeit verursachte. Er fasste nach einem Ring in der Wand und stellte fest, dass er nicht da war; die ganze Wand war nicht da. Er befand sich wieder in dem scharfen Wind und im wolkigen Sonnenlicht des eingezäunten Hofes. Sein Kleiderstapel war auf das Gras zu seinen Füßen gefallen. Der junge Lerrys starrte erschrocken und erstaunt zu ihm auf.

»Geht es Euch gut, Barron? Ihr saht ein bisschen – seltsam aus.«

Barron nickte. Froh, sein Gesicht verbergen zu können, bückte er sich und hob die Kleider auf. Es war ihm eine Erleichterung, als Lerrys ihn in dem Unterstand zurückließ und er auf den rauen Fußboden niedersinken und sich bebend an die Wand lehnen konnte.

Schon wieder! Wurde er verrückt? Wenn es an dem Stress seiner Arbeit gelegen hatte, hätte er jetzt, da man ihn aus dem Kontrollturm weggeholt hatte, aufhören müssen. Und doch war es diesmal, wenn auch kurz, lebhafter gewesen als vorher. Erschauernd schloss er die Augen und versuchte, nicht zu denken, bis Colryn am Rand der offenen Seite des Unterstandes auftauchte und ihn anrief.

Zwei oder drei Männer in derber, dunkler Kleidung bewegten sich um das Feuer; Colryn stellte sie nicht vor. Den Gesten von Gwynn und Lerrys folgend, schloss Barron sich ihnen an dem Trog an, wo sich die Männer wuschen. Es wurde dunkel, und der eisige Abendwind erhob sich, aber sie alle wuschen sich lange und gründlich. Barron zitterte unkontrollierbar und dachte mit einiger Sehnsucht an die darkovanische Pelzjacke. Doch als er an der Reihe war, wusch er sich Gesicht und Hände sorgfältiger, als er es normalerweise getan hätte. Sie sollten nicht denken, Terraner seien Ferkel – und auf jeden Fall war er vom Reiten schmutziger geworden, als wenn er Knöpfe drückte und Bildschirme beobachtete. Das Wasser war bitterkalt, und der Wind biss ihm ins Gesicht. Er bibberte.

Sie saßen, geschützt vor dem Wind, um das Feuer, und nachdem er eine kurze Formel gemurmelt hatte, reichte Gwynn das Essen herum. Barron nahm einen Teller entgegen, der mit irgendeinem süßen gekochten Korn, einem Klacks von einer scharfen Soße und einem großen Stück Fleisch gefüllt war. Eine kleine Schale enthielt ein bittersüßes Getränk, das ein bisschen an Schokolade erinnerte. Alles war gut, doch es fiel Barron schwer, mit dem zähen Fleisch fertig zu werden, das die anderen mit den Messern aus ihren Gürteln in papierdünne Streifen schnitten. Es war gesalzen und auf irgendeine Art getrocknet worden und fast wie Leder. Barron zog ein Päckchen Zigaretten aus der Tasche, zündete sich eine an und sog den Rauch dankbar in den Mund; er schmeckte köstlich.

Gwynn maß ihn mit finsteren Blicken und bemerkte leise zu Colryn: »Erst die Sandalen und jetzt das ...« Er sah Barron mit offener Unfreundlichkeit an und stellte eine Frage, von der Barron nur das ihm unbekannte Wort *Embredin* verstand.

Lerrys blickte von seinem Teller auf, sah Barrons Zigarette und schüttelte leicht den Kopf. Dann sagte er in ziemlich verweisendem Ton zu Gwynn wieder das Wort »*Chaireth*«. Er stand auf und ließ sich neben Barron nieder.

»Ich würde an Eurer Stelle nicht rauchen«, meinte er. »Ich weiß, es ist bei Euch Brauch, aber unter den Männern der Domänen ist es anstößig.«

»Was hat er gesagt?«

Lerrys errötete. »Er fragte, um es so einfach wie möglich auszudrücken, ob Ihr ein ... ein weibischer Mann seid. Teils waren es Eure verdammten Sandalen und teils – nun, wie ich sagte, hier rauchen Männer nicht. Das tun nur Frauen.«

Mit einer gereizten Geste drückte Barron seine Zigarette aus. Das entwickelte sich ja schlimmer, als er gedacht hatte! »Was bedeutet dies Wort, das Ihr benutztet – C*haireth?*«

»Fremder«, antwortete Lerrys. Barron fasste von neuem nach einem Stück Fleisch, und Lerrys sagte beinahe entschuldigend: »Ich hätte Euch mit einem Messer versorgen sollen.«

»Macht nichts«, wehrte Barron ab. »Ich wüsste doch nicht, wie ich es benutzen sollte.«

»Trotzdem ...«, begann Lerrys von neuem, aber Barron hörte ihn nicht. Das Feuer vor ihm glitt davon – oder vielmehr, es loderte auf, und inmitten der Flammen, groß, bläulich und glühend, sah er ...

Eine Frau.

Wieder eine Frau, die inmitten der Flammen stand. Barron glaubte, in dem Augenblick aufgeschrien zu haben, bevor die Gestalt sich veränderte, wuchs und von neuem zu dem großen, mit Ketten gefesselten Wesen wurde, königlich, brennend, ihre Schönheit in sein Herz und sein Gehirn einsengend. Barron ballte die Fäuste, bis ihm die Nägel in die Handflächen schnitten.

Die Erscheinung war verschwunden.

Lerrys, bleich und erschüttert, starrte ihn an. »Sharra«, keuchte er. »Sharra, die in goldenen Ketten ...«

Barron packte ihn. Er achtete nicht auf die Männer am Feuer, das von neuem das kleine Kochfeuer war, und stieß heiser hervor: »Du hast es gesehen? *Du* hast es gesehen?«

Lerrys nickte stumm. Sein Gesicht war so weiß, dass die kleinen Sommersprossen davon abstachen. Endlich brachte er heraus: »Ja, ich habe es gesehen. Was ich nicht verstehen kann, ist – wieso *du* es gesehen hast! Was, in Teufels Namen, bist du?«

Barron war so aufgewühlt, dass er kaum fähig war zu sprechen. »Ich weiß es nicht. Das passiert mir andauernd. Ich habe keine Ahnung, warum. Ich möchte wissen, warum du es auch sehen kannst.«

Lerrys zwang sich zur Ruhe. »Was du gesehen hast, ist – ein darkovanischer Archetypus, das Bild einer Göttin. Ich verstehe es nicht ganz. Ich weiß, dass viele Terraner telepathische Kräfte besitzen. Irgendwer muss diese Bilder aussenden, und irgendwie hast du die Gabe, sie zu empfangen. Ich ...« Er zögerte. »Ich muss mit meinem Pflegevater sprechen, bevor ich dir mehr erzähle.« Er schwieg eine Weile. Plötzlich fasste er einen Entschluss: »Sag mir, wie möchtest du genannt werden?«

»Dan genügt«, antwortete Barron.

»Also, Dan. Du wirst in den Bergen Schwierigkeiten bekommen; ich glaubte, es käme ein normaler Terraner, und wusste nicht ...« Er brach ab und biss sich auf die Lippe. »Ich habe ein Versprechen gegeben und darf es nicht einmal dafür brechen. Aber du wirst Schwierigkeiten bekommen, und du wirst einen Freund brauchen. Weißt du, warum dir niemand ein Messer geliehen hat?«

Barron schüttelte den Kopf. »Ich bin gar nicht auf die Idee gekommen zu fragen. Wie ich sagte, ich könnte es doch nicht benutzen.«

»Du bist Terraner«, stellte Lerrys fest. »Ein Messer oder eine andere Waffe darf hier nach Recht und Brauch niemals verliehen oder verschenkt werden, außer zwischen Freunden oder Verwandten. Das Wort ›Mein Messer ist dein‹ ist ein Gelübde. Es bedeutet, dass du den anderen verteidigen wirst. Deshalb muss ein Messer oder eine andere Waffe gekauft oder im Kampf erbeutet oder für dich hergestellt werden. Und doch ...« – er lachte auf – »... werde ich dir dies geben – und ich habe meine Gründe.« Er bückte sich und zog ein kleines scharfes Messer aus der Scheide in seinem Stiefel. »Es ist dein«, sagte er sehr ernst. »Ich meine, was ich sage, Dan. Nimm es von mir und sprich: ›Deins und meins.‹«

Barron, der sehr verlegen war, griff ungeschickt nach dem Heft der kleinen Klinge. »Dann also meins und deins. Ich danke dir, Lerrys.« Die Feierlichkeit des Augenblicks riss ihn mit, und er merkte, dass er dem jüngeren Mann in die Augen sah, beinahe als würden Worte zwischen ihnen gewechselt.

Die anderen Männer um das Feuer starrten sie an. Gwynn mit einem missbilligenden Stirnrunzeln, Colryn überrascht und – Barron fragte sich, wieso er das wusste – vage eifersüchtig.

Gleichzeitig verwirrt und erleichtert wandte sich Barron wieder seinem Teller zu. Es war leichter, mit dem Messer zu essen. Später stellte er fest, dass es genau in die kleine Scheide am Rand des Stiefelschafts passte. Lerrys redete nicht noch einmal mit ihm, aber er grinste Barron hin und wieder kurz an, und Barron erkannte, dass der junge Mann ihn aus irgendeinem Grund als Freund adoptiert hatte. Es war ein seltsames Gefühl. Er war kein Mann, der leicht Freundschaften schloss. Enge Freunde hatte er überhaupt nicht. Und nun hatte ihm ein junger Mann von einer fremden Welt, der erriet, wie durcheinander er war, unerwartet seine Freundschaft geschenkt. Barron fragte sich, warum und was als Nächstes geschehen werde.

Er zuckte die Schultern, aß die letzten Bissen auf und ging in die Richtung, die Colryns Geste ihm andeutete – um seinen Teller und seine Schale abzuspülen, sie mit dem anderen Geschirr zusammenzupacken und beim Ausbreiten der Decken im Unterstand zu helfen. Es war jetzt sehr dunkel; kalter Regen fiel auf den Hof nieder, und Barron war froh, ein Dach über sich zu haben. Seine Begleiter behandelten ihn jetzt auf subtile Art anders. Auch wenn er den Grund nicht kannte und sich sagte, es bedeute keinen Unterschied, freute er sich doch darüber.

In der Nacht erwachte er einmal, eingewickelt in Pelzdecken, umgeben von schlafenden Männern. Er blickte ins Nichts und spürte, wie sein Körper wieder gewichtslos und von kalten Winden ergriffen wurde. Lerrys, der ein paar Fuß entfernt von ihm schlief, regte sich und murmelte etwas, und das Geräusch holte Barron in die Wirklichkeit zurück.

Es wird eine höllische Reise werden, wenn das weiterhin alle paar Stunden passiert.

Und es gab nichts, was er dagegen tun konnte.

4

Eine Stimme rief in Melittas Träume.

»Melitta! Melitta, Schwester, *Breda,* wach auf! Hör mich an!«

Sie setzte sich im Dunkeln hoch und lauschte der Stimme angestrengt nach. »Storn«, flüsterte sie halblaut, »bist du es?«

»Ich kann auf diese Weise nur kurze Zeit zu dir sprechen, *Breda,* deshalb hör zu. Du bist als Einzige im Stande, mir zu helfen. Allira hört mich nicht, und auf jeden Fall ist sie zu schwach und zu furchtsam, sie würde in den Bergen sterben. Edric ist verwundet und eingekerkert. Also musst du es sein, Kleine. Hast du Mut dazu?«

»Ich tue alles«, flüsterte sie mit klopfendem Herzen. Ihre Augen durchsuchten die Dunkelheit. »Bist du hier? Können wir fliehen? Soll ich Licht machen?«

»Pst, ich bin nicht hier; ich spreche nur zu deinem Geist. Ich habe in diesen letzten vier Tagen ständig versucht, dich zu erreichen, und endlich hörst du mich. Pass auf, Schwester – du musst allein gehen. Du wirst nur oberflächlich bewacht, du kannst die Männer abschütteln. Aber du musst jetzt gehen, bevor der Schnee die Pässe schließt. Ich habe jemanden gefunden, der dir helfen wird. Ich werde ihn dir nach Carthon schicken.«

»Wohin ...«

»Nach Carthon«, wisperte die leiser werdende Stimme und verstummte. Melitta rief: »Storn, Storn, geh nicht!« Doch da war nichts mehr. Sie war allein in der Dunkelheit, und die Stimme ihres Bruders klang ihr noch wie ein Echo in den Ohren.

Carthon – wo lag Carthon? Melitta war nie weiter als ein

paar Meilen von zu Hause entfernt gewesen, sie war nie über die Berge hinausgekommen, und ihre geografischen Kenntnisse waren nebelhaft. Carthon mochte hinter dem nächsten Kamm liegen oder am Ende der Welt.

Sie schleuderte angstvolle Fragen in die Nacht. *Wie kann ich das fertig bringen, wohin soll ich gehen?* Es kam keine Antwort. War es ein Traum gewesen, geboren aus ihrer Sehnsucht zu fliehen, oder war es ihrem Bruder in seiner magischen Trance in Wahrheit irgendwie gelungen, ihren Geist zu erreichen? Wenn das so war, konnte sie nichts anderes tun als gehorchen.

Melitta von Storn war ein Mädchen aus den Bergen mit allem, was das bedeutet. Die Wurzel ihres Seins war die Clan-Loyalität Storn gegenüber, nicht nur als ihrem älteren Bruder, sondern als Oberhaupt seines Hauses. Dass er blind war und unfähig zu kämpfen, dass er sie und ihre Schwester und ihren jüngeren Bruder nicht hätte verteidigen können – von ihren Leuten ganz zu schweigen –, das bedeutete in dieser Krise keinen Unterschied. Sie kritisierte ihn nicht einmal in Gedanken, und als Allira es getan hatte, war ihre Meinung gewesen, das Mädchen sei durch alles, was sie von Brynat erlitten hatte, nicht mehr ganz bei Verstand. Jetzt hatte Storn ihr die Aufgabe übertragen, zu fliehen und Hilfe zu finden, und für sie war es selbstverständlich, dass sie ihm gehorchte.

Sie erhob sich von ihrem Bett, legte ein Pelzgewand um ihre Schultern – denn die Nacht war bitterkalt, und die Steinfußböden hatten nie ein Feuer kennen gelernt – und fuhr mit den Füßen in pelzgefütterte Socken. Mit sicheren Bewegungen fand sie im Dunkeln Feuerstein und Zunder und steckte eine kleine Lampe an – so klein, dass das Licht nicht viel größer als der Kopf einer Stecknadel war. Das Flämmchen heiterte sie ein bisschen auf. Sie setzte sich davor und überlegte, was sie tun könne.

Sie wusste bereits, was sie tun musste – aus der Burg fliehen, bevor der Schnee die Pässe schloss, und irgendwie den Weg nach Carthon finden, wohin ihr Bruder jemanden schicken wollte, der ihr half. Aber wie sie das bewerkstelligen sollte, war schwer vorstellbar.

Immer noch folgten Wachen ihr in achtungsvollem Abstand, überall, wohin sie durch die Flure ging. So spät es schon war, wenn sie ihr Zimmer jetzt verließ, würden sie aufstehen und hinter ihr hergehen. Sie fürchteten Brynat mehr, als sie sich nach Schlaf sehnten. Melitta hatte erkannt, wie sehr sie ihn fürchteten, als keiner von ihnen es wagte, sich an ihr zu vergreifen. Sie fragte sich, ob sie dafür dankbar sein solle, und verwarf den Gedanken. Das hieß, in seine Falle zu laufen.

Wie alle Mädchen aus den Bergen war Melitta Realistin genug, um an den nächsten logischen Schritt zu denken: Konnte sie einen der Wachtposten verführen, so dass er sie entkommen ließ? Sie hielt es für unwahrscheinlich. Sie fürchteten Brynat, und er hatte ihnen befohlen, sie in Ruhe zu lassen. Eher war anzunehmen, dass der Mann auf ihre Annäherungsversuche einging, nahm, was sie zu bieten hatte, und dann geradewegs mit der Geschichte zu Brynat lief und sich auch noch das Lob seines Hauptmanns holte. Danach bestrafte sie Brynat vielleicht damit, dass er sie den Gesetzlosen zum Spielzeug gab. Das war eine Sackgasse – sie hätte sich dazu zwingen können, es zu tun, aber wahrscheinlich war es zwecklos.

Sie trat ans Fenster, zog ihre Pelze fester um sich und lehnte sich hinaus. *Du musst gehen, bevor der Schnee die Pässe schließt.* Unwetter und Stürme lagen ihr im Blut. Melitta meinte, ganz weit weg die mit Schnee schwangeren Wolken, getragen vom kalten Nachtwind, riechen zu können.

Die Nacht war noch nicht weit vorgeschritten. Idriel und

Liriel standen hoch am Himmel; Mormalor, blass und perlfarben, hing halb im Schatten auf der Schulter des Berges. Wenn es ihr irgendwie gelang, die Burg vor dem Morgengrauen zu verlassen ...

Sie konnte jetzt nicht gehen. Brynats Männer saßen noch bei ihrem allabendlichen Trinkgelage in der Großen Halle; Allira mochte nach ihr schicken, und es war riskant, wenn sie dann nicht da war. Erst in den Stunden zwischen Mitternacht und Dämmerung, wenn sogar die Luft schläfrig war, mochte es ihr gelingen, und wenn man am Vormittag entdeckte, dass sie nicht in ihrem Zimmer war, konnte sie schon weit weg sein. Sie schloss das Fenster, kuschelte sich in ihre Pelze und begann mit dem Pläneschmieden.

Wohin sollte sie sich wenden, wenn sie die Burg einmal hinter sich hatte? Letzten Endes musste sie nach Carthon, wo das auch liegen mochte. Bis nach Carthon schaffte sie es wohl nicht in einer einzigen Nacht, sie würde Obdach und Essen brauchen, denn es war vielleicht eine Reise halbwegs bis ans Ende der Welt. Sobald sie draußen war, würden Vasallen ihres Bruders sie beherbergen. Zwar hatte es ihnen an Stärke gefehlt, Brynats Angriff abzuschlagen, aber Melitta wusste, dass sie Storn liebten, und viele von ihnen kannten und liebten auch sie. Zumindest würden sie sie einen oder zwei Tage lang verstecken, bis das Geschrei der Verfolger verklungen war. Möglich, dass sie sie mit Proviant für die Reise versorgten und dass einer von ihnen im Stande war, sie auf den Weg nach Carthon zu bringen.

Die nächsten der großen Lords waren die Aldarans von Burg Aldaran nahe dem Hohen Kimbi. Soviel Melitta wusste, bestand keine Blutrache zwischen ihnen und den Storns und keine Verpflichtung Brynat gegenüber. Sie hielt es allerdings für unwahrscheinlich, dass sie Storn zu dieser Zeit zu Hilfe kommen wollten oder konnten. Ihre Großmutter entstammte der Sippe der Leyniers, die wiederum verwandt mit der großen Comyn-Domäne von Alton waren, doch hier in den Bergen hatte nicht einmal der Comyn-Rat etwas zu sagen.

Melitta fiel es nicht ein, ihren Bruder zu kritisieren, und trotzdem kam ihr der Gedanke, dass er, der doch wusste, wie schwach er war, durchaus einen Versuch hätte machen können, sich unter den Schutz eines der mächtigen Berglords zu stellen. Nur hatten die Abgründe und Klippen rund um Storn die Burg bisher uneinnehmbar gemacht – und ein Storn sollte einem anderen Haus den Treueid leisten? Niemals!

Er hätte Allira – oder mich – an einen Sohn aus großem Haus verheiraten können. Dann hätten wir Blutsverwandte, um uns zu beschützen – bloß ist der Rücken, den kein Bruder bewacht!

Nun, er hatte es nicht getan, und es war längst zu spät, darüber nachzugrübeln – *Küken können nicht in die Eier zurückgeschickt werden!* Der böse Vogel, den dies Versäumnis ausgebrütet hatte, war draußen und flog, und allein Melitta besaß die Freiheit und die Kraft, etwas aus dem Untergang zu retten.

Das Lämpchen in der Hand, trat sie vor ihre Truhe. Sie konnte nicht in langen Röcken und Mänteln fliehen. Am Grund der Truhe lag ein alter Reitmantel, dickes, schweres Tuch aus dem Tal, mit Pelz gefüttert. Er war nicht kostbar genug, um in einem Menschen, dem sie begegnete, Habgier zu erwecken, aber er war warm und haltbar. Da war eine alte und schäbige Reithose ihres Bruders, mit Leder besetzt, die sie bei Ritten über ihr Besitztum getragen hatte. Das war eine klügere Wahl als ihr eigener langer, weiter Reitrock. Sie fügte eine Strickbluse, eine dicke, gefütterte Jacke, aus dem gesponnenen Pelz des Schmiedevolkes gestrickte Socken und ihre Pelzstiefel hinzu. Sie machte ein Päckchen aus Wäsche zum Wechseln und ein paar kleinen Schmuckstücken, die sie unterwegs gegen Hilfe verkaufen oder eintauschen konnte. Schließlich flocht sie ihr Haar und versteckte es unter einer Wollmütze. Dies getan, löschte sie die Lampe und ging wieder zum Balkon. Bis zu diesem Augenblick hatten die Vorbereitungen für die Reise die eigentliche Voraussetzung in den Hintergrund gedrängt: Wie sollte sie aus der Burg hinausgelangen?

Es gab Geheimgänge. Sie kannte einige von ihnen. Einer führte zum Beispiel aus dem Weinkeller nahe dem Verlies ins Freie. Sie brauchte nur den Weinkeller zu erreichen, um den Geheimgang betreten zu können. Ganz einfach. Und was würden ihre Wachen tun, während sie die Treppe hinunterstieg und in den Weinkeller ging, wobei es ihr noch gelingen musste, sie draußen zu lassen? Wein trinken? Das wäre gut, wenn sie sie betrunken genug machen konnte, aber bestimmt würden sie alles, was sie ihnen anbot, mit Argwohn betrachten und vor einer List auf der Hut sein.

Ein anderer Ausgang – wer ihn geheim nannte, drückte damit nur aus, dass er seit Jahren unbenutzt war und niemand sich mehr die Mühe machte, ihn zu bewachen – war der Tunnel, der hinunter in die Klippen und zu den verlassenen Schmieden führte. Dort hatte in früheren Zeiten das dunkle, kleinwüchsige Bergvolk die Feuer verehrt, die seine Werkstätten erhellten. Dort hatte es die alten Schwerter und die mit seltsamen Eigenschaften begabten Artefakte hergestellt, die von solchen, die sie nie in Gebrauch gesehen hatten, magisch genannt wurden. Feuer und Schmieden waren seit Jahrhunderten still, die kleinen Leute hatten sich tiefer in die Berge zurückgezogen. Die Storns waren erst gekommen, als sie schon lange gegangen waren. Ihre Höhlen und leeren Behausungen hatte Melitta als Kind mit ihren Brüdern und ihrer Schwester erforscht. Das Schmiedevolk und all seine Magie waren dahin. Die armen und verstreuten Überreste lebten nun in Dörfern nahe Storn, und sie waren zusammen mit den Bauern gefangen genommen und weggetrieben worden. Sie waren hilfloser als Melitta selbst.

Von neuem blickte sie über den Balkon, und ihr Mund verzog sich zu etwas, das in besseren Zeiten ein Lächeln hätte sein können. *Ich brauche Flügel,* dachte sie. *Meine Wachen fürchten sich zu sehr vor Brynat, um mich hier zu belästigen. Solange ich dies Zimmer nicht verlasse, werden sie draußen im Flur bleiben und ihm schwören, ich sei drinnen. Ich hätte mich auf so etwas besser vorbereiten sollen. Hätte ich doch meine Kindheit in einem Raum mit Geheimgang verbracht! Mir fällt ein Dutzend Möglichkeiten ein, wie ich aus der Burg hinausgelange – aber zuerst muss ich aus diesem Zimmer hinausgelangen, und da weiß ich mir keinen Rat.*

Ein schwacher Lichtschimmer, der sich unter ihr bewegte, verriet, dass Allira in der königlichen Suite hin und her ging, ein paar Stockwerke tiefer und ein paar Zimmer entfernt. Verzweifelt dachte Melitta: *Storn hätte Allira wecken sollen! Da ist der alte verborgene Weg von der königlichen Suite hinunter ins Dorf der Klippenbewohner. Allira brauchte nur zu warten, bis Brynat schläft, und sich fortzustehlen ...*

Verrückte Einfälle schossen ihr durch den Kopf. Sie hatte Zugang zu ihrer Schwester. Die Wachen würden ihr bis an die Türen der königlichen Suite, aber nicht hinein folgen. Würde sie den alten Eingang zum Tunnel finden? Zu welcher Uhrzeit konnten sie sicher sein, dass Brynat sie nicht störte? Konnte sie auf Allira rechnen, dass sie ihn überlistete, ihn betäubte, ihn vielleicht sogar im Gespräch oder im Liebesspiel hinhielt, während sie, Melitta, sich vorbeischlich?

Ich wage es nicht, mich auf Allira zu verlassen, dachte sie, der Verzweiflung nahe. *Sie würde mich zwar nicht verraten, aber sie hätte nicht den Mut, mir zu helfen oder Brynat zu erzürnen.*

Wenn ich zu ihr hinunterginge, die Wachen auf den Fersen – wie lange könnte ich damit rechnen, mit Allira allein zu bleiben, bevor sie Brynat alarmieren oder Verdacht schöpfen, weil ich nicht wiederkomme? Und wenn ich aus ihren Räumen verschwände – sie würden sie in Stücke reißen, um herauszufinden, welchen Weg ich genommen habe, und ich würde verfolgt, bevor die Sonne richtig aufgegangen ist. Das ist keine Hilfe.

Trotzdem wich der Gedanke nicht. Es mochte ihre einzige Chance sein. Natürlich setzte sie damit alles auf einen Wurf. Wenn Brynat zurückkehrte, während sie bei Allira war, mochte etwas seinen Argwohn wecken, und er würde sie unter schärfere Aufsicht stellen. Soviel sie wusste, hatten ihre Wachen Befehl, es Brynat zu melden, wenn sie und ihre Schwester länger als ein paar Minuten miteinander sprachen.

Und wenn nun niemand wüsste, dass ich bei Allira bin?

Wie konnte sie Alliras Zimmer ungesehen betreten?

Die alten Darkovaner hatten diese Geheimnisse gekannt. Das magische elektrische Netz, das Storns Trance schützte, war nur eine der Kräfte, mit denen Melitta vertraut war – doch keine war ihr jetzt von Nutzen. Es gab Zaubermäntel, die einen Schleier der Illusion um ihren Träger warfen und ihn unsichtbar machten, indem sie das Licht ablenkten. Aber falls Storn je einen besessen hatte, wusste Melitta nicht, wo er war oder wie man ihn benutzen musste. Sie konnte sich in den Sonnenaufgangsturm hochschleichen, wenn man sie ließ, das magische Federkleid überziehen und von der Burg wegfliegen – aber nur in einer Illusion. Was sie sah, würde zwar die Wirklichkeit sein – sie wusste, dass Storn die Schlacht auf diese Weise beobachtet hatte –, aber ihr Körper würde in Trance im Turm liegen, und früher oder später würde sie in ihn zurückgezogen werden. Das war nicht die Art von Flucht, die irgendetwas nützte. *Ich brauche Flügel,* dachte sie von neuem.

Wenn ich von diesem Balkon und hinunter in die königliche Suite fliegen könnte, wo Brynat meine Schwester genommen hat ...

Mitten in diesem Gedanken hielt sie entschlossen inne. Sie hatte keine Flügel. Darüber nachzudenken führte zu nichts. Dagegen hatte sie zwei kräftige Arme, zwei kräftige Beine, zehn starke Finger, und sie hatte sie seit ihrer Kindheit im Felsenklettern trainiert.

Melitta trat an den Rand des Balkons. Phantastereien und Pläne zerstoben in einer kalten, realistischen Analyse des Problems. Sie konnte nicht zu der königlichen Suite hinunterfliegen. Aber mit Kraft, Vorsicht und Glück war es gerade eben möglich, dass sie hinunter*kletterte.*

Sie beugte sich über das Geländer und kämpfte einen plötzlichen Schwindelanfall nieder. Hundert Fuß rauen Steins fielen senkrecht zu einer Kluft darunter ab. Die Mauern waren jedoch nicht glatt. Vor Jahrhunderten war die Burg aus unregelmäßigen Steinen erbaut worden, den Knochen der Berge. Man hatte sie in großen Stücken ausgehauen und so, wie sie waren, vermörtelt. Die altertümlichen Werkzeuge wären bei einem Versuch, die Steine zu glätten, zu schnell abgestumpft. Ein Überfluss an Fenstersimsen, Schießscharten für die Bogenschützen, Balkonen, Außentreppen und Vorsprüngen zierte die Flanken der alten Burg.

Als ich ein Kind war, sind Storn und ich überall herumgeklettert, dachte Melitta. *Ich bekam einmal Schläge, weil unsere Kinderfrau vor Angst fast den Verstand verlor, als ich auf einen Balkon im dritten Stock stieg und ihr vom Laubengang aus Fratzen schnitt. Ich brachte Edric bei, die Balkons weiter unten zu erreichen. So hoch bin ich noch nie geklettert – ich hatte Angst zu fallen. Aber dieser Teil der Burg müsste ebenso rissig sein wie der untere.*

Sie wusste, wenn sie fiel, zerschmetterte sie auf den Klippen. *Warum sollte ich aus zweihundert Fuß Höhe fallen, wenn ich aus fünfzehn Fuß Höhe nie gefallen bin?*

Du hast nie darüber nachgedacht, weil es nicht darauf angekommen wäre, ob du aus fünfzehn Fuß Höhe fielst, sagte ihr Verstand. Sie befahl der inneren Stimme zu schweigen, packte den Gedanken in ein Kästchen, schob es in ihr Unterbewusstsein und ließ es dort. *Und wenn ich wirklich dabei umkomme,* sagte sie trotzig zu sich selbst, *Edric hat es nichts ausgemacht, bei der Belagerung getötet zu werden. Und falls es ihm etwas ausgemacht hat, hat er sein Leben trotzdem riskiert. Ich habe selbst Pfeil und Bogen ergriffen, und ich hätte auf dem Wall erschossen oder niedergestochen werden können. Wenn er in der Hoffnung, Burg Storn zu halten, damals bereit war zu sterben, warum sollte ich jetzt zögern, das gleiche Risiko einzugehen? Wenn ich sterbe, sterbe ich, und dann brauche ich mir wenigstens keine Sorgen mehr um Brynats Halunken zu machen, die sich anstellen, um mich der Reihe nach zu vergewaltigen.*

Es war nicht gerade ein tröstlicher Gedanke, aber Melitta sagte sich, für den Augenblick müsse er genügen. Sie zögerte nur kurz, die Hände auf dem Geländer. Weg mit den pelzgefütterten Handschuhen! Sie steckte sie tief in die Taschen von Edrics Reithose. Sie knöpfte den Mantel zurück und band ihn sich so eng wie möglich um die Taille, hoffend, er werde nicht an einem Vorsprung hängen bleiben. Schließlich zog sie die Stiefel aus. Erschauernd auf dem Steinbalkon stehend, band sie sie an den Schnürsenkeln zusammen und hängte sie sich um den Hals. Wenn die Riemen sich an einem Stein verfingen, konnten sie sie erwürgen, aber ohne Stiefel würde sie im Schnee hilflos sein, und ihr geübter Wettersinn sagte ihr, der Schnee werde nicht mehr lange auf sich warten lassen. Ohne sich Zeit zum Nachdenken zu lassen, schwang sie sich über das Geländer, saß dort einen Augenblick und merkte sich die genaue Lage des Zimmers und des Balkons, die sie erreichen wollte – vierzig Fuß unter ihr und beinahe hundert Fuß weiter links. Dann glitt sie hinunter, setzte ihren bestrumpften Fuß in eine Spalte und fand eine Handhabe, um sich an die raue Wand zu klammern.

Die Spalten zwischen den Steinen schienen kleiner zu sein als bei ihrem Herumklettern in ihrer Kinderzeit, und sie musste sich nach dem Gefühl weitertasten. Ihre Füße schmerzten vor Kälte, ehe sie fünf Meter zurückgelegt hatte, und sie spürte, wie erst einer, dann ein zweiter ihrer Nägel sich umbog und brach, als sie die Finger in den dunklen, rauen Stein krallte. Der Mondschein war bleich und trügerisch, und zweimal erwies sich ein weißer Streifen, den sie für eine Spalte hielt, als zerbröckelnder, stinkender Vogeldung. Aber Melitta klebte wie eine Napfschnecke an der Mauer, bewegte immer nur eine Hand oder einen Fuß, bis sie in einem neuen Halt sicher verankert war.

Evanda sei gelobt, dachte sie grimmig, *dass ich vom Reiten stark und zäh geworden bin! Wenn ich ein Mädchen wäre, das nur über seiner Näherei sitzt, würde ich nach zwei Metern hinunterfallen!* Doch trotz ihrer Kraft fühlte sie jeden Muskel vor Kälte und Anspannung zittern. Auch war ihr klar, dass sie in dem blassen Mondlicht vor der Burgmauer deutlich sichtbar sein musste, ein Ziel für den Pfeil irgendeiner Schildwache, die bei ihrer Runde zufällig nach oben blickte. Einmal erstarrte sie, als Licht aufblitzte und der Wind die Bruchstücke einer Stimme um die Ecke trieb. Jetzt ging einer von Brynats Soldaten unter ihr vorbei! Melitta schloss die Augen und betete, dass er nicht hochsah. Er tat es nicht; er ging auf dem schmalen Pfad zwischen der Burg und den Klippen weiter, betrunken singend. Hundert Fuß tiefer und fast genau unter ihr öffnete er seinen Hosenlatz und pinkelte in den Abgrund. Melitta hielt sich fest und kämpfte gegen ein hysterisches Gelächter an. Nach einiger Zeit, die ihr wie eine Stunde vorkam, bückte er sich, hob seine Laterne auf, schüttelte seine Kleider zurecht und stolperte davon. Melitta meinte, vergessen zu haben, wie man atmet, aber es gelang ihr von neuem, und sie zwang ihre klammen Finger, sich wieder zu bewegen und sie auf den erhellten Balkon weiter unten zu befördern.

Zoll um Zoll – ein Finger, eine Zehe, ein kalter Meter auf einmal – kroch das Mädchen wie eine Ameise die Mauer hinunter. Einmal blieb ihr das Herz stehen, als ein im Mörtel steckender Kieselstein sich unter ihren Fingern löste und sie hörte, wie er wegglitt, von einem Vorsprung unter ihr absprang, mit einem Geknatter, das wie Gewehrfeuer klang, über die Felsen unten polterte und schließlich in der Dunkelheit verschwand. Jeden Muskel angespannt, hielt sie minutenlang den Atem an, überzeugt, auf das Geräusch hin würden Soldaten gerannt kommen. Doch als sie die Augen wieder öffnete, lag die Burg immer noch gebadet im leeren Licht der untergehenden Monde da, und sie hing immer noch in tröstlicher Einsamkeit an der Mauer.

Der Mondschein hatte hinter den Bergflanken beträchtlich an Helligkeit verloren, und dichte Nebelschwaden begannen unten aufzusteigen, als Melittas Füße endlich den Stein des Balkons berührten. Sie ließ los und glitt, fiel auf das Geländer, kauerte dort und holte keuchend vor Erleichterung tief Atem. Sobald sie wieder fähig war, sich zu bewegen, fuhr sie mit den Händen in ihre Handschuhe und mit den Füßen in die pelzgefütterten Stiefel. Sie wickelte sich in ihren Mantel und raffte ihn eng um sich, damit das Zittern nachließ.

Die erste Hürde war genommen. Aber jetzt musste sie ins Innere gelangen und Alliras Aufmerksamkeit erwecken, ohne Gefahr zu laufen, dass Brynat sie sah. Sie war zu weit gekommen, um sich jetzt noch aufhalten zu lassen!

Wie ein kleiner, zitternder Geist kroch sie über den steinernen Balkon und drückte das Gesicht gegen die geäderten

Buntglasscheiben, die mit Metallstreifen zu der Doppeltür des Balkons zusammengefügt waren. Die Tür war von innen verriegelt, und es hing ein schwerer, dichter Vorhang davor. Melitta kam die hysterische Vorstellung, sie werde tagelang wie ein Vogel hier draußen hocken und vergebens an das Glas klopfen, bis irgendwer aufblickte und sie sah.

Sie fürchtete auch, dass es Brynat sein könne, der diesen Vorhang beiseite zog und ihr direkt in die Augen stierte.

Sie wollte sich zwingen, an das Fenster zu treten, aber das Bild von Brynats finsterem Gesicht war so überzeugend, dass es ihr buchstäblich nicht gelang, die Hand zu heben. Sie *wusste,* er war hinter diesem Vorhang. Entmutigt und zitternd sank sie nieder und wartete. Ihre Gedanken rasten.

Storn, Storn, du bist schon einmal zu mir gekommen, hilf mir jetzt! Bruder, Bruder! Götter der Berge, was soll ich tun? Sie bat ihre schwachen Glieder, sie befahl ihnen, sich zu bewegen, und doch blieb sie starr und steif sitzen. Es kam ihr wie Stunden vor. Dann begannen ihr Körper und ihr Gehirn langsam wieder zu arbeiten, und sie dachte nach.

Als wir Kinder waren, konnten Allira und ich uns in Gedanken erreichen. Nicht immer und nicht oft, aber wenn eine von uns in Gefahr war, wusste die andere es. Als die Schar wilder Vögel sie auf der Insel abgeschnitten hatte, wusste ich es und brachte Hilfe. Sie war damals fünfzehn, und ich war erst acht. Ich kann diese Kraft nicht verloren haben, sonst hätte Storn mich heute Abend nicht erreicht. Aber wenn alles, was mein Gehirn ausstrahlt, Angst ist, wird Allira nicht erkennen, dass ich es bin. Sie wird es für einen Teil ihrer eigenen Panik halten!

Melitta hatte so gut wie keine Ausbildung gehabt. Storn hatte, da er blind und so von den üblichen Tätigkeiten der Männer seiner Kaste ausgeschlossen war, die alten telepathischen Künste erforscht. Für seinen Bruder und seine Schwestern waren diese jedoch Träume, Phantasien, Spiele und Tricks gewesen – ein netter Zeitvertreib, aber eines ernsthaften Studiums nicht wert. Es hatte zu viel anderes gegeben, das wirklich und gegenwärtig und im Augenblick notwendig war. Melitta verwandte ein paar Sekunden darauf, sich zu beschimpfen, dass sie nicht mehr Zeit mit Storn verbracht und die alte Sprache des Geistes zum Geist erlernt hatte. Der gesunde Menschenverstand rettete sie. Sie erinnerte sich an das alte Sprichwort: *Voraussicht könnte weise Männer aus Durramans Eseln machen!* Ebenso gut hätte sie sich vorwerfen können, dass Allira nicht an einen mächtigen Mann verheiratet worden war, der mit achtzig Kriegern zu ihrer Verteidigung herbeigeeilt wäre.

Sie streckte die Hand aus und klopfte scharf an das Glas, und wieder kam ihr das deutliche Bild, dass Brynat in den Sturm hinausblickte. Es war so lebensecht, dass sie körperlich zurückwich, sich gegen das Geländer drückte und ihren Mantel um sich zog. Das geschah gerade noch rechtzeitig; eine bräunliche Hand schob den Vorhang beiseite, und Brynats Narbengesicht wandte sich von links nach rechts und spähte in die Dunkelheit.

Melitta versuchte, sich unsichtbar zu machen. Nach einer Minute, die ihr endlos vorkam, wandte Brynat sich ab, und die Lampe ging aus. Der Vorhang fiel an seine alte Stelle zurück. Melitta sank keuchend auf den Steinboden nieder und gab sich Mühe, nicht zu atmen.

Die Zeit schleppte sich hin. Die Monde gingen unter, und dem zitternden Mädchen wurde kälter und kälter. Stunden später – sie fragte sich schon, ob die aufgehende Sonne sie noch hier finden werde – begann ein feiner, dünner Regen zu fallen. Das spornte sie an, denn ihr war klar, dass sie, welche Gefahr es auch bedeutete, bis zum Morgengrauen verschwunden und an einem Ort sein musste, wo sie sich den Tag über verstecken konnte. Und wenn sie das Glas der Türen einschlug und Brynat im Schlaf die Kehle durchschnitt, sie musste irgendetwas unternehmen.

Sie spannte ihre Muskeln, und da schimmerte ein schwacher Lichtschein zwischen den Vorhängen auf. Melitta bereitete sich darauf vor, gegen die Riegel zu springen. Dann stahl sich eine feine Hand durch den Spalt, der Riegel erzitterte im Holz, und ihre Schwester Allira, eingehüllt in ein langes wollenes Hemd, das Haar aufgelöst, drückte die Tür nach außen. Mit großen Augen sah sie Melitta genau ins Gesicht.

Melitta hob eine Hand zum Mund. Sie fürchtete Alliras Nerven und einen plötzlichen Aufschrei, aber Allira presste nur mit einem Seufzer der Erleichterung die Hände aufs Herz. Sie hauchte: »Ich *wusste,* dass du da warst, und ich konnte es nicht glauben – Melitta, wie bist du hergekommen?«

Melitta antwortete mit einem Ruck ihres Kopfes die Mauer hinauf und flüsterte: »Keine Zeit jetzt! Brynat ...«

»Schläft«, stellte Allira lakonisch fest. »Er schläft mit einem offenen Auge wie eine Katze, aber jetzt eben – lassen wir das. Melitta – hast du eine Waffe?«

»Keine, mit der ich ihn töten könnte, ohne dass er schreit«, sagte Melitta trocken. »Und du bekämst es dann mit seinen Männern zu tun, und sie wären schlimmer.« Sie sah Allira zusammenzucken und erkannte, dass Allira diesen Ausweg bereits erwogen und verworfen hatte.

»Der Geheimgang durch die alte Klippenstadt – haben Brynats Männer ihn entdeckt?«

»Nein – Melitta, du kannst diesen Weg nicht nehmen! Du wirst dich in den Höhlen verirren, du wirst in den Bergen umkommen, falls du hinausfindest – und wohin wolltest du gehen?«

»Nach Carthon«, erwiderte Melitta kurz, »wo das auch sein mag. Du weißt es wohl nicht?«

»Ich weiß nur, dass es eine Stadt jenseits der Pässe ist, die in der Zeit der Sieben Domänen groß war. Melitta, willst du das wirklich wagen?«

»Ich habe die Wahl, es zu wagen oder hier zu sterben«, stellte Melitta ohne Umschweife fest. »Du scheinst im Stande zu sein, das hier auszuhalten, obwohl ...«

»Ich will nicht sterben!«

Allira schluchzte beinahe, und Melitta brachte sie grob zum Schweigen. Es war nicht Alliras Schuld, dass sie so furchtsam war. Vielleicht war sogar ein Schutz, wie Brynat ihn zu geben vermochte, besser als ein verzweifelter Treck durch unbekannte Klippen, Pässe und Berge. *Vielleicht sollte ich ebenso sein,* dachte Melitta, *vielleicht ist das für eine Frau die richtige Einstellung. Ich glaube, mit mir stimmt etwas nicht – und darüber bin ich froh. Ich möchte lieber sterben bei dem Versuch, Storn zu helfen.*

Der kurze Augenblick der Kritik an ihrer Schwester war vorbei. Schließlich war Allira schon das Schlimmste zugestoßen, das ihr in ihren eigenen Augen widerfahren konnte; was hatte sie noch zu fürchten? Wenn sie jetzt entfloh, warf sie nur das Leben weg, das sie um einen solchen Preis gerettet hatte.

»Dann musst du vor Sonnenaufgang gehen«, meinte Allira, plötzlich entschlossen. »Schnell, solange Brynat schläft und bevor die Wachen hereinkommen.« Über ihr Gesicht huschte ein Ausdruck, der ihrem alten Lächeln ähnlich war. »Das tun sie jede Nacht, um sich zu vergewissern, dass ich ihn nicht im Schlaf getötet habe.«

Der Wind fuhr ins Zimmer und wurde wieder ausgesperrt, während die beiden Mädchen hineinschlüpften. Brynat lag lang ausgestreckt und hässlich auf dem großen Bett und schnarchte laut. Nach einem Blick voll flammenden Hasses wandte Melitta die Augen ab und schlich an ihm vorbei. Sie hielt den Atem an und versuchte, nicht zu denken, als könne ihr Hass allein den Feind wecken. Sie erreichten das reichgeschmückte Empfangszimmer der Suite, und sie atmete freier, aber die Hände hielt sie immer noch vor Anspannung und Angst zu Fäusten geballt.

Da waren die geschnitzten Truhen, die Wandbehänge und die seltsamen Tiere um den Kamin, der ein Geheimnis hatte. Melitta drückte den Griff des marmornen Schwerts. Der Stein glitt zur Seite und enthüllte die alte Treppe. Sie umklammerte Alliras Hände, wollte etwas sagen und blieb in ihrer Verzweiflung stumm. Sie schritt voran. Was auch geschehen mochte, sie war in Sicherheit oder tot.

Allira mochte irgendwie so viel Mut zusammenraffen, dass sie mitkam – aber die Flucht, das wusste Melitta nur zu genau, war erst der Anfang. Sie hatte einen langen Weg zu gehen, und sie konnte sich nicht mit jemandem belasten, der ihre eigene wilde Entschlossenheit nicht teilte. Selbst wenn Allira sie jetzt angefleht hätte, sie mitzunehmen, hätte sie es ihr abgeschlagen.

Sie sagte kurz: »Die Wachen vor meinem Zimmer glauben, dass ich noch drinnen bin. Tu alles, was du kannst, damit sie nicht herausfinden, wie mir die Flucht geglückt ist. Du hast nichts gesehen, du hast nichts gehört.«

Allira umarmte sie voller Angst und küsste sie. »Soll ich – soll ich dir Brynats Messer holen? Er würde mich danach durchsuchen, aber wenn er es nicht findet, muss er glauben, dass er es verloren hat.«

Melitta nickte. Verspätet durchzuckte sie ein Gefühl der Bewunderung für ihre ängstliche Schwester. Wie erstarrt stand sie da, wagte nicht, sich zu bewegen, während Allira leise in das Schlafzimmer zurückging und mit einem langen Messer ohne Scheide wiederkam. Sie steckte es Melitta oben in den Stiefel. Noch etwas anderes trug Allira in der Hand, eingebunden in eine zerrissene Leinenhaube. Melitta warf einen raschen Blick in das durchweichte Bündel. Es enthielt einen halben Laib Brot, ein paar abgeschnittene Scheiben Braten und reichlich zwei Hand voll klebriger Süßigkeiten. Unkritisch wickelte sie alles wieder ein und steckte es in ihre tiefste Tasche.

»Danke, Lira. Das hilft mir ein oder zwei Tage weiter, und wenn ich bis dahin keine Hilfe gefunden habe, hat es sowieso keinen Zweck mehr. Ich muss gehen; in drei Stunden wird es hell sein.« Sie traute sich nicht, den Abschied in Worte zu fassen, das hätte die Schleusen ihrer Furcht geöffnet. »Gib mir deine goldene Kette, falls du nicht glaubst, Brynat werde sie vermissen. Ich kann sie in einer Tasche verbergen, und die Glieder gelten als Zahlungsmittel, obwohl sie nicht so gut sind wie kupferne.«

Allira zeigte ein zitteriges Lächeln. »Das Amulett hat mich nicht geschützt, wie? Vielleicht bewährt es sich bei dir besser. *Ein Glückszauber schützt nur den, der eigenes Glück hat.*« Sie nahm die lange Kette ab, verschlang sie zweimal und streifte sie Melitta über den Kopf. Melitta umfasste gerührt das kleine Amulett – Allira hatte es seit ihrem dritten Lebensjahr getragen, und davor hatte es ihrer Mutter und ihrer Großmutter gehört.

Sie sagte ruhig: »Ich bringe es dir zurück«, gab Allira schnell einen Kuss und tauchte ohne ein weiteres Wort die lange Treppe hinunter. Über ihr wurde es dunkel, und sie hörte Allira leise schluchzen.

Melitta war allein in den Tiefen der Burg.

5

Wir müssten Armida bei Dunkelwerden erreichen.« Colryn zügelte sein Pferd zum Schritt durch die engste Stelle des Passes und wartete darauf, dass die anderen aufholten. Er sah mit einem kurzen Lächeln zu Barron hinüber. »Reisemüde?«

Barron schüttelte den Kopf, ohne zu antworten.

»Das ist gut. Zwar wird uns der Alton-Lord vielleicht einladen, die Reise für einen oder zwei Tage zu unterbrechen, aber danach geht es in die Berge.«

Barron lachte vor sich hin. Wenn es nach Colryn morgen in die *Berge* ging, hätte er gern gewusst, wo sie in diesen letzten vier Tagen geritten waren. Seit sie die Ebene verlassen hatten, in der die Terranische Handelsstadt lag, war es ständig einen Hang hinunter und den nächsten wieder hinauf gegangen, bis er es aufgab, die Gipfel zu zählen.

Und trotzdem war er nicht müde. Er hatte sich jetzt an das Reiten gewöhnt und hielt sich ohne Mühe auf seinem Pferd, und obwohl er nicht gewusst hätte, wie er es ausdrücken sollte, hatte ihn jeder Zoll des Weges in einer Art Zauberbann gehalten, den er nicht verstand und nicht zu erklären vermochte.

Er hatte erwartet, auf dieser Straße voller Bitterkeit, Groll und wütender Resignation dahinzuziehen – er hatte alles hinter sich gelassen, was er kannte: seine Arbeit, das, was er an Freunden besaß, und die ganze ihm vertraute Welt, geschaffen von den Menschen, die mit Riesenschritten die Galaxis überspannt hatten. Er war von dort ins Exil und in die Fremde gegangen.

Trotzdem war er – wie konnte er es auch nur sich selbst erklären? – auf dem ganzen langen Weg wie in einem Traum befangen gewesen. Ihm war, als lerne er eine Sprache, die er einmal beherrscht, aber längst vergessen hatte. Die fremde Welt fasste nach ihm und sagte: »Fremder, komm, du kehrst nach Hause zurück.« Es war ein Gefühl, als reite er durch einen Traum oder unter Wasser, und alles, was geschah, wurde von einem Vorhang der Unwirklichkeit abgeschirmt.

Hin und wieder tauchte sein altes Ich wie aus großen Tiefen auf, saß da und blinzelte, der Barron, der in all diesen Jahren im Kontrollturm in der Terranischen Handelsstadt gesessen hatte. Einmal versuchte er, es sich selbst klarzumachen.

Verliebe ich mich in diese Welt oder so ähnlich? Er atmete die kalte, fremdartig duftende Luft, er horchte auf das langsame Geklapper der Pferdehufe auf dem hart gefrorenen Weg und dachte: Was *ist los? Ich bin hier noch nie gewesen, warum kommt es mir alles so vertraut vor?* Aber vertraut war das falsche Wort, es war, als ob er in einem anderen Leben durch Berge wie diese geritten sei, die kalte Luft geatmet und den Weihrauch gerochen habe, den seine Gefährten vor dem Schlafengehen am Lagerfeuer in dem kühlen Abendnebel verbrannten. Denn es war seinen Augen neu und doch – *als wäre ich ein Blinder, der zum ersten Mal sieht, und alles ist fremd und schön und doch so, wie ich es mir vorgestellt habe ...*

Während dieser Intervalle, in denen der alte Barron in seinem Verstand zum Leben erwachte, war ihm klar, dass das Gefühl des *déjà vu,* des Lebens in einem Traum, eine neue Form des gleichen halluzinatorischen Wahnsinns sein musste, der ihn seinen Posten und seinen Ruf gekostet hatte. Aber die Intervalle waren kurz. In der übrigen Zeit ritt er durch den seltsamen Traum und genoss das Gefühl des Schwebens zwischen seinen beiden Welten und den beiden Ichs, zu denen er wurde.

Jetzt stand eine Unterbrechung der Reise bevor, und Barron

fragte sich, ob das auch den Zauber brechen werde. »Was ist Armida?«

Colryn antwortete: »Das Gut von Lord Valdir Alton, dem Comyn-Lord, der nach Euch geschickt hat. Es wird ihn freuen, dass Ihr unsere Sprache fließend beherrscht, und er wird Euch genau erklären, welche Wünsche er hat.« Colryn blickte ins Tal hinunter, beschattete seine Augen vor dem verblassenden Sonnenschein mit der Hand und zeigte: »Da unten.«

Sie ritten bergab. Der Wald aus dichten, graublauen Koniferen, die dunkle, nach Gewürzen duftende Zapfen auf den Boden warfen, wurde lichter. Hier und da im Unterholz rief irgendein kleiner Vogel unablässig und klagend. Im Tal bildeten sich dünne Nebelschwaden, und Barron war froh darüber, dass sie Armida vor Beginn des nächtlichen Regens erreichen würden. Er war es leid, nachts auf dem Boden unter Zeltplanen zu liegen, obwohl das Wetter, wie er wusste, für diese Jahreszeit mild war und sie Glück hatten, dass es regnete und nicht schneite. Er hatte auch das über offenen Feuern gekochte Essen satt und wollte gern wieder einmal unter einem Dach schlafen.

Mit lässiger Geschicklichkeit lenkte er sein Pferd den Abhang hinunter, schloss die Augen und ließ sich in einen kurzen Tagtraum sinken. *Ich kenne die Alton-Lords nicht, und ich muss mein eigentliches Vorhaben vor ihnen geheim halten, bis ich sicher bin, dass sie mir helfen und mich nicht hindern werden. Hier kann ich auch einige Informationen über die Wege und die beste Art, sie zu bereisen, erhalten – bald wird der Schnee die Pässe schließen, und vorher muss ich irgendwie den besten Weg nach Carthon in Erfahrung bringen. Den Weg ans Ende der Welt ...*

Er riss sich aus seinem Traum. Welchen Unsinn phantasierte er sich denn da zusammen? Wo war Carthon, und überhaupt, *was* war Carthon? Soviel er wusste, konnte es der

Name eines der Monde sein! *Zum Teufel, vielleicht habe ich ihn auf irgendeiner Landkarte gelesen.* Barron pflegte sich Karten dann und wann anzusehen, wenn er nichts Besseres zu tun hatte. Möglich, dass sein Unterbewusstsein – es heißt, das Unterbewusstsein vergisst nie etwas – aus diesen halb vergessenen Bruchstücken Träume wob.

Wenn das so weiterging, war er bald reif für die Irrenanstalt. *Bald? Verdammt, ich bin ja schon total verrückt!* Sein Gehirn jonglierte mit Fetzen eines Liedes, das er vor Jahren auf einer anderen Welt gelernt hatte; es ging um einen Ritt ans Ende der Welt.

»Ich reite zum Turnier,
Drei Meilen hinter dem Ende der Welt,
Das ist noch weit von hier.«

Nein, das ist verkehrt. Er runzelte die Stirn, versuchte, sich an die Worte zu erinnern. Das konzentrierte seine Gedanken auf etwas anderes als die Fremdartigkeit rings um ihn.

Lerrys lenkte sein Pferd neben das Barrons. »Hast du etwas gesagt, Dan?«

»Eigentlich nicht. Das ist schwer zu übersetzen – aber du verstehst ja die terranische Sprache.«

»O ja«, antwortete Lerrys mit einem Grinsen.

Barron pfiff eine kurze Melodie und sang dann mit einer etwas heiseren, aber musikalischen Stimme:

»Ich reite mit meinem Gefolge
Von wilden Phantastereien,
Aus Luft ist mein Pferd und aus Feuer mein Sporn,
So geht's über Stock und Stein.
Die dunkle Königin
Lud ein mich zum Turnier,

Drei Meilen hinter dem Ende der Welt,
Das ist noch weit von hier.«

Lerrys nickte. »Manchmal hat man so in etwa dies Gefühl. Das Lied gefällt mir, und Valdir würde es auch gefallen. Aber Armida ist nicht *ganz* das Ende der Welt – noch nicht.«

Währenddessen ritten sie um eine Biegung. Ein schwacher Geruch nach dem Rauch von Holzfeuern und feuchter Erde stieg aus dem Tal zu ihnen auf, und durch den dünnen Nebel sahen sie das große Haus unter sich liegen.

»Armida«, erklärte Lerrys, »das Haus meines Pflegevaters.«

Barron wusste nicht recht, warum er erwartet hatte, eine Burg zu sehen, hoch zwischen unbesteigbaren Bergklippen, um die Adler kreischten. Auf dem Weg abwärts wieherten die Pferde und liefen schneller. Lerrys klopfte seinem Tier den Hals.

»Sie wittern ihr Heim und ihre Stallgefährten. Es war eine gute Reise; ich hätte allein reiten können. Das hier ist die sicherste Straße, aber mein Pflegevater fürchtete die Gefahren unterwegs.«

»Was für Gefahren?«, fragte Barron. *Ich muss wissen, was mir auf dem langen Weg nach Carthon zustoßen könnte.*

Lerrys zuckte die Schultern. »Das Übliche in diesen Bergen: Katzenwesen, umherziehende nichtmenschliche Banden, gelegentlich Räuber – obwohl sie für gewöhnlich wilderes Land als das hier vorziehen, und auf jeden Fall sind wir nicht zahlreich genug, um die gefährlicheren anzulocken. Und sollte der Geisterwind wehen – doch ich will dich nicht weggraulen.« Er lachte. »Dieser Teil der Welt ist friedlich.«

»Bist du viel gereist?«

»Nicht mehr als die meisten anderen auch«, sagte Lerrys. »Als ich fünfzehn war, habe ich zusammen mit meinem Pflegebruder die Kilghardberge überquert, die aus den Hellers hinausführen, aber du kannst mir glauben, es war keine Vergnügungsreise. Und einmal zog ich mit einer Karawane in die Trockenstädte. Es ging durch die Pässe des Hohen Kimbi jenseits von Carthon ...«

Carthon! Das Wort klang wie eine Glocke, rüttelte etwas in Barron wach und schickte einen Adrenalinstoß durch seinen Körper. Er zuckte zusammen. Die nächsten ein oder zwei Sätze entgingen ihm. Die Erinnerungen des jüngeren Mannes beinahe grob unterbrechend, fragte er: »Wo und was ist Carthon?«

Lerrys sah ihn verblüfft an. »Es ist eine Stadt oder war es einmal und liegt ein ganzes Stück östlich von hier. Heute kann man es fast eine Geisterstadt nennen. Niemand besucht sie mehr, aber die Karawanen benutzen die Pässe. Dort gibt es eine alte Straße und eine Furt durch den Fluss. Warum?«

»Ich ... ich glaube, ich habe den Namen irgendwo gehört«, antwortete Barron lahm. Er richtete den Blick nach unten und tat, als könne er sich nicht weiter unterhalten, weil sein Pferd schneller wurde. Die Straße verlief jetzt ebener und führte auf die niedrigen Wälle von Armida zu.

Warum hatte er gemeint, Armida sei eine Burg? Jetzt, da er sich vor den Toren befand, kam es ihm nur vernünftig vor, dass es ein lang gestrecktes Haus war, durch Wälle gegen die heftigen Gipfelwinde geschützt. Es war aus blaugrauem Stein gebaut mit großen durchscheinenden Stellen in den Wänden, hinter denen sich Lichter in undeutlichen Farbflecken bewegten. Durch einen niedrigen Torbogen kamen sie in einen warmen, geschützten Hof. Barron überließ sein Pferd einem kleinen, schwärzlichen Mann, in Pelz und Leder gekleidet, der die Zügel mit einer gemurmelten Begrüßungsformel ergriff. Der Terraner stieg mit steifen Gliedern ab.

Kurz danach stand er an einem hoch lodernden Feuer in einer geräumigen Halle mit Steinfußboden. Lichter kämpften mit der Dunkelheit hinter den durchscheinenden Steinwänden, die den Wind sicher ausschlossen. Valdir Alton, ein hoch gewachsener, hagerer, scharfäugiger Mann, begrüßte Barron mit einer Verbeugung und ein paar kurzen, formellen Worten. Dann schwieg er eine Minute lang. Sein Blick ruhte mit einem plötzlichen scharfen Stirnrunzeln auf dem Terraner.

Er fragte: »Wie lange seid Ihr auf Darkover?«

»Fünf Jahre«, antwortete Barron. »Warum wollt Ihr es wissen?«

»Aus keinem besonderen Grund, außer dass – nun, vielleicht, weil Ihr unsere Sprache für einen solchen Neuling gut sprecht. Aber niemand ist so jung, dass er nicht lehren, oder so alt, dass er nicht lernen kann. Wir freuen uns auf das, was Ihr uns über die Herstellung von Linsen lehren werdet. Seid an meinem Herd und in meinem Heim willkommen.« Er verbeugte sich noch einmal und zog sich zurück. Verschiedene Male an diesem langen Abend merkte der Terraner, dass der darkovanische Lord ihn mit intensiver Neugier beobachtete – erst bei der warmen, reichlichen Mahlzeit und später, während sie, bevor man ihnen ihre Betten zeigte, müßig am Feuer saßen.

Einige Darkovaner sind Gedankenleser, habe ich gehört. Wenn er mein Gehirn durchstöbert, muss er darin ein paar verdammt komische Dinge finden. Ob auf diesem Planeten wohl Halluzinationen los sind, die ich mir dann irgendwie einfange?

Seine Verwirrung hielt ihn jedoch nicht davon ab, gewaltig in das gute, warme Essen reinzuhauen, das den Reisenden vorgesetzt wurde, und dem seltsam grünen, harzigen Wein zuzusprechen, den sie danach tranken. Das Schwindelgefühl, das der starke Wein erzeugte, löste die Sorgen auf, die er sich seiner Halluzinationen wegen machte, und nach einer Weile empfand er es als angenehm, schlicht betrunken zu sein, statt die Umwelt durch das doppelte Augenpaar seiner beiden Ichs zu betrachten. Er saß da, trank seinen Wein aus einem wunderschön geschliffenen grünen Kristallpokal und hörte Valdirs Pflegetöchterchen Cleindori zu, die eine kleine Harfe auf ihrem Schoß hielt und in einer weichen, pentatonischen Melodie eine endlose Ballade über einen Wolkensee sang, an dessen Ufer eine Frau spazieren ging und Sterne niederfielen.

Es tat gut, in dem hohen Raum mit den durchscheinenden Vorhängen und den wechselnden Lichtern zu schlafen. Barron, der daran gewöhnt war, nachts in einem dunklen Zimmer zu liegen, suchte zwanzig Minuten lang nach einem Schalter, um die Beleuchtung abzustellen. Dann gab er es auf, legte sich ins Bett und beobachtete sie schläfrig. Die sich verändernden Farben löschten seine Gedanken aus und erzeugten bunte Muster noch hinter seinen geschlossenen Lidern, bis er einschlief.

Er schlief fest und träumte, er schwinge sich durch die Luft, sehe unter sich die Landschaft kippen und höre eine Stimme, die immer wieder und wieder rief: »Suche den Weg nach Carthon! Melitta erwartet dich in Carthon! Nach Carthon ... Carthon ... Carthon ...«

Einmal wachte er auf. Die Worte dröhnten ihm auch dann noch in den Ohren, als er glaubte, wieder völlig munter zu sein. Carthon. Warum sollte er dorthin reisen, und wer könnte ihn dazu zwingen? Er verscheuchte den Gedanken, legte sich hin und schlief erneut ein, nur um wieder von der Stimme zu träumen, die – murmelnd, drängend, befehlend – rief: *»Suche den Weg nach Carthon ...«*

Nach langer Zeit veränderte sich der Traum. Er mühte sich eine endlose Treppe hinab, zerriss dicke Spinngewebe mit seinen vorgestreckten Händen und sah nichts als das grünliche Phosphoreszieren der Wände, die ihn ringsherum erdrückten.

Es war eiskalt. Seine Füße bewegten sich langsam, sein Herz schlug laut, und in seinem Gehirn hämmerte die Frage: »Carthon, *wo ist Carthon?«*

Als die Sonne aufging und ihn die tausend fremdartigen, hübschen Kleinigkeiten eines darkovanischen Haushalts ablenkten, versuchte er, sich den Traum aus dem Kopf zu schlagen. Wieder fragte er sich ganz sachlich, ob er dabei sei, den Verstand zu verlieren. *In Gottes Namen, welchen Zauber hat dieser verdammte Planet über mich geworfen?*

In dem Bemühen, sich diesen zwingenden Träumen oder Zaubereien zu entziehen, wandte er sich später am Tag an Lerrys und sagte zu ihm: »Dein Pflegevater, oder was er ist, sollte mir doch erklären, welche Arbeit ich zu tun bekomme, und ich möchte gern damit anfangen. Wir Terraner faulenzen nicht gern herum, wenn es etwas zu tun gilt. Willst du deinen Vater fragen, ob ich ihn gleich sprechen kann?«

Lerrys nickte. Barron hatte schon bemerkt, dass er praktischer und zielbewusster war als der durchschnittliche Darkovaner und sich weniger mit Förmlichkeiten aufhielt. »Natürlich zwingt dich nichts, mit deiner Arbeit sofort zu beginnen. Aber wenn es dir so lieber ist, stehen dir mein Vormund und ich zur Verfügung, wann immer du möchtest. Soll ich deine Ausrüstung heraufbringen lassen?«

»Bitte.« Barron war an Lerrys' Antwort etwas als merkwürdig aufgefallen. »Ich dachte, Valdir sei dein Vater.«

»Pflegevater.« Wieder sah es so aus, als wolle Lerrys etwas sagen und überlege es sich anders. »Komm, ich bringe dich in sein Arbeitszimmer.«

Es war ein ziemlich kleiner Raum, wenn man darkovanische Maßstäbe zu Grunde legte. Zu Hause, so dachte Barron, wäre es ein respektabler Festsaal gewesen. Durch abwechselnde Schichten von Glas und durchscheinendem Stein blickte man auf den Innenhof. Es herrschte bittere Kälte, doch weder Valdir noch Lerrys schienen darunter zu leiden; sie hatten nur die Leinenhemden an, die darkovanische Männer unter den Pelzjacken zu tragen pflegten. Unten im Hof kamen und gingen Männer; Valdir beobachtete sie ein paar Minuten lang und tat taktvoll, als bemerke er nicht, dass Barron sich die Hände über dem einen einzigen kleinen Kohlenbecken wärmte. Dann drehte der Lord sich um und begrüßte ihn lächelnd.

»Gestern Abend in der Halle konnte ich Euch nur offiziell willkommen heißen; ich freue mich sehr, Euch hier zu sehen, Mr. Barron. Lerrys und ich haben es in die Wege geleitet, dass jemand aus der terranischen Stadt hergeschickt wird, um uns im Linsenschleifen zu unterrichten.«

Barron grinste ein bisschen säuerlich. »Es ist nicht meine reguläre Arbeit, aber ich weiß genug, um Anfänger anleiten zu können. Ihr also habt die Vorverhandlungen geführt? Ich dachte, ihr hier hieltet nicht viel von terranischer Wissenschaft.«

Valdir sandte ihm einen scharfen Blick zu. »Wir haben nichts gegen die terranische Wissenschaft. Es ist die terranische *Technologie*, die wir fürchten – wir fürchten, Darkover könne ein weiteres Glied in einer Kette von Welten werden, alle einander so ähnlich wie Sandkörner an einem Strand oder Unkraut, das den Pfad der Terraner säumt. Doch das reicht hinein in die Politik – oder vielleicht in die Philosophie – und muss des Abends bei einem guten Wein diskutiert werden, nicht nebenbei während der Arbeit. Ihr werdet schon noch feststellen, dass wir gern lernen wollen.«

Während der letzten Sätze Valdirs war sich Barron einer Irritation bewusst geworden. Es war wie ein Ton gerade unterhalb der Wahrnehmungsschwelle. Sein Kopf schmerzte davon, und es wurde ihm schwer, Valdirs Worten zu folgen. Barron sah sich um und versuchte festzustellen, was dies –

Geräusch? – verursachte. Er konnte es nicht ganz hören. Nun versuchte er, sich darauf zu konzentrieren, was Valdir sagte; ein oder zwei Sätze waren ihm entgangen.

»... und deshalb, versteht Ihr, mag das Sehvermögen eines Mannes mit scharfen Augen im Vorgebirge ausreichen, aber auf den hohen Sierras, wo jede Spur eines Feuers unbedingt sofort entdeckt werden muss, bevor es außer Kontrolle gerät, wäre eine Linse – wie nennt ihr es, ein Fernrohr? – eine unschätzbare Hilfe. Das Gerät könnte Morgen auf Morgen von Holz retten. Feuer in der trockenen Jahreszeit ist ein ständiges Risiko ...« Er brach ab. Barron bewegte seinen Kopf unablässig von einer Seite zur anderen, die Hand an die Stirn gedrückt. Der Ton oder die Vibration oder was es war schien jeden Winkel seines Schädels zu füllen. Valdir fragte überrascht: »Der telepathische Dämpfer stört Euch?«

»Der telepathische was? Ja, *irgendetwas* muss hier drin einen höllischen Lärm machen. Entschuldigt, Sir ...«

»Nichts zu entschuldigen«, erwiderte Valdir. Er trat vor ein Schnitzwerk, das wie ein Ornament aussah, und drehte einen Knopf daran. Das nicht zu identifizierende Geräusch ließ nach, und in Barrons Kopf kehrte Ruhe ein. Valdir sah erstaunt aus.

»Es tut mir Leid; nicht ein Terraner unter fünfhundert würde den Dämpfer überhaupt bemerken, und ich hatte einfach vergessen, ihn abzuschalten. Meine aufrichtige Entschuldigung, Mr. Barron! Geht es Euch gut? Kann ich Euch irgendetwas anbieten?«

»Nein, mir fehlt nichts.« Barron fühlte sich wieder ganz normal. Er hätte gern gewusst, was für ein Apparat das war. Denn er teilte das allgemeine terranische Vorurteil, Darkover sei eine barbarische Welt, da der Planet nicht über größere Produktionsstätten und Technologie verfügte. Ein elektronisches Gerät, das hier, weit weg von der Terranischen Zone, in

Betrieb war, kam ihm so außergewöhnlich vor wie ein Baum, der mitten auf einem Raumhafen wächst.

»Ist dies Eure erste Reise in die Berge?«, erkundigte sich Valdir.

»Nein, aber das erste Mal, dass ich die Ebene durchquert habe.« Barron riss sich zusammen. Was war los mit ihm? Dies Maschinchen mit seinen unheimlichen Geräuschen musste seinen Verstand zerrüttet haben. »Ja, ich bin bisher noch nie außerhalb der Terranischen Zone gewesen.«

»Natürlich hast du bisher noch keine wirklichen Berge zu sehen bekommen«, warf Lerrys ein. »Verglichen mit den Hellers, den Hyaden oder den Lorillard-Bergen sind das hier nur Ausläufer.«

»Mir genügen sie als Berge«, meinte Barron. »Wenn das hier Ausläufer sind, eilt es mir gar nicht, etwas Höheres kennen zu lernen.«

Als wolle es seine Worte widerlegen, erwachte schnell ein Bild in seinem Gehirn zum Leben: *Ich hatte mir Armida anders vorgestellt, ich hatte eine hoch über tiefen Abgründen gelegene Burg erwartet, dahinter schneebedeckte Klippen.*

Das Bild verblasste, und Barron stieß den angehaltenen Atem aus. Aber bevor ihm etwas einfiel, das er hätte sagen können, öffnete sich die Tür, und Gwynn trat ein. Er trug jetzt eine Art Uniform in Grün und Schwarz. Begleitet war er von zwei Männern, die zwischen sich Barrons Kiste mit dem Linsen-Rohmaterial und den Schleifwerkzeugen trugen. Nach Barrons Anweisungen setzten sie sie ab und entfernten die schweren Riemen, die Schnallen und die Polsterung, die sie auf der Reise geschützt hatten. Valdir dankte den Männern in einem Barron unbekannten Dialekt. Gwynn hielt sich noch eine Weile auf, um ein paar Routinefragen zu stellen, und als die Männer weggegangen waren, hatte Barron Ruhe und Selbstbeherrschung zurückgewonnen. *Okay, vielleicht habe ich in der Terranischen Zone so etwas wie einen Nervenzusammenbruch gehabt, der sich immer noch in gelegentlichen Anfällen bemerkbar macht. Das braucht nicht unbedingt zu bedeuten, dass ich verrückt werde, und bei der Arbeit, die auf mich wartet, wird es mich bestimmt nicht behindern.* Er war froh, dass er Gelegenheit bekommen hatte, sich zu sammeln, indem er über vertraute Dinge sprach.

Barron musste zugeben, dass Valdir und Lerrys für Männer ohne wissenschaftliche Vorbildung viel Verständnis zeigten und intelligente Fragen zu dem, was er ihnen erzählte, stellten. Er trug ihnen eine sehr kurze Geschichte der Linsen vor – vom Mikroskop über das Fernrohr und die Brechungslinse für die Kurzsichtigkeit bis zum Feldstecher.

»Natürlich ist das nur ein Abriss«, erklärte er. »Wir besitzen einfache Linsen aus unserer vorgeschichtlichen Zeit; auf den meisten Planeten ist das eine präatomare Entwicklung. Jetzt haben wir verschiedene Formen von Radar, Wellendetektoren und dergleichen. Aber als die Menschen auf Terra anfingen, mit dem Licht zu experimentieren, war die Linse unser erster Schritt in diese Richtung.«

»Oh, das lässt sich einsehen«, erwiderte Valdir, »Ihr braucht Euch nicht zu entschuldigen. Auf einem Planeten wie Terra, wo Clairvoyance nur selten und zufällig auftritt, ist es verständlich, dass sich die Menschen solchen Experimenten zuwenden.« Barron starrte ihn an; so hatte er seine Bemerkung nicht gemeint.

Lerrys fing seinen Blick auf und zwinkerte ihm humorvoll zu. Seinen Vormund bedachte er mit einem leichten Stirnrunzeln. Valdir besann sich und fuhr fort: »Und natürlich ist es unser Glück, dass ihr diese Technik entwickelt habt. Seht Ihr, Mr. Barron, während *unserer* ganzen Vorgeschichte war Darkover eine Welt, auf der anstelle von Apparaten und Maschinen die so genannten ESP-Kräfte benutzt wurden, um die fünf

Sinne des Menschen zu verstärken und zu ergänzen. Leider sind viele dieser alten Kräfte in der Zeit vor dem Vertrag, die wir die Jahre des Chaos nennen, verloren gegangen oder vergessen worden, so dass wir jetzt gezwungen sind, unseren Sinnen mit verschiedenen Geräten zu Hilfe zu kommen. Allerdings müssen wir sehr vorsichtig damit sein, welche technischen Erfindungen wir in unserer Gesellschaft zulassen. Wie die Geschichte von nur zu vielen anderen Planeten zeigt, ist die Technologie eine zweischneidige Waffe, die öfter missbraucht als sinnvoll genutzt wird. Wir haben jedoch die mögliche Wirkung auf unsere Gesellschaft sehr sorgfältig studiert und sind zu dem Schluss gekommen, dass die Einführung von Linsen bei einiger Vorsicht in der vorhersehbaren Zukunft keinen greifbaren Schaden anrichten wird.«

»Sehr weise gehandelt«, stellte Barron ironisch fest. Falls Valdir den Sarkasmus merkte, ließ er ihn ihm ohne Kommentar durchgehen. Er sagte: »Larry hat natürlich eine recht gute technische Vorbildung und kann mir Dinge verdeutlichen, die ich nicht verstehe. Jetzt zu den Energiequellen für Eure Maschinen und Ausrüstungen, Mr. Barron. Bestimmt hat man Euch gewarnt, dass sehr wenig Elektrizität verfügbar ist und nur mit ganz geringer Voltspannung?«

»Das geht in Ordnung. Ich habe hauptsächlich Geräte für manuelle Bedienung mitgebracht, dazu einen kleinen Generator, der auf Windbetrieb umgestellt werden kann.«

»Wind haben wir hier in den Bergen reichlich«, meinte Lerrys mit freundlichem Grinsen. »Ich bin derjenige, der vorgeschlagen hat, Windkraft statt Speicherbatterien zu benutzen.«

Barron begann, die verschiedenen Stücke wieder in die Kiste zu verpacken. Valdir stand auf, ging zum Fenster und blieb neben dem dekorativen Schnitzwerk stehen, das das seltsame elektronische Gerät verbarg. Plötzlich fragte er: »Mr. Barron, wo habt Ihr Darkovanisch gelernt?«

Barron zuckte die Schultern. »Ich habe Sprachen immer ziemlich schnell erfasst.« Dann runzelte er die Stirn. Die Sprache, die in der Stadt nahe der Terranischen Zone gesprochen wurde, beherrschte er für den Hausgebrauch recht gut, aber jetzt hatte er eine lange und mit technischen Ausdrücken gespickte Vorlesung gehalten, ohne einmal zu zögern oder den jungen Mann – Larry oder Lerrys oder wie auch immer Valdir ihn nannte – um eine Übersetzung zu bitten. Er fühlte sich merkwürdig verwirrt und beunruhigt. Hatte er tatsächlich die ganze Zeit Darkovanisch gesprochen? Er hatte gar nicht darüber nachgedacht, welcher Sprache er sich bediente. *Verdammt noch mal, was stimmt mit mir nicht?*

Lerrys fiel rasch ein: »Ich habe es dir ja gesagt, Valdir. Nein, verstehen tue ich es auch nicht. Aber – ich habe ihm mein Messer gegeben.«

»Es gehörte dir, und du konntest es verschenken, Pflegesohn, und ich missbillige es nicht.«

»Sieh doch!«, rief Lerrys. »Er kann uns hören!«

Valdirs scharfe Augen wandten sich Barron zu, dem plötzlich aufging, dass sich die beiden Darkovaner in wieder einer anderen Sprache unterhalten hatten. Seine Verwirrung machte ihn zornig. Mit einiger Schärfe erklärte er: »Ich weiß nicht, was man auf Darkover unter Höflichkeit versteht, aber unter meinen Leuten gilt es als recht unhöflich, über einen anwesenden Dritten zu sprechen.«

»Entschuldige«, sagte Lerrys. »Ich hatte keine Ahnung, dass du uns hören konntest, Dan.«

»Mein Pflegesohn sollte besser als jeder andere über latente Telepathen Bescheid wissen«, fiel Valdir ein. »Verzeiht, Mr. Barron; wir hatten keine Unhöflichkeit im Sinn. Unter euch Terranern sind Telepathen nicht häufig, obwohl sie auch nicht unbekannt sind.«

»Ihr meint, ich lese Eure Gedanken?«

»Auf gewisse Weise. Es ist viel zu kompliziert, um es in ein paar Minuten zu erklären. Für den Augenblick schlage ich vor, dass Ihr darin ein Talent seht, das Euch bei der vor Euch liegenden Arbeit sehr zustatten kommen wird, denn Ihr werdet es damit leichter haben, mit Leuten zu reden, deren Sprache Ihr nur wenig beherrscht.«

Barron wollte sagen: *Aber ich bin kein Telepath, ich habe für so etwas nie auch nur ein bisschen Talent gezeigt, und als ich beim Eintritt in den Raumdienst den üblichen Rhine-Test machen musste, war das Ergebnis verdammt nahe an negativ.* Doch er schluckte es hinunter. In letzter Zeit hatte er eine Menge über sich selbst gelernt, und er war nicht mehr derselbe Mann wie früher. Wenn er neben seinen Halluzinationen auch ein paar Talente entwickelte, war das vielleicht auf das Gesetz der Kompensation zurückzuführen. Ganz gewiss war es ihm dadurch leichter geworden, mit Valdir zu sprechen. Also warum sollte er sich beklagen?

Sorgfältig legte er die Gegenstände in die Kiste zurück. Valdir sagte, sie werde für den Ritt hinauf zu der Feuerwache, wo Barron arbeiten sollte, ordnungsgemäß verpackt und gesichert werden. Ein paar Minuten später verabschiedete Barron sich und ging den Flur hinunter. Und auch wenn er sich nicht darüber wunderte, erschütterte es ihn doch, dass er Valdirs und Lerrys' Stimmen immer noch wie ein fernes Flüstern in seinem Kopf hörte.

»Meinst du, die Terraner haben absichtlich einen Telepathen ausgewählt?«

»Nein, Pflegevater. Ich glaube nicht, dass sie genug wissen, um einen erkennen oder ausbilden zu können. Und er ist selbst zu überrascht von der ganzen Sache. Ich sagte dir schon, dass er von irgendwoher ein Bild Sharras aufgefangen hat.«

»Ausgerechnet von Sharra!« – Valdirs geistige Stimme verriet Staunen und so etwas wie Bestürzung. *»Du hast ihm also*

dein Messer gegeben, Lerrys! Du weißt ja, was das bedeutet. Ich entbinde dich von deinem Gelübde, wenn du willst. Sag ihm, wer du bist, sobald es dir notwendig erscheint.«

»Es ist nicht, weil er Terraner ist. Aber wenn er in diesem Zustand auf Darkover herumläuft, muss jemand etwas unternehmen – und ich verstehe ihn wahrscheinlich besser als die meisten anderen Leute. So leicht ist es nicht, die Welten zu wechseln.«

»Zieh keine voreiligen Schlüsse, Lerrys. Du weißt nicht, ob er die Welten wechselt.«

Lerrys' Antwort klang überzeugt und doch irgendwie traurig. *»O doch, das wird er. Wohin unter den Terranern sollte er danach gehen?«*

6

Melitta tastete sich die lange Tunneltreppe hinunter. Seit der schwache Lichtschimmer aus den Ritzen hinter ihr verloschen war, befand sie sich in völliger Dunkelheit und musste auf jeder Stufe mit dem Fuß fühlen, bevor sie ihr Gewicht verlagerte. Sie wünschte, sie hätte daran gedacht, ein Licht mitzunehmen. Aber andererseits brauchte sie beide Hände, um den Weg zu finden und sich abzustützen. Hier unten war sie noch nie gewesen, aber ihre Kindheit war voll gewesen von Geschichten über ihre Storn-Ahnen und die Menschen, die vor diesen die Burg erbaut hatten. Sie wusste, dass Geheimausgänge und Tunnel mit scheußlichen Überraschungen für Leute, die ohne angemessene Vorsichtsmaßnahmen hindurchstolperten, gespickt sein konnten.

Ihre Vorsicht war nicht überflüssig. Bevor sie mehr als ein paar tausend Fuß in die Schwärze hinuntergestiegen war, hörte die Wand zu ihrer Linken plötzlich auf. Ein muffiger Dunst wehte sie aus ungeheurer Tiefe an. Die Luft bewegte sich, und sie hatte keine Angst zu ersticken. Nur hallten die Echos aus solcher Entfernung zurück, dass sie schier verzagte bei dem Gedanken an den Abgrund links von ihr. Einmal trat sie ein Steinchen los. Es rutschte über den Rand und schien ewig zu fallen, bis es endlich mit einem fernen Wispern weit unten landete.

Plötzlich stießen Melittas Hände gegen kalten Stein, und sie stellte fest, dass sie vor einer nackten Mauer gelandet war. Nach dem ersten Schrecken fühlte sie umher und entdeckte, dass sie sich Zoll für Zoll auf einem schmalen Sims am Fuß der Treppe entlangschob. Ihre Hände durchfuhren und zerrissen dicke Spinnweben, und sie wand sich innerlich bei dem

Gedanken an die unsichtbaren Kreaturen, die sie hergestellt hatten. Vor gewöhnlichen Spinnen hatte sie keine Angst, aber wer konnte wissen, welche Gräuel hier schlüpften, seit Anbeginn der Welt vor dem Sonnenlicht verborgen, über was sie in der Finsternis krochen und was für grauenhafte Dinge sie zum Fressen fanden! Melitta nahm sich zusammen, schob ihr kleines Kinn vor und dachte: *Jedenfalls werden sie mich nicht zum Fressen bekommen.* Sie packte den Griff ihres Messers und hielt es vor sich.

Zu ihrer Linken schimmerte ein schmaler Streifen grünlichen Lichts. War sie bereits an das Ende des Tunnels gelangt? Es war weder normales Tageslicht noch Mondschein. Woher das Licht auch kommen mochte, von draußen fiel es nicht herein. Der Sims verbreiterte sich plötzlich. Melitta konnte zurücktreten und richtig gehen statt sich weiterzuschieben.

Das grünliche Licht wuchs langsam, und jetzt sah sie, dass es durch einen Bogengang am Ende ihres Weges fiel. Melitta war alles andere als ängstlich, aber an diesem grünlichen Licht war etwas, das ihr missfiel, noch ehe sie mehr als einen Schimmer davon erblickte. Es war etwas, das unter die Wurzeln des Bewusstseins ging und alte Halberinnerungen aufstörte. Darkover war eine alte Welt, und die Berge waren die ältesten Knochen der Welt, und niemand wusste, was unter den Bergen gewimmelt hatte, als die Sonne vor vielen Zeitaltern abzukühlen begann, und sich bis heute widerlich vermehrte.

Melitta war in ihren pelzgefütterten Stiefeln leise gegangen. Jetzt schlich sie so dahin, dass sie kaum die Luft bewegte. Sie hielt den Atem an aus Angst, sie werde irgendwelche versteckten Scheußlichkeiten stören. Das grüne Licht wurde kräftiger, und obwohl es immer noch nicht heller als Mondschein war, tat es ihren Augen weh. Sie kniff sie bis auf schmale Spalte zusammen und versuchte, das Licht nicht unter ihre Lider eindringen zu lassen. Hier unten war etwas sehr Schreckliches.

Nun, dachte Melitta, *auch wenn es ein Drache ist, kann er nicht viel schlimmer sein als Brynats Männer. Ein Drache wird mich schlimmstenfalls nur fressen wollen. Jedenfalls hat es auf Darkover seit tausend Jahren keine Drachen mehr gegeben. Sie wurden alle vor dem Zeitalter des Chaos getötet.*

Der Eingang, dem das grüne Licht entströmte, war ganz nahe. Melitta empfand die giftige Helligkeit als Angriff auf ihre Augen. Sie trat an den Eingang und lugte hindurch, und sie musste sich Mühe geben, angesichts des geisterhaften Glühens dahinter nicht aufzuschreien.

Das grüne Licht ging von einem dicken, giftigen Schwamm aus, der in den langsamen Luftströmen wuchs. Der Raum vor ihr war hoch und gewölbt. Sie sah mit Schwamm bedeckte Steinmetzarbeiten und am hinteren Ende verwischte, überwachsene Umrisse, die einmal eine Estrade und so etwas wie Sessel gewesen waren.

Melitta gestattete sich nicht, die Nerven zu verlieren. *Warum soll das böse sein, nur weil es grün und schleimig ist?,* fragte sie sich selbst. *Das ist ein Frosch auch, und Frösche sind harmlos. Das ist das Moos auf einem Felsblock auch. Warum habe ich bei Pflanzen, die auf ihre eigene Art wachsen, das überwältigende Gefühl von Schlechtigkeit und Unheil?* Trotzdem konnte sie ihre Füße nicht zwingen, den ersten Schritt in das Gewölbe zu tun. Die Augen schmerzten ihr von dem grünen Licht, und da war ein schwacher Geruch wie nach Aas.

Allmählich gewöhnten sich ihre Augen an das Grün, und sie sah die Wesen, die durch den Schwammbewuchs krochen.

Sie waren weiß und träge. Ihre Augen, groß und merkwürdig schillernd, bewegten sich langsam in Melittas Richtung, und bei diesem blinden Starren drehte sich dem Mädchen der

Magen um. Wie gelähmt stand sie da, und ihre Gedanken rasten: *Das muss neu sein, sie können nicht schon immer hier gelebt haben, dieser Gang ist vor vierzig Jahren noch in gutem Zustand gewesen. Ich erinnere mich, dass mein Vater davon sprach. Allerdings war er seit Jahren vor meiner Geburt nicht mehr hier unten gewesen.*

Melitta trat zurück und musterte die grünen Stalaktiten aus Schwamm und die Kriechtiere. Sie sahen fürchterlich aus, aber waren sie gefährlich? Obwohl sie bei ihrem Anblick eine Gänsehaut bekam, mochten sie so harmlos wie die meisten Spinnen sein. Vielleicht war nichts weiter nötig, als dass sie den Mut aufbrachte, einfach hindurchzurennen.

Ein leises Rascheln hinter ihr ließ sie zu Boden blicken. Dicht zu ihren Füßen saß ein kleines, rotpelziges Nagetier auf den Hinterbeinen und zögerte, die Höhle zu betreten. Sein nervöses Zirpen spiegelte Melittas eigene Besorgnis wider. Es war ein schmutzig aussehendes kleines Geschöpf, aber im Vergleich mit den Kreaturen der grünen Höhle wirkte es normal und freundlich. Melitta hätte ihm beinahe zugelächelt.

Es quiekte wieder, rannte plötzlich los und hinein in den Schwamm.

Die grünen Äste peitschten auf das Tierchen nieder. Es kreischte dünn und war still, erstickt von dem Grün, das in geisterhaftem Licht pulsierte. Durch das Phosphoreszieren schwärmten die goldäugigen Schrecken und entfernten sich wieder. Nicht einmal Knochen blieben übrig; da lag nur noch ein winziger Fetzen rötlichen Fells.

Melitta zwängte sich die Faust in den Mund, um nicht loszuschreien. Sie tat krampfhaft einen Schritt nach hinten und beobachtete das langsame Zurückweichen des Schwamms. Das dauerte mehrere Minuten.

Nach langer Zeit normalisierte sich ihr Herzschlag, und sie begann eifrig nach einer Lösung zu suchen. *Wenn es mir doch nur gelänge, hier irgendwie durchzukommen und Brynats Männer hinter mir herzulocken,* dachte sie grimmig. Doch das brachte sie nicht weiter.

Feuer. Alle Lebewesen fürchten das Feuer, ausgenommen der Mensch. Wenn ich Feuer machen könnte ...

Sie hatte kein Licht, aber sie trug Stahl und Feuerschwamm in der Tasche. Auf Darkover während des Winters ohne die Mittel, Feuer zu schlagen, im Freien zu sein, bedeutete den Tod. Ehe sie acht Jahre alt war, hatte sie alle Tricks gelernt, an jedem Ort und zu jeder Zeit Feuer zu machen.

Sich bemühend, nicht tief zu atmen, zog sie ihr Feuerzeug aus der Tasche. Sie hatte nichts, das sie als Fackel benutzen konnte. Deshalb nahm sie ihren Schal ab, wickelte ihn um einen Stein und zündete ihn an. Die Flamme vorsichtig vor sich her tragend, betrat sie die Schwammhöhle.

Die grünen Äste peitschten zurück, als Schein und Hitze des Feuers sie trafen. Das träge Krabbeln zu ihren Füßen ließ Melitta vor Entsetzen keuchen. Doch die Wesen machten keine Anstalten, sie anzugreifen. Melitta atmete wieder normal und durchquerte festen Schrittes die Höhle. Sie musste schnell gehen, aber nicht so schnell, dass sie nicht mehr sah, wohin sie trat. Der Schal würde höchstens eine Minute lang brennen. Glücklicherweise schien der grüne Bewuchs nicht weiter als hundert Meter zu reichen. Hinter dem Bogen am Ausgang herrschte wieder Dunkelheit.

Eins der Kriechtiere stieß gegen ihren Fuß. Es fühlte sich schlüpfrig an wie ein Frosch. Melitta schwankte, kämpfte um ihr Gleichgewicht und ließ den brennenden Schal fallen. Sie bückte sich, um ihn aufzuheben ...

Ein hohes, schrilles Kreischen kam von den Kriechtieren. Der grüne Schwamm zu ihren Füßen bewegte sich. Melitta hielt den Atem an und wartete darauf, dass er zuschlug.

Der flammende Schal berührte den grünen Ast, und er fing

Feuer. Unheimliche grün-rote Zungen leckten hinauf zur Decke. Das Feuer loderte auf, ergriff Ast um Ast. Melitta spürte die Hitze. In einer halben Minute standen die Wände der Höhle in Flammen. Die Kriechtiere schrien, wanden sich und starben zu Melittas Füßen. Die grünen Äste schlugen heftig um sich und bemühten sich vergeblich, außer Reichweite des Feuers zu gelangen.

Melitta kam es wie eine Ewigkeit vor, wie sie entsetzt dastand. Sie zog ihre Kleider von den Flammen zurück, ihre Ohren schmerzten von den Schreien, und ihre Augen brannten von der grünlichen Färbung des Feuers. Ihr Verstand sagte ihr, dass es nur ein paar Minuten gedauert haben konnte, bis die Flammen keine Nahrung mehr fanden, zusammensanken und starben und sie in gesegneter Dunkelheit allein ließen.

Melitta erinnerte sich an die Richtung, in der der Ausgang lag, und schritt langsam durch die Höhle darauf zu. Sie hielt den Atem an, um den giftigen Staub des verbrannten Schwamms nicht in die Lungen zu bekommen. Unter ihren Sohlen raschelte es unangenehm. Es war ihr zuwider, die Füße auf den Boden zu setzen, aber da half alles nichts.

Sie merkte, dass sie den Ausgang passiert hatte, denn fast sofort war die Luft reiner, und unter ihren Sohlen war nichts als harter Fels. Von irgendwoher kam auch ein schwaches Licht – vielleicht drang ein bisschen Mondschein durch einen verborgenen Luftschacht. Die Erbauer dieser Tunnel hatten sich große Mühe gegeben, den Weg angenehm zu machen. Weit weg hörte Melitta Wasser plätschern, und ihr, deren Kehle voll Staub war, klang es wie eine Verheißung.

Sie ging auf das Geräusch des Wassers zu. Zweimal zuckte sie zusammen, als sie an den Wänden eine Spur, kaum mehr als einen Schmierstreifen, des grünlichen Zeugs sah, und merkte sich vor: *Wenn ich jemals zurückkehre, werde ich hinuntersteigen und es ausbrennen. Wenn nicht, hoffe ich, dass es schnell wächst – und dass Brynat eines Tages hierherkommt!*

Nachdem sie eine Zeit, die ihr wie Stunden vorkam, langsam hinabgestiegen war, fand sie das Wasser – ein tröpfelndes Rinnsal, das aus dem Fels kam und neben ihr über die Stufen rann. Sie schöpfte mit den hohlen Händen. Das Wasser war gut; sie trank sich satt, wusch ihr schmutziges Gesicht und aß ein paar Bissen. Nach dem Gefühl, das die Luft auf ihrem Gesicht hervorrief, schätzte sie, dass die Nacht schon weit vorgeschritten war. Bis zum Morgen musste sie in einem sicheren Versteck sein.

Wirklich? Ich könnte einen oder zwei Tage lang in dem Tunnel bleiben, bis man die Suche nach mir aufgibt.

Dann erkannte sie, dass das nicht ging. Sie konnte sich nicht in diesem Ausmaß auf Allira verlassen. Ihre Schwester würde sie nicht absichtlich verraten. Aber wenn Brynat argwöhnte, Allira wisse Bescheid, würde er alles versuchen, um ihr die Information zu entreißen. Melitta traute ihrer Schwester nicht zu, dass sie längere Zeit einem Verhör standhielt.

Nun ging es in dem Tunnel weniger steil abwärts, bis sie auf eine leicht abschüssige Rampe kam. Sie musste sich dem Ende der langen Treppe nähern. Melitta konnte Entfernungen gut abschätzen, und sie wusste, dass sie in dieser Nacht eine beträchtliche Strecke zurückgelegt hatte. Der Tunnel führte in die Höhlen und Klippen weit unterhalb der Burg. Dann stand sie vor einer großen bronzenen Doppeltür und schob sie auf. Sie war draußen und frei.

Es war immer noch dunkel, obwohl der Geruch der Luft verriet, dass es bis zur Morgendämmerung weniger als zwei Stunden waren. Die Monde waren untergegangen, und der Regen hatte aufgehört, obwohl in Bodennähe noch Nebel wallte. Melitta blickte auf die geschlossenen Türen hinter sich zurück.

Sie wusste, wo sie sich befand. Diese Türen hatte sie von außen gesehen, wenn sie als Kind in dem Schmiededorf spielte. Jetzt stand sie auf einem offenen Platz, auf allen Seiten von Klippen umgeben. In den Fels waren ringsum Türen geschnitten. Der Himmel hoch droben war nur ein Fleck. Melitta betrachtete die dunklen Haustüren, von denen einige offen standen, und dachte mit dem ganzen Verlangen ihres müden Körpers, wie schön es sein würde, in eins der verlassenen Häuser zu kriechen, sich hinzulegen und stundenlang zu schlafen.

Doch sie zwang sich, dem Pfad zu folgen, der zwischen den Klippen abwärts führte. Ebenso wie den Tunnel würde Brynat auch in dem leeren Schmiededorf als Erstes nach ihr suchen, wenn es ihm gelang, Allira das Geheimnis des Ganges zu entreißen. Ambosse standen im Freien. Hier hatten die Schmiede vor zahllosen Jahren gearbeitet und schöne und seltsame Dinge hergestellt, Schmuck aus Kupfer und die eisernen Tore ihrer eigenen Burg, die bei der Belagerung eingedrückt und niedergerissen worden waren. Melitta warf einen Blick nach oben. Von hier konnte sie einen Teil der Außenwerke sehen. Brynat hatte keine Zeit verloren, die Befestigungen von Storn reparieren zu lassen. Offensichtlich glaubte er, die Burg gegen Angreifer verteidigen zu müssen.

Und er wird angegriffen werden. Ich schwöre es bei Avarra und Zandru, ich schwöre es bei Sharra, der Göttin der Schmiede und des Feuers! Er soll zehnfach leiden ...

Dafür war keine Zeit. Wenn sie Brynat leiden lassen wollte, konnte sie das nur auf einem einzigen Weg erreichen: Sie musste selbst davonkommen. Ihre eigene Sicherheit kam jetzt zuerst. Sie ging an dem alten Kreis der Feuerstellen vorbei, die kalt und rostig waren. Sogar die Statue Sharras im Mittelpunkt war trüb geworden, das Gold ihrer Ketten, das sich von dem dunkleren Metall ihres Körpers abhob, mit Spinnweben und Vogeldreck überzogen. Melitta schauderte vor dem Sakrileg. Sie war keine Verehrerin der Flammenhaarigen, aber wie jedes Kind der Berge hatte sie große Ehrfurcht vor der geheimen Kunst der Schmiede.

Falls ich zurückkomme – sobald ich zurückkomme, soll Sharras Bild gereinigt und von neuem verehrt werden ... Auch dafür war jetzt keine Zeit.

Der Horizont rötete sich merklich, als Melitta sich mit wunden Füßen zu der Tür eines kleinen Hauses weit unterhalb der Burg schleppte und schwach anklopfte. Sie hatte ihre letzten Kräfte verbraucht. Wenn niemand sie hörte, wenn niemand ihr half, würde sie umfallen und hier liegen bleiben, bis sie starb oder Brynats Männer sie fanden.

Aber es dauerte nur ein paar Augenblicke. Dann öffnete sich die Tür vorsichtig um einen Spalt, mütterliche Arme fassten Melitta und zogen sie hinein und an ein Feuer.

»Schnell – verriegele die Tür, zieh die Vorhänge zu – D*amisela,* woher kommt Ihr? Wir glaubten, Ihr hättet bei der Belagerung den Tod gefunden oder Schlimmeres! Wie seid Ihr freigekommen? Evanda behüte uns! Eure armen Hände, Euer Gesicht – Reuel, du Stiesel, schnell, bring Wein für unsere kleine Lady!«

Kurze Zeit später waren Melitta die Stiefel ausgezogen. Sie saß in Decken gewickelt mit den Füßen am Feuer, trank heiße Suppe und erzählte ein bisschen von ihrer Flucht. Ihre Zuhörer machten große Augen.

»Lady, Ihr müsst Euch hier verstecken, bis man die Suche aufgibt ...« Aber sie machten dabei besorgte Gesichter. Melitta erklärte schnell: »Nein. Brynat würde euch bestimmt alle umbringen«, und sah beschämte Erleichterung in ihren Augen. »Ich kann mich in den Höhlen oben am Berg verstecken, bis es heute Abend dunkel wird. Dann fliehe ich nach Nevarsin oder noch weiter. Aber ihr könnt mir etwas Essen mitgeben und vielleicht ein Pferd, das für die Pässe geeignet ist.«

Dafür wurde schnell gesorgt. Bei Tagesanbruch lag Melitta bereits, eingehüllt in Pelze und Decken, in den labyrinthischen Höhlen, die jahrhundertelang die letzte Zuflucht der Storns gewesen waren. Einen Tag lang war sie dort sicher, denn Brynat würde zuerst die näher gelegenen Orte durchkämmen, und bis heute Abend war sie fort. Es war ein langer Weg bis Carthon.

Erschöpft schlief das Mädchen ein, doch noch in ihren Träumen verfolgte sie der Name – *Carthon.*

7

Barron hatte sich eingebildet, auf der Reise von der Terranischen Zone nach Armida Berge gesehen zu haben. Es stimmte schon, seine darkovanischen Begleiter hatten sie wiederholt das Vorgebirge genannt, aber er hatte das für Prahlerei gehalten, die den Fremden beeindrucken sollte. Jetzt, einen halben Tagesritt von Armida entfernt, ging ihm auf, dass sie nicht übertrieben hatten. Als sie auf einem meilenlangen, abschüssigen Pfad entlang einer bewaldeten Flanke herauskamen, sah er vor sich das wirkliche Gebirge liegen. In kühlem Purpur, tiefem Violett, blassem Gräulichblau reihte sich Rücken an Rücken und Gipfel an Gipfel, jede Erhebung höher und weiter entfernt, bis sie in wolkigen Fernen verschwanden, die Gewitterwolken sein mochten – oder weitere Berge.

»Großer Gott«, entfuhr es ihm, »wir müssen doch nicht über diese Berge hinweg?«

»Nicht ganz«, beruhigte ihn Colryn, der neben ihm ritt. »Nur bis zum Gipfel der zweiten Kette – da.« Er zeigte. »Der Feuerturm steht da oben.« Er nannte Barron den darkovanischen Namen des Berges. »Aber wenn Eure Augen gut genug sind, könnt Ihr über das ganze Gebirge bis zu dem Höhenzug blicken, den man den Wall um die Welt nennt. Dahinter lebt niemand, ausgenommen die Waldläufer.«

Barron erinnerte sich an vage Geschichten über verschiedene nichtmenschliche Gruppen auf Darkover. Das nächste Mal, als sie anhielten, um einen kalten Imbiss aus ihren Satteltaschen zu sich zu nehmen und die Pferde ausruhen zu lassen, sah er sich nach Lerrys um, der immer noch der Freundlichste von den dreien war, und erkundigte sich bei ihm. »Leben sie nur jenseits des Gebirges? Oder gibt es auch in diesen Bergen Nichtmenschen?«

»O ja. Wie lange bist du schon auf Darkover, fünf von unseren Jahren? Und du hast noch keinen von unseren Nichtmenschen gesehen?«

»Zwei oder drei *Kyrri* in der Terranischen Handelszone – von weitem«, antwortete Barron. »Und die kleinen bepelzten Leute auf Armida – ich weiß nicht, wie ihr sie nennt. Gibt es noch andere? Und sind sie alle – nun, bei Nichtmenschen kann ich schlecht fragen, ob sie menschlich sind. Aber entsprechen sie den Begriffen des Imperiums für so genannte intelligente Lebewesen – eine Kultur, die um die eigene Geschichte weiß, eine Sprache, die die Verständigung mit anderen I.L.'s ermöglicht?«

»Oh, sie alle sind nach den Begriffen des Terranischen Imperiums I.L.'s«, versicherte Lerrys ihm. »Der Grund, warum das Imperium sich nicht mit ihnen abgibt, ist ganz einfach. Die Menschen hier haben an dem Imperium *per se* nicht viel Interesse, doch interessieren sie sich für andere Menschen als Individuen. Die nichtmenschlichen Rassen – ich bin kein Fachmann auf dem Gebiet, aber ich vermute, warum sie nie versucht haben, mit dem Imperium Verbindung aufzunehmen, hat denselben Grund, warum sie auch mit den Menschen auf Darkover nicht viel zu tun haben. Ihre Ziele und Wünsche und so weiter sind so völlig anders, dass ein Kontakt keinen Sinn hat. Sie wünschen keinen, und sie haben keinen.«

»Das heißt, dass nicht einmal die Darkovaner Kontakt mit den Nichtmenschen haben?«

»Ich möchte nicht sagen, *keinen* Kontakt. Es gibt in beschränktem Umfang Handel mit den Waldläufern – man könnte sie halbmenschlich oder subhuman nennen, und sie leben in den Bäumen der Wälder. Sie handeln mit den Bergbewohnern um Medikamente, kleine Werkzeuge, Metall und dergleichen. Sie sind harmlos, solange man sie nicht ängstigt. Die Katzenwesen – das ist eine Rasse ähnlich den *Cralmacs*, den bepelzten Dienern auf Armida. *Cralmacs* sind nicht sehr intelligent, sie stammen von eher katzen- als affenähnlichen Vorfahren ab. Aber sie besitzen eine Art von Kultur, und einige von ihnen sind Telepathen. Ihre Intelligenz ist mit der eines Schwachsinnigen zu vergleichen oder der eines Schimpansen, der plötzlich zu einer Stammeskultur gekommen ist. Ein Genie unter den *Cralmacs* mag ein Dutzend Wörter aus einer menschlichen Sprache lernen, aber ich habe noch nie gehört, dass einer das Lesen gelernt hätte. Vermutlich haben die Leute vom Imperium die Vorschriften sehr zu ihren Gunsten ausgelegt, als sie sie als I.L.'s klassifizierten.«

»Das tun wir oft. Wir wollen vermeiden, dass sich später Geschrei erhebt, wir hätten eine potenziell intelligente Rasse als höhere Tiere behandelt.«

»Ich weiß. *Cralmacs* werden als tatsächliche oder potenzielle I.L.'s aufgeführt und in Ruhe gelassen. Die Katzenwesen, so nehme ich an, sind verdammt viel intelligenter; ich weiß, dass sie metallene Werkzeuge benutzen. Glücklicherweise bin ich ihnen nie in die Nähe gekommen. Sie hassen die Menschen und greifen sie an, wann immer sie es ungestraft tun können. Es heißt, dass sie eine sehr komplizierte feudale Kultur mit den unglaublichsten Verhaltensmaßregeln für das Wahren des Gesichts besitzen. Die Trockenstädter glauben, einige Elemente ihrer eigenen Kultur stammten aus dem kulturellen Austausch, der vor Jahrtausenden mit den Katzenwesen stattgefunden hat. Ein I.B.-Xenthropologe könnte dir mehr darüber erzählen.«

»Wie viele Rassen von I.L.'s gibt es denn nun auf Darkover?«, fragte Barron.

»Gott allein weiß es, und das ist keine bloße Redensart. Bestimmt weiß es kein Terraner. Vielleicht wissen es ein paar von den Comyn, aber sie sagen es nicht weiter. Oder die *Chieri,* das ist eine weitere der nahezu menschlichen Rassen. Viele glauben, dass sie ebenso hoch über den Menschen stehen wie die *Cralmacs* unter uns. Ganz sicher ist, dass es kein Terraner weiß, und ich habe mehr Gelegenheit gehabt als sonst einer.«

Bei seinem Interesse für die Nichtmenschen begriff Barron erst eine Minute später, was dieser letzte Satz bedeutete. »*Du* bist Terraner?«

»Zu Ihren Diensten, Sir. Mein Name ist Larry Montray; man nennt mich nur deswegen Lerrys, weil das für einen Darkovaner leichter auszusprechen ist.«

Barron fühlte sich an der Nase herumgeführt und wurde ärgerlich. »Und du hast es zugelassen, dass ich mich zum Narren mache, indem ich versuche, Darkovanisch mit dir zu sprechen?«

»Ich habe mich dir als Dolmetscher angeboten«, erinnerte Larry. »Zu der Zeit galt mein Valdir gegebenes Versprechen noch, niemals zu erwähnen, dass ich Terraner bin – keinem Menschen gegenüber.«

»Und du bist sein Mündel? Sein Pflegesohn? Wie ist das zu Stande gekommen?«

»Das ist eine lange Geschichte«, sagte Larry. »Vielleicht ein anderes Mal. In Kürze: Valdirs Sohn Kennard wird auf Terra bei *meiner* Familie ausgebildet, und ich lebe hier bei *seinen* Leuten.« Larry kletterte auf die Füße. »Gwyn hält nach uns Ausschau; wir müssen wohl weiter. Wir möchten den Feuerturm morgen vor dem Dunkelwerden erreichen, wenn es geht – die Feuerwächter dort müssen abgelöst werden –, und es ist bis dahin noch ein weiter Weg.«

Jetzt hatte Barron beim Weiterreiten viel zum Nachdenken, aber ein bestimmter Gedanke kehrte mit einer Beharrlichkeit, die er nicht verstand, immer wieder. Es war, als betone ein unsichtbarer Begleiter diesen Punkt fast in Panikstimmung.

Ein Terraner kann sich als Darkovaner ausgeben. Ein Darkovaner kann sich als Terraner ausgeben. Ein Terraner kann sich als Darkovaner ausgeben. In diesen Bergen, wo man nie einen Terraner gesehen hat, würde ein Terraner, der sich als Darkovaner ausgibt, von keinem Menschen entdeckt und bei den Nichtmenschen keine ungewöhnliche Aufmerksamkeit auf sich lenken ...

Barron schüttelte den Kopf. *Genug davon!* Für die darkovanischen Berge interessierte er sich nur unter einem Gesichtspunkt: Er wollte seine Arbeit so gut tun, dass das Imperium ihn in Gnaden wieder aufnahm und ihm seinen alten Posten oder einen ähnlichen zurückgab. Dann konnte er auf einem anderen Planeten als Raumhafenlotse neu anfangen. *Wenn es Larry oder Lerrys – oder wie er sich nennt – Spaß macht, in einer Familie aus unheimlichen darkovanischen Telepathen zu leben und mehr über Nichtmenschen und dergleichen zu erfahren, als es sonst irgendwen kümmert, ist das seine Sache. Jeder amüsiert sich auf seine Weise, und ich habe schon etliche Spinner kennen gelernt.*

Darauf versuchte er sich den ganzen Tag nicht sehr erfolgreich zu konzentrieren. Stur übersah er die Schönheit der Blumen, die den Bergpfad säumten, und wies Larrys freundliche Versuche zurück, ein Gespräch in Gang zu bringen. Gegen Abend, als der Weg steiler wurde, vertrieb ihnen Colryn die Zeit, indem er mit einer melodischen Bassstimme darkovanische Legenden sang. Aber Barron verschloss seine Ohren und wollte nicht zuhören. Er schloss seine Augen und ließ sein Pferd den Weg allein finden. Das Pferd wusste darüber mehr als er selbst.

Das Geräusch der Hufe, das langsame Schaukeln im Sattel und die Dunkelheit hinter den geschlossenen Lidern waren anfangs hypnotisch, dann seltsam vertraut. Es schien Barron normal zu sein, im Sattel zu sitzen, ohne etwas zu sehen, dem

Pferd unter sich zu vertrauen und hellwach zu sein, was alle anderen Sinne betraf, den Duft der Blumen und Koniferen, den Staub der Straße, die scharfe, moschusartige Ausdünstung eines Tieres im Unterholz wahrzunehmen. Lerrys, lenkte sein Pferd neben das Barrons. Barron hielt die Augen weiter geschlossen, und nach einer Weile gab Lerrys seinem Pferd die Sporen und überholte Colryn. Colryn fuhr fort, mit leiser Stimme zu singen. Ohne sagen zu können, woher ihm das Wissen kam, erkannte Barron, dass der Sänger mit der Einleitung zu der langen *Ballade von Hastur und Cassilda* begonnen hatte.

Wie seltsam das ohne die Begleitung der Wasserharfe klingt! Allira trug die Ballade gut vor, obwohl es eigentlich ein Lied für eine Männerstimme ist.

Der See erglänzt in Sternenpracht,
Die Heide lag in dunkler Nacht,
Still waren Feld und Baum und Stein.
Robardins Tochter ging allein,
Die goldne Spindel in der Hand.
Ein helles Licht strahlt auf am Strand.
Der Gott wie in Juwelen lag,
Cassilda sah ihn und erschrak ...

Er hörte nicht länger zu, denn aus weiter Ferne kam der Ruf eines Falken und der Schrei eines verwundeten kleinen Tieres im Gesträuch. *Er war hier, er war frei, und hinter ihm lagen Ruin und Tod.*

Das Lied ging weiter, leise und unaufhörlich:

... Sie kam und legt in seine Hand
Die Sternenblume gold und blau,
Da ward er sterblich wie die Frau ...

Während er dem Lied über das Glück Cassildas, das Leid Camillas, die Liebe Hasturs und den Verrat Alars zuhörte, kamen ihm merkwürdige Gedanken: *Es muss seltsam sein, wenn man Comyn und Hastur ist und davon überzeugt, mit dem Gott verwandt zu sein ...*

Ich könnte jetzt gut einen oder zwei Götter als Verwandte brauchen!

Was sind diese alten Götter eigentlich? Das Schmiedevolk behauptete immer, Sharra komme zu seinen Feuern – und damit meinten sie nicht etwa den Geist des Feuers! Die alten Telepathen waren fähig, Kräfte heraufzubeschwören, die meinen Vogelkleidern und Feuerschilden so überlegen sind wie diese dem Messer eines Waldläufers!

»Barron! Schlaft hier nicht ein, Mann; der Pfad wird gefährlich!« Die Stimme Gwynns, des großen Darkovaners, brach in seinen Traum ein, und Barron schüttelte sich wach. War das wieder eine Halluzination gewesen? – Nein, nur ein Traum. »Ich muss tatsächlich eingeschlafen sein.« Er rieb sich die Augen. Gwynn lachte. »Und wenn man bedenkt, dass Ihr vor fünf Tagen noch nie im Sattel gesessen hattet! Ihr lernt schnell, Fremder, ich gratuliere Euch. Haltet trotzdem von hier an die Augen lieber offen. Der Weg wird eng und schwierig, und wahrscheinlich habt Ihr ein besseres Urteil als Euer Pferd – obwohl ein altes Sprichwort sagt: *Auf einem Weg, der bergauf führt, lass deinem Pferd seinen eigenen Kopf.* Aber wenn Ihr hier fallt ...« Er zeigte auf die Abgründe von tausend Fuß Tiefe, die sich zu beiden Seiten des Pfades auftaten. »Wir müssen versuchen, vor dem Dunkelwerden hier durch und unten im Tal zu sein. In diesen Höhen gibt es Ya-Männer und vielleicht Banshees, und obwohl nichts von einem Geisterwind zu spüren ist, bin ich gar nicht wild darauf, ihnen zu begegnen.«

Barron wollte schon fragen, was Ya-Männer und Banshees

seien, und hielt inne. *Verdammt noch mal, es interessiert mich nicht. Ich bin schon viel zu voll von darkovanischen Dingen, und Gwynn und die anderen sind hier, um mich zu beschützen.* Es gab keinen Grund, warum er über diese angeblichen Gefahren nachdenken oder sich gar erkundigen sollte, worin sie bestanden.

Trotzdem drang das Unbehagen seiner Gefährten bis zu ihm durch, und er ertappte sich dabei, dass er in der Enge des Passes zu ihnen aufschloss. Fast war es eine Enttäuschung, als sie die höchste Stelle ohne Unfall erreichten und mit dem Abstieg begannen.

In dieser Nacht kampierten sie im Tal unter schützenden graublauen Büschen, die nach Gewürzen und nach Regen rochen. Es wurde weniger geredet und gesungen als üblich. Barron, der wach in seinen Decken lag und dem Nachtregen lauschte, vor dem ihn die dichten Büsche abschirmten, konnte seine Unruhe nicht bezwingen. *Ist das eine Hölle von einer Welt! Warum musste ich gerade hier kleben bleiben?*

Schon hatte er das Entzücken und die Faszination während des ersten Abschnitts der Reise durch das Vorgebirge halb vergessen. Das war Teil der Fremdartigkeit in ihm, an die er nicht denken wollte.

Spät am nächsten Tag erreichten sie die Feuerwache. Barron packte seine Kiste in dem ihm zugewiesenen großen, luftigen Raum bei Lampenlicht aus und gestand sich missmutig ein, dass Valdir wenigstens keine Mühe gescheut hatte, es einem Gast bequem zu machen. Da waren geräumige Regale und Schränke für seine Werkzeuge, Bänke und Arbeitsplätze mit gutem Licht. Die Drucklampen erzeugten eine bemerkenswerte Helligkeit aus dem verhältnismäßig unreinen Brennstoff, den man aus den Harzen und Ölen der hiesigen Bäume extrahierte. Ein breites Fenster aus klarem Glas – auf Darkover nicht sehr begehrt und nicht häufig anzutreffen und offenbar für das Behagen des terranischen Gastes angebracht – gewährte den Blick auf ein unglaubliches Panorama, Höhenzug auf Höhenzug bewaldeter und felsiger Hänge und Gipfel. Barron stand am Fenster und beobachtete, wie die riesige rote Sonne Darkovers unterging. Die Berge hier waren so hoch, dass die Sonne verschwand, noch bevor sich der abendliche Nebel bildete. Da überkam ihn wieder dies unheimliche Gefühl, das sein Herz rasen ließ. Mit schierer Willenskraft schaffte er es, ihm nicht zu unterliegen, und ging hinaus, um die Feuerwache zu erkunden.

Oben auf einem der höchsten Gipfel gelegen, beherrschte sie – auch ohne dass man den hinter ihr liegenden Turm erstieg – Hunderte von Quadratmeilen bewaldeten Landes. Barron erkannte die zusammengedrängten Dächer von kleinen Dörfern und zählte fünfzehn, jedes geschützt in einer Talsenke liegend. Jetzt verstand er, wozu Fernrohre gebraucht wurden. Der Blick ging so weit, dass sich die Landschaft in einem Nebel verlor, den das nackte Auge nicht zu durchdringen vermochte. Eine dünne Rauchsäule konnte sich darin leicht verstecken. Barron entdeckte sogar die weit entfernten Dächer von Armida und in großer Höhe einen Turm, der wie eine Burg wirkte.

»Mit deinen Linsen«, sagte Larry, der sich ihm an der Tür der Feuerwache beigesellte, »werden wir Waldbrände entdecken, wenn sie noch klein sind, und unser Holz retten. Sieh mal!« Er zeigte auf die Flanke eines fernen Höhenzugs, der wie eine schwarze Narbe im Grün war. »Da hat es vor fünf Jahren gebrannt. Das Feuer war einen oder zwei Tage lang außer Kontrolle, und obwohl aus sieben Dörfern jeder einzelne Mann zum Löschen kam, haben wir viele Quadratmeilen an gutem Holz und Harzbäumen verloren. Jetzt können wir von hier aus auch sehen, wenn Räuber oder andere Banden angreifen, und eine Warnung aussenden.«

»Wie gebt ihr die Warnung? Ich habe keine Sirenen oder etwas Ähnliches bemerkt.«

»Glocken, Signalfeuer ...« Er wies auf einen hohen Stapel trockener Zweige, der sorgfältig durch einen mit Wasser gefüllten Graben gesichert war. »Und außerdem haben wir ein Gerät für Blinkzeichen – den terranischen Namen dafür habe ich nie gewusst.« Er zeigte Barron die glänzenden Metallplatten. »Natürlich kann man es nur an sonnigen Tagen benutzen.«

»Ein Heliograf«, sagte Barron.

»Das ist es!«

Barron hatte angenommen, er werde sich wie ein Fisch auf dem Trockenen fühlen, aber in den ersten paar Tagen wickelte sich alles reibungslos ab. Die Feuerwache war mit sechs Männern besetzt, die jeweils fünfzehn Tage Dienst taten und dann von anderen abgelöst wurden. Man wandte dabei ein Rotationssystem der Art an, dass alle sieben Tage drei neue Männer kamen. Zurzeit hatte Gwynn den Befehl über die Feuerwache. Larry war überzählig, und Barron fragte sich, ob er nur zum Dolmetschen da sei oder um ein Auge auf den Fremden zu halten. Schließlich brachte ihn eine Bemerkung Gwynns zu der Annahme, Larry solle sich in die Leitung der Feuerwache einarbeiten, damit er sich wie alle jüngeren Männer aus darkovanischen Familien bei einer verantwortlichen Aufgabe nützlich machen konnte. Colryn war Barron als Assistent zugeteilt. Er sollte vor allem das Linsenschleifen lernen und später alle Feuerwächter, die bereit dazu waren, in der Herstellung und dem Gebrauch von Fernrohren unterrichten.

Aus den Orientierungskursen, die Barron vor Jahren absolviert hatte, wusste er, dass Darkover eine Welt ohne komplexe Technologie und Industrie war, und er hatte sich darauf gefasst gemacht, dass er keine begabten Schüler finden werde. Nun erstaunte ihn die Schnelligkeit, mit der Colryn und die anderen die Grundbegriffe der Optik, seine Erklärungen über die Eigenschaften reflektierten und gebrochenen Lichts und seine Anweisungen über die Arbeit des Schleifens erfassten. Vor allem Colryn eignete sich mühelos die Fachsprache und die schwierigen Techniken an, ebenso Larry, der am Unterricht teilnahm, wenn er nicht gerade auf Patrouille draußen war. Aber Larry war Terraner und schien wenigstens die Anfänge einer terranischen Ausbildung genossen zu haben, und deshalb hatte Barron von ihm nichts anderes erwartet. Colryn dagegen war eine Überraschung.

Das sagte Barron ihm eines Nachmittags, als sie in der Werkstatt oben arbeiteten. Er hatte dem jüngeren Mann gezeigt, wie man eins der komplizierten Schleifwerkzeuge einstellt und mit den Messinstrumenten überprüft. »Eigentlich brauchst du mich überhaupt nicht. Mit ein paar Lehrbüchern hättest du es dir allein aneignen können. Es ist kaum der Mühe wert, die Valdir sich gemacht hat, um mich über diese Entfernung herzuholen. Er hätte sich einfach in der Terranischen Zone Bücher und Ausrüstung besorgen und dir geben sollen.«

Colryn zuckte die Schultern. »Dann hätte er mich erst darin unterrichten lassen müssen, die Bücher zu lesen.«

»Du sprichst doch etwas Terra-Standard, da wäre es dir nicht schwer gefallen. Soweit ich es beurteilen kann, ist die darkovanische Schrift nicht so kompliziert, dass du Probleme mit den Imperiumsbuchstaben gehabt hättest.«

Jetzt lachte Colryn. »Das weiß ich nicht. Vielleicht könnte ich Terra-Standard lesen, wenn ich überhaupt lesen könnte. Das ist etwas, worüber ich nie nachgedacht habe.«

Barron starrte ihn entgeistert an. Colryn machte doch einen so intelligenten Eindruck! Er sah zu Larry hin und wollte einen betroffenen Blick über diesen barbarischen Planeten mit ihm austauschen. Aber Larry runzelte leicht die Stirn und meinte fast verweisend: »Wir hier auf Darkover machen keinen Fetisch aus dem Bücherwissen, Dan.«

Barron fürchtete, überheblich gewirkt zu haben, und kam sich mit einem Mal wieder als Fremder vor. Er schnaubte: »Zum Teufel, wie lernt dann hier irgendjemand irgendetwas?«

Colryn rang sichtlich um Geduld und Höflichkeit gegenüber dem ungeschliffenen Terraner, und Barron schämte sich. Colryn erklärte: »Nun, ich lerne doch, oder nicht? Obwohl ich kein Sandalenträger bin, der herumhockt und sich die Augen über bedruckten Seiten verdirbt!«

»Natürlich lernst du. Aber soll das heißen, dass ihr kein Schulsystem besitzt?«

»Wahrscheinlich nicht in dem Sinn, wie du es verstehst«, erwiderte Colryn. »Wir mühen uns nicht mit Büchern ab, falls wir nicht gerade zu der Klasse gehören, die ihre Zeit mit dem Lesen und Schreiben verbringen muss. Wir haben festgestellt, dass zu viel Lesen die Augen verdirbt – hast du mir nicht erst vor ein paar Tagen erzählt, dass rund achtzig Prozent von euch Terranern ein unvollkommenes Sehvermögen haben und künstliche Linsen vor den Augen tragen müssen? Ich fände es klüger, solchen Leuten Arbeit zu geben, bei der sie nicht so viel zu lesen brauchen. Auf jeden Fall schädigt es das Gedächtnis, wenn zu vieles niedergeschrieben wird. Man erinnert sich an eine Sache nicht mehr genau, wenn man hingehen und sie nachschlagen kann. Und wenn ich etwas lernen möchte, warum soll ich das nicht auf die vernünftigste Art tun, von jemandem, der mir zeigen kann, wie es richtig gemacht wird, ohne dass gedruckte Symbole zwischen uns eingeschaltet sind? Wenn ich nichts als ein Buch hätte, könnte ich etwas missverstehen und mir falsche Methoden aneignen. Doch wenn ich hier einen Fehler mache, wirst du mich sofort berichtigen, und meine Hände erwerben die Geschicklichkeit, so dass sie sich erinnern werden, wie die Arbeit getan wird.«

Nicht wirklich überzeugt ließ Barron das Thema fallen. Er gestand sich ein, dass die Argumente für einen Menschen, den er jetzt als Analphabeten neu einstufen musste, sehr einleuchtend klangen. Alle seine vorgefassten Meinungen wurden erschüttert; schließlich waren Instrumente zur Kommunikation sein Fachgebiet gewesen. Colryn wollte einlenken: »Oh, ich habe nicht gesagt, am Lesen selbst sei etwas Schlechtes. Wenn ich taub oder verkrüppelt wäre, würde ich es sicher nützlich finden ...« Das war nicht geeignet, Barrons verstörtes Gemüt zu beruhigen.

Nicht um ein Königreich hätte er zugegeben, was ihm im Augenblick am meisten Sorgen machte. Seine Hände fuhren fast automatisch fort, die winzigen mikrometrischen Feineinstellungen an dem Schleifwerkzeug vorzunehmen und es an den kleinen windbetriebenen Generator anzuschließen. Während Colryn sprach, waren ihm seine Argumente irgendwie *vertraut* vorgekommen. Es war, als habe er sie schon einmal gehört, in einem anderen Leben. Mit grimmigem Humor dachte er, wenn das so weitergehe, werde er noch an die Reinkarnation glauben!

Die Gegenstände vor ihm verschwammen, die Farben liefen ineinander und wurden zu bedeutungslosen Flecken, Formen und Gruppen. Er betrachtete das Gerät, das er hielt, als habe er es nie zuvor gesehen. Neugierig drehte er den Steckkontakt in seinen Händen. Verlangte man von ihm, dass er mit diesem Ding irgendetwas tat? Als sich die Sicht wieder klärte, merkte er, dass er Colryn wild anstarrte, und Colryn sah ganz merkwürdig aus.

Von neuem zerflossen die Farben, und seine Umwelt verschwand. Barron blickte aus großer Höhe auf einen Schauplatz des Verderbens und Gemetzels hinab, er hörte Männer schreien und Schwerter klirren. Das Bild wechselte. Flammen loderten, und in ihrer Mitte stand eine lächelnde Frau, in Feuer eingehüllt, wie eine andere Frau unter einem Wasserfall stehen mochte. Dann verblasste die Frau und war nur noch eine große weibliche Gestalt, gekrönt von Feuer, mit goldenen Ketten gebunden ...

»Barron!« Der Ruf drang bis in sein Bewusstsein vor. Er kehrte kurz in die Wirklichkeit zurück, rieb sich die Augen und erkannte Colryn und Larry, die ihn fassungslos ansahen. Dann schwankte er und krachte auf den Fußboden; Larry konnte ihm eben noch das Schleifwerkzeug aus der Hand reißen.

Als er zu sich kam, spürte er Wasser seine Kehle hinunterlaufen. Larry und Colryn machten besorgte Gesichter. Colryn drückte das Gewissen. »Ich glaube, du hast zu schwer gearbeitet. Ich hätte keinen Streit mit dir anfangen sollen; ihr habt eure Sitten, und wir haben unsere. Hast du schon oft solche Anfälle gehabt?«

Barron schüttelte nur den Kopf. Der Streit hatte ihn nicht so sehr aufgeregt, und wenn Colryn es als epileptischen Anfall oder etwas in dieser Art wegerklären wollte, war es ihm recht. Wahrscheinlich war das eine vernünftigere Erklärung als das, was es in Wahrheit war. Vielleicht litt er an irgendeinem Gehirnschaden! *Na gut, wenn es hier draußen in den darkovanischen Bergen geschieht, verursache ich wenigstens nicht den Absturz zweier Raumschiffe!*

Colryn mochte sich mit dieser Erklärung zufrieden geben, aber Barron merkte bald, dass Larry es nicht tat. Er schickte Colryn mit der Bemerkung fort, Barron sei es für den Rest des Tages bestimmt nicht mehr nach Arbeit zu Mute. Dann räumte er langsam das Schleifwerkzeug weg. Barron wollte aufstehen und ihm helfen. Larry winkte ihm liegen zu bleiben.

»Das schaffe ich schon; ich weiß, wo das Zeug hingehört. Dan, was weißt du über Sharra?«

»Nichts – weniger als nichts.« *Es ist verdammt unbequem,*

einen Telepathen in der Nähe zu haben. »Erzähl du mir von ihr.«

»Besonders viel weiß ich selbst nicht. Sie war früher eine Göttin des Schmiedevolkes. Aber hier auf Darkover sind Götter und Göttinnen mehr als etwas, zu dem man betet, für das man Weihrauch verbrennt oder das man um Hilfe bittet. Sie scheinen wirklich zu sein – zum Anfassen, meine ich.«

»Das hört sich wie lauter Blödsinn an.«

»Ich meine, was sie Götter nennen, würden wir Wesenheiten nennen – wirkliche, solide Wesenheiten, die man berühren kann. Zum Beispiel – ich weiß nicht viel über Sharra. Die Darkovaner, besonders die Comyn, sprechen über den Sharra-Kult nicht gern. Er wurde vor Jahren verboten, weil man ihn für zu gefährlich hielt. Auch scheinen damit Menschenopfer oder dergleichen verbunden gewesen zu sein. Was ich sagen will: Das Schmiedevolk rief Sharra an und benutzte dabei den richtigen Talisman oder so. Diese Dinge konzentrieren Energien, ich weiß nicht, wie. Und Sharra brachte dann für sie das Metallerz an die Oberfläche.«

»Und du bist Terraner? Und du glaubst all dies Zeug? Larry, solche Legenden gibt es auf jedem Planeten des Imperiums.«

»Zur Hölle mit den Legenden«, gab Larry zurück. »Ich sage dir doch, es sind keine Götter, wie wir den Begriff verstehen. Sie mögen eine Art von – nun, Seinsform – darstellen, vielleicht aus einer anderen Dimension. Soviel ich weiß, könnte es sich bei ihnen um eine unsichtbare Rasse von Nichtmenschen handeln. Valdir hat mir ein bisschen darüber erzählt, wie es zum Verbot des Sharra-Kults kam – das geschah hier in den Bergen. Seine Sippe, die Altons und die Hasturs, hatte eine Menge damit zu tun. Sie mussten in die Berge reisen und alle Talismane Sharras konfiszieren, um es dem Schmiedevolk unmöglich zu machen, diese Wesenheiten heraufzubeschwören. Unter anderem, so habe ich es verstanden, gerieten die Feuer manchmal außer Kontrolle und verursachten Waldbrände.«

»Talismane?«

»Steine – man nennt sie Matrixsteine – blaue Kristalle. Ich habe ein bisschen gelernt, sie zu benutzen; glaub mir, sie sind unheimlich. Wenn einer auch nur rudimentäre telepathische Begabung hat, konzentriert er seine Gedanken auf den Stein, und der Stein – nun, er bewirkt etwas. Diese Talismane können Gegenstände heben – Psychokinese –, Magnetfelder erzeugen, Behälter energetisch verschließen, so dass man sie nur mit derselben Matrix wieder zu öffnen vermag, und so weiter. Meine Pflegeschwester könnte dir mehr darüber erzählen.« Larrys Gesicht verriet seine Unruhe. »Valdir sollte es erfahren, wenn sogar du, ein Terraner, Sharra-Bilder empfängst. Ich möchte ihn herbitten, Dan.«

Barron schüttelte energisch den Kopf. »Nein! Bemühe Valdir nicht. Das ist mein Problem.«

»Keine Mühe. Valdir wird es wissen wollen. Er gehört zum Comyn. Er muss es wissen, wenn so etwas von neuem in den Bergen auftritt. Es könnte gefährlich werden für uns alle und besonders für dich.« Sein Lächeln verriet seine Besorgnis. »Ich habe dir mein Messer gegeben, und das ist ein Gelübde. Ich muss dein Freund bleiben, ob du mich willst oder nicht. Heute noch schicke ich zu Valdir.«

Larry schloss den Kasten mit dem Linsen-Rohmaterial und wandte sich zum Gehen. »Ruh du dich nur aus. Nichts ist dringend, und ich muss auf Patrouille«, sagte er. »Und sorge dich nicht. Wahrscheinlich hat es nichts mit dir zu tun. Offenbar hast du etwas aufgefangen, das in diesen Bergen los ist, und Valdir wird wissen, was man dagegen unternehmen kann.« Er blieb an der Tür stehen und bat eindringlich: »Bitte, glaube mir, dass wir deine Freunde sind, Dan.« Damit ging er.

Barron lag auf dem breiten Bett, das nach den Harznadeln roch, mit denen die Matratzen gestopft wurden. Er grübelte darüber nach, warum es ihm so wichtig war, dass Valdir nicht gerufen werde. Er hörte Larry mit der Patrouille wegreiten, er hörte Colryn unten singen, und er hörte, wie der Wind sich erhob und von den Gipfeln niederblies. Er stand auf und trat ans Fenster. Unten in diesen Tälern lagen Dörfer mit ahnungslosen Menschen, im Wald, wo er am dichtesten und undurchdringlichsten war, gab es kleine Nester von Nichtmenschen und Vögel und Wildtiere. In Zukunft würde man sie besser vor Waldbränden und Überfällen durch Räuber, Katzenwesen und die schrecklichen Ya-Männer schützen können. Dabei half er mit, er leistete gute Arbeit. Warum quälte ihn dann dies Gefühl verzweifelter Dringlichkeit, als sitze er müßig herum, während um ihn eine Welt in Trümmer fiel? Verwirrt bedeckte er die Augen mit der Hand.

Es war ruhig auf der Feuerwache. Im Turm, das wusste Barron, suchte ein Mann in der üblichen grün-schwarzen Uniform die Landschaft nach Anzeichen von Rauch ab. Die Harzbäume waren trotz des allnächtlichen Regens leicht entflammbar. Bei einem unerwarteten Gewitter konnte einer vom Blitz getroffen und in Brand gesetzt werden. Das einzige Geräusch war der Wind, der sich niemals veränderte und niemals erstarb; Barron hörte ihn kaum noch. Und doch war da etwas – wurde vom Wind herangetragen ...

Barrons Muskeln spannten sich. Er stieß das Fenster auf, lehnte sich hinaus und kniff die Augen zusammen, um besser zu sehen.

Außer für so geschärfte Sinne wie die seinen war es fast nicht wahrnehmbar – es verlor sich beinahe in dem überwältigenden Duft der Harzbäume – ein schwacher, süßer, gelbstaubiger Geruch ...

Der Geisterwind! In den Bergen wuchs eine Pflanze, die

glücklicherweise nur selten, oft jahrelang nicht blühte. Sie gab Pollen in ungeheuren Mengen ab. Er verteilte seinen Duft und seltsame Halluzinationen von den Tälern bis zu den Höhen, erzeugte Euphorie, einen merkwürdigen Rauschzustand und gelegentlich, wenn jemand zu viel davon einatmete, Gehirnschädigungen. Der Geisterwind entfesselte animalische Wut- und Furchtinstinkte; Menschen verkrochen sich in Winkeln oder tobten. Aber bei den Nichtmenschen ging es tiefer, es drang in ihre fremden Gehirne ein und setzte sehr alte, sehr schreckliche Dinge frei ... Die Katzenwesen heulten, griffen an und töteten grundlos, und die Ya-Männer – wenn der Geisterwind die Ya-Männer erreichte ...

Er bewegte sich schnell. Jetzt war er nicht Barron; er war sich nicht bewusst, wer oder was er war, er wusste nur, dass er die Männer auf Patrouille und die Talbewohner warnen musste, damit sie sich in Sicherheit brachten. Noch zwei oder drei Stunden lang würde der Geruch für eine normale Nase nicht stark genug sein, und bis dahin hatte sich die Patrouille zu weit von der Wache entfernt, und die Nichtmenschen waren bereits unterwegs und plünderten. Zu dem Zeitpunkt, da Menschen die Wirkung des Geisterwindes spürten, mochte es zu spät sein, um noch irgendwo Zuflucht zu finden.

Seine Umgebung verschwamm. Er schloss die Augen, denn seine Füße fanden den Weg allein besser, und lief die Treppe hinunter. Jemand rief ihn in einer fremden Sprache an, er schob ihn zur Seite und rannte weiter.

Das Signalfeuer! Er musste das Signalfeuer anzünden! Das hier benutzte Alarmsystem war ihm unbekannt, aber das Signalfeuer würde jeden aufmerksam machen, dass Gefahr bestand. Im unteren Raum brannte Feuer, er spürte die Hitze auf seinem Gesicht. Er bückte sich, tastete, ergriff einen langen Stock, der an einem Ende brannte und am anderen kalt und verkohlt war. Mit dem Stock in der Hand lief er aus der Tür, über den kiesbedeckten Reitweg und den Rasen. Beinahe wäre er in den Wassergraben um das Signalfeuer gefallen. Er stieß die flammende Fackel in das zundertrockene Holz und sprang zurück, als es in einer hohen Flammensäule zum Himmel aufloderte. Dann brüllte ihm jemand ins Ohr, Hände packten ihn, und Colryn, der ihn in einem stählernen Griff hielt, fragte: »Barron, verdammt sollst du sein, bist du wahnsinnig geworden? Das bringt das ganze Land auf die Beine! Wenn du Darkovaner wärst, würdest du auf der Stelle wegen blinden Alarms gehängt!«

»Den blinden Alarm kannst du dir ...« Er fluchte heftig. »Der Geisterwind! Ich habe ihn gerochen! Heute Abend wird er überall sein!«

Colryns Gesicht erbleichte langsam. »Der Geisterwind? Woher weißt du das?«

»Ich habe ihn gerochen, sage ich doch! Was unternehmt ihr hier, wenn ihr die Talbewohner auffordern wollt, sich in Sicherheit zu bringen?«

Colryn glaubte ihm offensichtlich nur halb, und doch beeindruckte ihn Barrons Ernst. »Sie werden das Signalfeuer sehen«, antwortete er, »und ich kann ihnen ein Zeichen mit dem Spiegel geben, worauf sie in ihren Dörfern die Glocken läuten werden. Wir haben hier ein gutes Alarmsystem. Ich glaube immer noch, dass du wahnsinnig bist. Ich rieche überhaupt nichts, aber schließlich könntest du eine bessere Nase haben als ich. Und ich werde das Risiko nicht eingehen, dass der Geisterwind – oder ein Ya-Mann – irgendwen erwischt.« Er schob Barron aus dem Weg. »Pass auf, wo du hintrittst! Verdammt, was ist los, bist du *blind?* Gleich liegst du im Graben!« Er vergaß Barron wieder und rannte auf die Wache und die Alarmgeräte zu. Mit geschlossenen Augen stand Barron da und horchte auf das Knistern des Signalfeuers. Durch den stechenden Geruch der brennenden Zweige nahm er den stärker werdenden kranken Hauch des pollenbeladenen Geisterwinds wahr, der von den Höhen herniederblies.

Immer noch desorientiert, drehte er sich nach einer Weile um und kehrte mit unsicheren Schritten in die Wache zurück. Colryn war auf dem Turm und signalisierte. Paradoxerweise staunte Barron am meisten darüber, dass er über sich selbst nicht staunte. Er hatte ein vages Gefühl, sein Ich sei gespalten, er bewege sich, wie er es schon ein- oder zweimal erlebt hatte, unter Wasser oder in einem Traum.

Die nächste Stunde herrschte ein wildes Durcheinander, rufende Stimmen, Glocken aus den Dörfern unten und ein Hin- und Herlaufen der Feuerwächter, die sich nicht damit aufhielten, ihm ihr Tun zu erklären. Er hielt die Augen geschlossen und blieb ihnen aus dem Weg. Es kam ihm ganz natürlich vor, dass er stillsaß, während die anderen handelten; er hatte sein Teil getan. Dann ritten Männer in wahnsinniger Eile den Hang herauf. Er merkte, dass Larry eingetreten war und mit Colryn vor ihm stand.

»Was ist geschehen?«

»Er hat den Geisterwind gerochen«, erklärte Colryn knapp.

»Und gerade noch rechtzeitig«, meinte Larry. »Den Göttern sei Dank, dass wir eine Warnung bekamen. Ich fragte mich gerade, ob ich nicht etwas röche, als ich die Glocken hörte und den Befehl zur Rückkehr gab. Und doch ist der Geruch immer noch so schwach, dass ich ihn kaum wahrnehme! Woher hast du das gewusst?«, wandte er sich an Barron. Dieser antwortete nicht, schüttelte nur den Kopf. Nach einer Weile ging Larry wieder.

Er dachte: *Ich habe eine Dummheit gemacht. Bisher hatte er nur den Verdacht, es sei etwas seltsam an mir. Jetzt weiß er es, und wenn nicht, dann wird Valdir es entdecken. Valdir ist Comyn und wird auf einen Blick feststellen, was geschehen ist.*

Mir ist es gleichgültig, was sie mit dem Erdenmann ma-

chen, aber ich muss fort von hier. Ich hätte mich ruhig verhalten und in der Verwirrung des Geisterwindes fliehen sollen.

Aber ich konnte sie nicht alle dieser Gefahr aussetzen, und Lerrys hätte es draußen im Wald erwischt. Ich schulde ihm etwas. Es steht eine Klinge zwischen uns.

Heute Nacht wird sich in diesen Bergen nichts, was menschlich ist, hinauswagen. Bis dahin muss ich Acht geben, dass ich ihre Aufmerksamkeit nicht noch stärker auf Barron lenke.

Und dann – dann muss ich gehen. Ich muss weit weg sein, wenn Valdir kommt!

8

Das angespannte Warten schien ihm Ewigkeiten zu dauern. Dies merkwürdige Doppelbewusstsein zerrte an seinen Nerven, bewahrte ihn aber davor, Aufmerksamkeit zu erregen. Die Feuerwächter liefen umher und sicherten alles, während der Wind stärker wurde und um die Ecken der Wache und des Turms pfiff, doch er hielt sich abseits. Der kränkliche Geruch wurde jeden Augenblick stärker. Er meinte, ihn in seine Nase, in sein Gehirn eindringen zu spüren, wo er seine Menschlichkeit und seine Entschlusskraft anfraß.

Auch auf die anderen blieb der Geisterwind nicht ohne Wirkung. Einmal unterbrach Colryn seine Arbeit, schwere Fensterläden festzunageln, krümmte sich, schlang die Arme um den Kopf und stöhnte, als leide er schreckliche Schmerzen. Gwynn, der gerade aus irgendeinem Grund durch den Raum lief, sah es, ging zu Colryn, kniete neben ihm nieder, legte ihm den Arm um die Schultern und sprach ihm mit leiser Stimme zu, bis Colryn heftig den Kopf schüttelte, als wolle er seine Gedanken klären. Dann stand er auf, schwang die Arme, fluchte, dankte Gwynn und fuhr mit seiner Arbeit fort.

Der Mann, der im Augenblick selbst nicht recht wusste, ob er Dan Barron oder ein anderer war, blieb an seinem Platz und rang um Beherrschung. Auch er spürte es. Als der Wind und mit ihm der Geruch stärker wurde, tauchten seltsame Bilder in seinem Geist auf – urtümliche Erinnerungen, geladen mit Furcht und Entsetzen, schreckliche Wünsche. Einmal riss er sich aus einer Art Albtraum, in dem er über einem liegenden Mann kniete und ihm mit den Zähnen die Kehle zerfetzte. Er schüttelte sich, stand auf und lief fieberhaft im Raum hin und her.

Als alles sicher war, setzten sie sich zum Essen, aber keiner aß viel. Sie waren still, litten unter dem Kreischen des Windes, der ihre Ohren und ihre Nerven quälte, und den vagen Halluzinationen vor ihren Augen und in ihren Gehirnen. Barron hielt die Augen geschlossen. Es fiel ihm leichter, so zu essen, ohne von ungewohnten optischen Eindrücken abgelenkt zu werden.

Mitten in der Mahlzeit ging weit entfernt das Kreischen los, ein hohes, jammerndes Heulen, das die Welt füllte und durch die hörbaren Frequenzen auf- und abschwoll. Auch wenn man es nicht mehr hörte, schien es fortzudauern.

»Ya-Männer«, stellte Gwynn kurz fest und ließ sein Messer auf den Tisch klappern.

»In die Wache können sie nicht herein«, sagte Colryn; sicher klang es nicht. Danach taten sie nur noch so, als äßen sie, und es dauerte nicht lange, da ließen sie Essen und Geschirr einfach auf dem Tisch stehen und zogen in den verriegelten und verrammelten Hauptraum der Wache. Das Schreien und Heulen ging weiter, anfangs weit entfernt und mit Pausen, dann unausgesetzt und nahe. Barron sah vor seinem geistigen Auge einen Kreis aus hoch gewachsenen gefiederten Gestalten, die in einem verrückten Tanz um den Gipfel tobten.

Colryn machte den Versuch, den Lärm mit einem Lied zu übertönen, aber seine Stimme erstarb bei der ersten Strophe.

Die Nacht rückte weiter vor. Kurz vor Eintritt der tiefsten Dunkelheit begann das Hämmern und Poltern. Es hörte sich an, als werfe sich ein schwerer Körper wieder und wieder gegen die gesicherten Türen und schreie dazwischen vor Schmerz und wahnsinniger Wut. Als es einmal angefangen hatte, ging es immer weiter, bis die Nerven der Männer zu zerreißen drohten.

Larry sagte leise in der Dunkelheit: »Wie sie wohl wirklich aussehen? Ein Jammer, dass sie nur dann aus dem tiefen Wald hervorkommen, wenn sie verrückt sind – und wir nicht mit ihnen kommunizieren können.«

Gwynn erwiderte mit grimmigem Humor: »Ich werde die Tür öffnen, wenn du dich in ein bisschen nichtmenschlicher Diplomatie versuchen willst.«

Larry erschauerte und verstummte. Colryn schlug vor: »Oben im Schleifraum ist ein Glasfenster. Wir könnten von da einen Blick auf sie werfen.«

Gwynn weigerte sich, von Grausen gepackt, und ebenso ging es den anderen Feuerwächtern. Nur Colryn, Larry und Barron stiegen zusammen die Treppe hinauf. So hatten sie doch etwas zu tun. In dieser Höhe war das Fenster nicht mit Läden geschlossen oder verbarrikadiert worden. Sie zündeten die Lampe nicht an, denn sie wussten, das Licht würde die heulenden Nichtmenschen draußen anziehen. Die Hände um die Augen gelegt, spähten sie durch das Glas.

Sie hatten geglaubt, draußen werde es dunkel und stürmisch sein, aber es herrschte heller Mondschein. Das war eine der seltenen Nächte auf Darkover, wo Regen und Nebel die Monde nicht auslöschten. Die Luft schien mit wirbelndem Staub gefüllt zu sein, durch den sie die Ya-Männer sahen.

Sie waren riesengroß, mindestens neun Fuß, und wirkten wie hoch gewachsene, klapperdürre Männer mit Federkopfschmuck, bis man ihre Gesichter sah. Ihre großen Köpfe mit den fürchterlichen Schnäbeln ließen an seltsame Raubvögel denken, und sie bewegten sich mit einer täppischen Geschwindigkeit wie die vom Wind geschüttelten Baumäste, die am Rande der Lichtung auf- und niederpeitschten. Es mussten drei Dutzend da sein, vielleicht mehr. Nach einer Weile wandten die Männer sich wie in stillschweigender Verabredung von dem Fenster ab und stiegen die Treppe wieder hinunter.

Barron wollte ihnen erst folgen, blieb dann aber zurück. Von neuem machte sich das Fremde in ihm breit. Etwas in seinem Gehirn, das wie ein Thermostat funktionierte, sagte ihm, der Geisterwind habe seinen Höhepunkt überschritten. Das Tosen des Sturms und das Heulen der Nichtmenschen ließen keine Veränderung erkennen, aber er wusste es.

Sie werden lange vor Sonnenaufgang verschwunden sein. Der Wind wird nachlassen, und dann wird es regnen. Auf Darkover reisen des Nachts nur die Wahnsinnigen und die Verzweifelten, und ich – bin vielleicht beides, verzweifelt und wahnsinnig.

Ein Krachen und Ausrufe von unten verrieten ihm, dass unter dem Angriff der Nichtmenschen ein Außengebäude zusammengebrochen war. Er ging nicht hinunter, um nachzusehen; das war nicht seine Angelegenheit. Mit leisen, automatenhaften Bewegungen trat er in der Dunkelheit an die Kommode, die seine Kleidung enthielt. Er zog die dünnen Sachen aus, die er im Haus zu tragen pflegte, und lederne Reithosen, ein dickes gewebtes Hemd und eine schwere Jacke an. Er schlüpfte in Colryns Zimmer und nahm sich dessen schweren, pelzgefütterten Mantel. Vor ihm lag ein langer Weg, und ein Mantel war besser als eine Jacke. Es tat ihm Leid, dass er ein Pferd stehlen musste, aber wenn er am Leben blieb, würde er es zurückgeben oder dafür bezahlen, und wenn nicht ... Er dachte an das Sprichwort der Bergbewohner: »Wenn die Ewigkeit kommt, wird alles verstanden und vergeben sein.«

Er lauschte. Der Wind wurde entschieden schwächer. In einer Stunde würde der Zwang, unter dem die Ya-Männer jetzt noch standen, restlos verschwinden. Sie würden entsetzt in einer fremden Umgebung aufwachen und verängstigt in ihre Höhlen und Nester im tiefsten Wald zurückkriechen. *Die armen Teufel werden sich dann beinahe ebenso merkwürdig vorkommen wie ich mir.*

Der Wind wurde leiser, und in dem unablässigen Geheul traten Pausen auf, die länger und länger wurden, bis schließlich Ruhe herrschte. Er spähte durch das Fenster. Die Lichtung war leer. Keine halbe Stunde später hörte er Männer zu dem großen Raum heraufsteigen, wo sie schliefen. Irgendwer rief: »Barron, alles in Ordnung mit dir?« Er erstarrte. Dann zwang er sich, mit schläfriger Stimme eine ärgerliche Antwort zu brummen.

Noch ein paar Minuten, und auf die Feuerwache senkte sich Stille herab, die nur von dem Schnarchen erschöpfter Männer in dem Raum auf der anderen Seite und dem gelegentlichen Rascheln von Zweigen in dem ersterbenden Wind gebrochen wurde. Ein Blick durch das Fenster zeigte ihm, dass Nebel aufstieg. Gleich würde es anfangen zu regnen, und dann wurden die letzten Giftspuren des Geisterwindes ausgelöscht.

Obwohl alles ruhig war, wartete er eine weitere Stunde, um das Risiko zu verringern, dass einer der Männer, nach der ausgestandenen Furcht und Anspannung nur leicht schlafend, aufwachte und ihn hörte. Dann stahl er sich mit unendlicher Vorsicht, damit keine Stufe knarrte, nach unten. Er packte die Essensreste auf dem Tisch zusammen. Die Türen waren noch verrammelt, aber es machte ihm keine große Mühe, die Stangen zu lösen und abzunehmen.

Er war draußen in der bitteren Kälte und dem verblassenden Mondschein der Gebirgsnacht.

Er musste ein scharfkantiges Werkzeug suchen, um die Bretter zu entfernen, die sie über die Stalltür genagelt hatten. Das ungewohnte Gewicht in seiner Hand verwirrte ihn, so dass er die Augen schloss und sich auf seine Reflexe verließ. Er dankte seinem Schicksal, dass sich der Stall in einiger Entfernung vom Haus befand. Andernfalls hätte der Lärm, den er beim Kampf mit den schweren Brettern veranstaltete, selbst so müde Schläfer bestimmt geweckt, und sie wären gelaufen gekommen und hätten »Diebe!« gerufen. Er brachte die Bretter los und stahl sich ins Innere.

Im Stall war es warm und dunkel, und es roch freundlich-vertraut nach Pferden. Er schloss die Augen, um das Pferd zu satteln; so fiel ihm der Umgang mit dem Lederzeug leichter. Das Tier erkannte ihn und wieherte leise, und er sprach ihm mit gedämpfter Stimme beruhigend zu. »Ja, mein Junge, wir haben heute Nacht einen langen Ritt vor uns, aber leise, hörst du? Wir müssen uns ganz vorsichtig wegstehlen. Du bist nicht daran gewöhnt, im Dunkeln unterwegs zu sein? Nun, ich bin es, deshalb brauchst du dir darüber keine Sorgen zu machen.«

Er wagte nicht aufzusteigen und zu reiten, bevor er nicht ein Stück weit weg war. So nahm er den Zaum, führte das Pferd sorgsam den Abhang hinunter und auf den Bergpfad und blieb dann stehen, um sich zu orientieren. Er musste über den Höhenzug und an der Burg vorbei, die man vom Feuerturm aus sehen konnte, den Biegungen des Flusses Kadarin folgen und sich auf den bewaldeten Hängen dieser Seite vor den Waldläufern hüten. Dann lag die Straße nach Carthon vor ihm.

Er war warm angezogen. Das Pferd war Gwynns Tier und das beste; es war einer der edlen Rappen, die die Altons für die Feuerwächter züchteten. Gwynn hatte geprahlt, dies Pferd sei von Valdir höchstpersönlich eingebrochen worden. Es war ein Verbrechen, den Feuerwächter eines so herrlichen Tieres zu berauben, aber ... »Notwendigkeit kann einen Dieb sogar aus einem Hastur machen«, erinnerte er sich grimmig. Doch ihm kam noch ein weiteres Sprichwort in den Sinn: »Wenn du schon Pferde stiehlst, nimm solche von guter Rasse.«

Mit Geld war er wohl versehen. Von ihm geschickt manipuliert, hatte Barron den Alton-Lord gebeten, ihm seine terranischen Credits in darkovanische Münzen einzutauschen.

Einen einzigen Gedanken erübrigte er für Barron. Fast konnte man es eine Schande nennen, dass er dem Erdenmann dies antat, aber es war ihm keine Wahl geblieben. Seit den Tagen des Vertrags gehörte es zu den schwersten Verbrechen auf Darkover, sich den Geist eines anderen Menschen zu unterwerfen. Möglich war es nur, wenn der andere ein latenter Telepath war. Die operanten Telepathen auf Darkover waren auf der Hut vor einer solchen Invasion. Er hatte gehofft, einen idiotischen Geist zu finden, um keinem Mann seine eigene Seele nehmen zu müssen. Stattdessen war er, als sein Geist in der Freiheit der Trance umherstreifte, ungebunden von den Begrenzungen des Raums, auf Barron gestoßen ...

Sind die Terraner überhaupt menschlich? Und wennschon, es kommt nicht darauf an, was mit diesen Eindringlingen auf unserer Welt geschieht. Barron ist ein Eindringling, ein Außenseiter – und vogelfrei.

Und was hätte ich, blind und hilflos, sonst tun können?

Am Fuß des Pfades, der zu der Feuerwache führte, hielt er an und schwang sich in den Sattel. Er war unterwegs.

Und für einen kurzen Augenblick tauchte Dan Barron, verwirrt, benommen, wie aus großer Tiefe an die Oberfläche. War das wieder eine Halluzination – dass er einen dunklen Weg entlangritt, über sich verblassenden Mondschein, eisigen Wind auf den Schultern? Nein, das war Wirklichkeit – wohin ritt er? Und warum? Erschauernd vor Entsetzen riss er an den Zügeln des Pferdes ...

Barron verschwand wieder in bodenloser Dunkelheit.

Der Mann im Sattel trieb sein Pferd zu Höchstgeschwindigkeit an. Bis Sonnenaufgang musste er eine solche Strecke zurückgelegt haben, dass die Berge ihn vor der Feuerwache verbargen. Kam er dann wieder zum Vorschein, würde er von da aus nichts als ein Reiter sein, der in seinen eigenen legalen Angelegenheiten durch die Landschaft zog. Er war sehr müde, aber überhaupt nicht schläfrig, gerade als habe er eine euphorische Droge genommen. Zum ersten Mal in seinem behüteten

Invalidenleben wartete er nicht tatenlos darauf, dass ein anderer etwas unternahm. Er war dabei, es selbst zu tun.

Dreimal hatte er kurz Halt gemacht, um sein Pferd ausruhen und verschnaufen zu lassen, als der Rand der großen roten Sonne über die Gipfel lugte. Er rollte sich in seine Decke und schlief eine Stunde. Dann stand er wieder auf, aß ein bisschen von den kalten Speisen in seiner Satteltasche und machte sich von neuem auf den Weg.

Den ganzen Tag ritt er durch die Berge, wenig bekannte Pfade benutzend – wenn Larry nach Valdir geschickt hatte, musste er es um jeden Preis vermeiden, Valdir unterwegs zu begegnen. Valdir besaß die alten Comyn-Kräfte, gegen die seine eigenen gering waren. Der Lord von Alton würde auf der Stelle erkennen, was er getan hatte. Die Storns hatten keinen Verkehr mit den Comyn; bestimmt würden sie ihm nicht zu Hilfe kommen, auch in diesem Notfall nicht. Er musste sich von den Comyn fernhalten.

Gegen Mittag wurde es wolkig, Storn blickte nach oben und sah, dass die fernen Berge sich graue Kappen aufgesetzt hatten. Er dachte an Melitta, die von der anderen Seite des Kadarin her nach Carthon unterwegs war, und fragte sich besorgt, ob sie es schaffen werde, rechtzeitig über die Pässe zu kommen. Weiter oben musste bereits Schnee fallen, und es gab dort Räuber, Waldläufer und die schrecklichen Banshee-Vögel, die alles Lebende jagten und fähig waren, einem Menschen oder einem Pferd mit einem Schlag ihrer fürchterlichen Klauen den Leib aufzureißen. Er konnte jetzt nichts tun, um Melitta zu helfen; er half ihr und sich selbst am besten, wenn er sicher nach Carthon gelangte.

Den ganzen Tag traf er auf der Straße niemanden, ausgenommen dann und wann einen Bauern, der auf seinem Feld arbeitete, oder in den meilenweit auseinander liegenden Dörfern Frauen, die auf der Straße plauderten, rosige Kinder um sich geschart. Nur ein einziges Mal erregte er Aufmerksamkeit. In einem Dorf bot eine Frau an der Straße Obst feil. Er hielt an, bat sie um einen Trunk Wasser aus ihrem Brunnen und kaufte ein paar Früchte. Zwei kleine Jungen schoben sich näher heran, bewunderten das Pferd und fragten schüchtern, ob es aus der Alton-Zucht sei. Da erschrak er.

Ein Storn von Storn – flüchtig und ein Dieb?

Wieder schlief er im Wald, in seinen Mantel eingewickelt. Am Nachmittag des zweiten Tages hörte er weit vor sich Hufschlag auf der Straße. Er hielt Abstand, damit er nicht gesehen und das Pferd vielleicht von den falschen Leuten erkannt wurde. Der schmale Pfad verbreiterte sich, bis er beinahe eine kiesbedeckte Landstraße war. Der Kadarin konnte nicht mehr weit sein. Jetzt sah er die Reiter vor sich. Es war eine lange Reihe von Männern, deren Mäntel in Farbe und Schnitt fremdartig wirkten, große Männer, hellhaarig, mit wilden Gesichtern. Nur wenige von ihnen hatten Pferde; die anderen ritten auf den geweihtragenden, kräftigen Packtieren. Das mussten Trockenstädter aus Shainsa oder Daillon sein, die in den Bergen Handel getrieben hatten und nun heimkehrten. Sie würden ihn nicht kennen und auch kein Interesse an ihm haben, aber wie es hier zu Lande üblich war, würden sie ihn gegen geringe Gebühr mit ihrer Gesellschaft weiterreisen lassen, denn jeder zusätzliche Mann bedeutete mehr Schutz gegen Räuber und nichtmenschliche Angreifer.

Er gab seinem Pferd die Sporen und ritt ihnen nach, sich dabei zurechtlegend, was er sagen wollte. Er war Storn von Storn-Höhe, ein Mann, der im ganzen Bergland nichts zu fürchten brauchte.

Bei der Karawane würde er in Sicherheit sein. Inbrünstig betete er darum, dass Melitta ebenso viel Glück hatte – dass auch sie sich in Sicherheit befand. Er wagte es nicht, seine Gedanken nach Storn-Höhe wandern zu lassen, zu der Burg, wo sein Körper hinter dem blauen Feuer in Trance lag, von Magnetfeldern bewacht; das hätte ihn zurückreißen können. Er wagte es nicht, an Allira zu denken, die ins Bett eines Räubers gezerrt worden war, oder an Edric, verwundet und allein im Verlies seiner eigenen Burg.

Er rief die Karawane an und sah, dass die Reiter anhielten.

9

Als der Morgennebel sich unter der heißen Sonne aufzulösen begann, ritten sie nach Carthon hinunter.

Fünf Tage lang waren sie durch immer niedriger werdende Berge geritten. Jetzt gelangten sie auf die weite Ebene hinaus, die von der Biegung des Flusses Kadarin umschlossen wurde, und dort bleichte die Stadt Carthon. Sie sah unglaublich alt aus; die viereckigen Gebäude waren wie von Jahrtausenden abgetragene Berge. Hier sah er zum ersten Mal ein Gebiet auf Darkover, wo es keine Bäume gab. In den Wäldern waren die Trockenstädter still und misstrauisch gewesen. Jetzt, da sie die Stadt vor sich liegen sahen, stieg ihre Stimmung sichtlich. Sogar die Packtiere beschleunigten ihren Schritt. Einer der Männer begann in einem rauen, gutturalen Dialekt, den Storn nicht verstand, eine Fünfton-Weise zu singen.

Storn hatte die Reise wie ein Wunder empfunden, obwohl er fürchtete, man werde ihn einholen, das Gefühl, verfolgt zu werden, ständig wuchs und er sich Sorgen um Melitta machte, die sich irgendwo im Schnee durch die Pässe um den Hohen Kimbi mühte. Zum ersten Mal in seinem Leben hatte er eine Kostprobe von Freiheit und sogar Abenteuer bekommen. Er wurde als Mann unter Männern behandelt, nicht als Behinderter. Bewusst hatte er die quälenden Gedanken an Melitta, an Edric und Allira – gefangen und in Gefahr – zurückgedrängt, ebenso sein Schuldbewusstsein, dass er eins der stärksten darkovanischen Tabus gebrochen hatte, als er sich eine andere menschliche Seele unterwarf. Er wagte es nicht, an all das zu denken. Wenn er seine Gedanken vorwärts- oder rückwärtsschweifen ließ, riskierte er es, die Kontrolle über den Mann, den er beherrschte, zu verlieren. Tatsächlich war Barron einmal des Nachts, als Storn träumte, aufgewacht, hatte sich entsetzt in der fremden Landschaft umgesehen und war in Panik geraten. Fast wäre er blindlings davongestürmt. Nur unter Schwierigkeiten hatte Storn die Oberhand behalten. Irgendwo auf einer Ebene, die sich seiner Kontrolle entzog – in dieser letzten Tiefe des menschlichen Geistes, in die nicht einmal ein Telepath oder eine Bewahrerin einzudringen vermag – war Barron noch vorhanden, beobachtete und verachtete ihn. Das spürte er. Aber Storn behielt die Kontrolle. Er sagte sich, dass er es jetzt schon um Barrons willen tun musste. Einen Terraner würden die Trockenstädter nicht am Leben lassen. Schon mit den Darkovanern aus den Tälern und Bergen hatten die Terraner wenig Kontakt; mit den Trockenstädtern gab es so gut wie gar keinen. Viele von ihnen hatten nie einen Terraner gesehen oder auch nur von dem Terranischen Imperium gehört, und in den Trockenstädten hing sowieso das Leben jedes Fremden an einem Faden. Ein Außenweltler wäre nicht einen einzigen Tag lang sicher gewesen.

Storn war klar, dass seine Freude an der Reise, auf die allein er seine Gedanken gerichtet hatte, in Carthon notwendigerweise ein Ende finden musste. Carthon war vor Jahren von den Tal-Lords aufgegeben worden. Sie hatten sich in die Berge zurückgezogen, als der Boden unfruchtbar wurde und der Fluss seinen Lauf änderte. Das Gebiet war zum Niemandsland geworden, wo sich das Treibgut aus einer Vielzahl von Zivilisationen sammelte. Zu einer bestimmten Zeit, so erinnerte sich Storn – er war als Junge zweimal mit seinem inzwischen verstorbenen Vater hier gewesen, lange bevor er Oberhaupt seines Hauses wurde –, hatte Carthon als Schlupfwinkel für ein halbes Dutzend Söldnerscharen gedient, die sich aus Bergräubern, abtrünnigen Trockenstädtern und die Götter allein wussten, was sonst noch, zusammensetzten. Storn hatte daran gedacht, hier eine dieser Söldnerscharen zur Befreiung von

High Windward anzuwerben. Es würde nicht leicht sein. Brynat hatte die Eroberung große Mühe gekostet, und ein Hauptmann von seinen Fähigkeiten würde sich nur schwer wieder vertreiben lassen. Aber Storn kannte jeden Winkel der Burg und dazu einen oder zwei Tricks. So zweifelte er nicht daran, dass er die Burg seiner Väter mit einer tüchtigen Söldnertruppe zurückgewinnen konnte.

Er hatte Melitta gedrängt, sich hier mit ihm zu treffen, weil er sich nicht sicher oder zu der Zeit nicht sicher gewesen war, in welchem Ausmaß er Barron zu kontrollieren vermochte. Eine andere Möglichkeit wäre gewesen, in telepathischem Kontakt mit Melitta zu bleiben und sie allein gehen zu lassen. Nur hatte er Zweifel an Melittas Fähigkeit, einen Rapport über eine lange Zeitspanne und eine beträchtliche Entfernung aufrechtzuerhalten. Storns Kenntnisse der alten darkovanischen *Laran*-Kräfte waren notwendigerweise unvollständig und basierten auf Versuch und Irrtum. Die vielen leeren Stunden seiner Kindheit und Jugend hatten ihm, der blind geboren war, den Antrieb und die nötige Muße gegeben, sie zu erforschen. Einen Lehrer hatte er jedoch nie gehabt. Diese Beschäftigung war für ihn ein Mittel gegen die schreckliche Langeweile gewesen und das Gefühl der Wertlosigkeit in einer Gesellschaft, die körperliche Kraft, Geschicklichkeit und Unternehmungslust besonders schätzte. Für einen Mann mit seiner Behinderung hatte er allerhand erreicht, auch bei jenen Tätigkeiten, die einem Mann seiner Familie und Kaste angemessen waren: Er konnte reiten, er konnte ohne viel Hilfe in den Felsen klettern, und er verwaltete seinen eigenen Besitz, wobei ihm seine Schwestern und sein jüngerer Bruder zur Seite standen. Bei allem, auf das er stolz war, stand nicht an letzter Stelle, dass er die Loyalität seines jüngeren Bruders gewonnen und behalten hatte. Denn in der Gesellschaft, in der sie lebten, waren Brüder oft erbitterte Rivalen, und es hätte leicht geschehen können, dass Edric ihn in den Hintergrund drängte und seinen Platz als Lord von Storn einnahm. Für seine Geschwister war er ein starker und fähiger Mann gewesen – bis Brynat erschien und Krieg begann. Erst als die Burg belagert wurde, hatte Storn das bittere Gefühl der Hilflosigkeit kennen gelernt.

Aber jetzt kamen die anderen Fähigkeiten, die er sich erworben hatte, zu ihrem Recht. Sein Körper war gegen Brynat geschützt, und er war frei, Hilfe zu suchen und Rache zunehmen – falls es ihm gelang.

Die rote Sonne stand schon hoch am Himmel, und Storn hatte der Hitze wegen seinen Reitmantel zurückgeworfen, als sie durch die Tore von Carthon ritten. Auf den ersten Blick sah er, dass die Stadt in nichts einem der Bergdörfer glich, durch die sie gekommen waren. Geräusche und Gerüche unterschieden sich von denen jeder darkovanischen Stadt, die er kannte. Schon die Luft war anders; sie roch nach Gewürzen, Weihrauch und Staub. In den letzten Jahren mussten immer mehr Trockenstädter nach Carthon gezogen sein, vielleicht auf der Suche nach reichlicherem Wasser, das sie im Kadarin-Fluss fanden, oder vielleicht auch – so schoss es Storn durch den Kopf –, weil sie überzeugt waren, die friedlichen Bewohner des Unterlands und der Täler seien ihnen dort auf Gnade und Ungnade ausgeliefert. Er stellte den Gedanken vorerst zurück.

Das unangenehme Gefühl ließ sich trotzdem nicht verbannen. Seine Zuversicht, hier Hilfstruppen zu finden, schwand in diesem hauptsächlich von Trockenstädtern bewohnten Gebiet. Sie besaßen ihre eigene Tradition, ihre eigene Kultur; ein zufälliges Wort mochte sie tödlich beleidigen. Nach dem, was er gehört und unterwegs von diesen Reisenden gesehen hatte, war ihr Hauptanliegen das Sammeln von Punkten in einem ausgeklügelten, niemals endenden Wettkampf um Prestige. Kein Außenseiter durfte hoffen, in diesem Spiel einen Sieg für sich zu verbuchen. Auf dem Ritt hierher war Storn ignoriert worden, wie Männer, die sich ganz einem Würfelspiel widmen, die Katze am Feuer ignorieren.

Es war demütigend, aber, das war ihm klar, für ihn war es auf diese Weise ungefährlicher. Er hatte weder theoretische noch praktische Kenntnisse im Messerkampf, und sie folgten einem detaillierten Duell-Kodex, nach dem ein Mann, der sich gegen Freund oder Feind nicht verteidigen konnte, tot war.

Seine Hoffnung, unter den Trockenstädtern Söldner rekrutieren zu können, schwand dahin. Immerhin mochten sich Kämpfer aus den Bergen oder Tälern hier aufhalten, wenn auch die vorherrschende Kultur jetzt die der Trockenstädte zu sein schien. Und sogar Trockenstädter ließen sich unter Umständen von dem Gedanken verlocken, Brynats Reichtümer zu plündern. Storn war bereit, ihnen die gesamte Beute Brynats und seiner Männer anzubieten. Er wünschte sich nichts weiter als Freiheit für Burg Storn und Frieden, um sich der Freiheit zu erfreuen.

Sie hatten die Stadttore passiert und den grimmig aussehenden, bärtigen Männern an den Außenwerken ihre Namen genannt. Storn sah erleichtert, dass einige von ihnen die vertraute Tracht der Gebirgler trugen, und hörte sie einen Dialekt seiner eigenen Sprache sprechen. Vielleicht waren hier doch nicht alle Leute Trockenstädter. Die Stadt dehnte sich weit aus, sie war nicht wie die Bergdörfer, die sich hinter schützenden Wällen oder den *Forsts* zusammendrängten, diesen Waldfestungen mit ihren hohen Palisadenzäunen. Die Außenwerke schienen nur schwach besetzt zu sein. Überall waren die hoch gewachsenen hellhaarigen Männer der Trockenstädte, und auf den offenen, staubigen Straßen spazierten Frauen – schlanke Trockenstädterinnen, sonnenverbrannt und flink. Sie trugen die Köpfe stolz erhoben, und ein zartes Klingeln begleitete ihre Schritte. Es kam von den juwelenbesetzten Ketten, die ihre Hände banden, ihre Bewegungsfreiheit einschränkten und sie als Besitztum eines Mannes von Macht und Reichtum auswiesen.

Auf dem Hauptplatz Carthons angekommen, wandte die Karawane sich zielbewusst dem östlichen Stadtviertel zu, und Storn wurde darauf aufmerksam gemacht, dass ihr Abkommen jetzt beendet war. Er war auf sich selbst angewiesen – allein in einer Kultur und einem Land, die ihm fremd waren, wo er jeden Augenblick einen tödlichen Irrtum begehen konnte. Doch bevor er anfing, sich das Gehirn zu zermartern, wie die Möglichkeiten am besten zu erkunden seien, drehte sich der Karawanenführer zu ihm um und erklärte knapp: »Fremder, vergiss nicht, dass in unseren Städten alle Neuankömmlinge als Erstes dem Großen Haus ihre Ehrerbietung erweisen müssen. Lord Rannath wird Euch mehr Wohlwollen entgegenbringen, wenn Ihr höflich und aus freien Stücken kommt, als wenn seine Männer Euch holen müssen, damit Ihr Euch ausweist.«

»Dafür danke ich Euch«, erwiderte Storn mit der vorgeschriebenen Formel. Diese Trockenstädter mussten tatsächlich in Mengen nach Carthon gezogen sein! Nichts dergleichen hatte sich ereignet, wenn er als Junge hergekommen war. Ihm kam der bittere Gedanke, dieser Lord Rannath, wer er auch sein mochte, sei zweifellos ebenso in Carthon eingerückt wie Brynat in Burg Storn und mit ebenso viel Berechtigung.

Ihm war es gleichgültig, wer in Carthon regierte. Und im Großen Haus erfuhr er vielleicht, was er wissen wollte.

In Carthon führten alle Straßen auf die zentral gelegene Plaza. Das Große Haus war nicht zu verkennen: Ein lang gestrecktes Gebäude aus diesem merkwürdig schillernden Stein erhob sich in der Mitte der Plaza. In den Außenhöfen blühten auf Beeten niedrige, staubbedeckte Blumen im Überfluss, und die Trockenstädter und Trockenstädterinnen kamen und gingen durch die Flure, als führten sie einen formellen Tanz auf.

Die Frauen, sicher und unverschämt im Schutz ihrer Ketten, warfen ihm verschmitzte Seitenblicke zu und murmelten Bemerkungen, die er nicht recht verstand. Nur das wiederholte *Charrat* kannte er; es war eine andere Form von *Chaireth,* Fremder. *Und wahrlich, ein Fremder bin ich,* dachte er mit einem Aufwallen von ungewohntem Selbstmitleid. *Doppelt und dreifach ein Fremder, und gerade jetzt habe ich weder Zeit noch Gelegenheit, auf diese kühnen Blicke zu antworten ...*

Er hatte erwartet, irgendwo angehalten und nach seinem Vorhaben gefragt zu werden. Aber offensichtlich gab es hier entweder keine Formalitäten, oder sie waren so fremdartig, dass er sie nicht als solche erkannte. Dem Strom folgend, gelangte er schließlich in die Haupthalle und sah, dass gerade Audienz abgehalten wurde.

Der Raum enthielt einige Gegenstände von barbarischer Pracht, aber er sah doch recht kahl aus, denn gedacht gewesen war er für üppige Wandbehänge und die schönen Möbel des Tal-Adels. Nach Trockenstädter-Art ausgeräumt, wirkte er wie geplündert. Die Fenster waren nackt und ließen das harte Licht ein. Es gab keine Einrichtung außer ein paar niedrigen Polstern und in der Mitte einem großen, thronähnlichen Sitz, auf dem eine Krone und ein Schwert in hieratischer Anordnung ein goldenes Kissen zierten. Der Thron war leer. Ein junger Mann, dessen blonder Flaum am Kinn noch zu dürftig war, um rasiert zu werden, saß auf einem Polster neben dem Thron. Er trug ein kurzes Pelzhemd und hohe, exquisit gefärbte und bestickte Lederstiefel. Als Storn sich ihm näherte, blickte er auf und sagte: »Ich bin die Stimme Lord Rannaths; ich werde Kerstal genannt. Mein Haus ist das Haus von Graustein. Gehörst du meiner oder einer mir feindlichen Partei in einer Fehde oder Blutrache an?«

Verzweifelt suchte Storn das bisschen zusammen, was er über Trockenstadt-Sitten wusste. Schon wollte er in der formellen und gestelzten Cahuenga-Sprache antworten, der *lingua franca* Darkovers zwischen Berg und Tal, Trockenstädtern und Flussvolk, als er es sich plötzlich anders überlegte. Er holte tief Atem und straffte den Rücken. »Soviel ich weiß, nein. Ich habe nie von deinem Haus gehört, und daher habe ich es nie beleidigt. Ich schulde ihm nichts, und es schuldet mir nichts. Ich komme als Fremder her, und fremd sind mir eure Sitten. Wenn ich sie verletze, tue ich es ohne Absicht und mit dem Willen, Frieden zu halten. Bei meinem letzten Besuch in Carthon stand das Große Haus leer; ich erweise ihm die Ehrerbietung, die von einem Fremden billig zu verlangen ist – nicht mehr und nicht weniger. Erwartest du sonst noch etwas an Höflichkeit, fordere ich dich auf, es mir zu sagen.«

Es klingelte leise, als die Frauen in der Halle sich ihm zuwandten, und im ganzen Raum war ein überraschtes Atemholen zu hören. Kerstal verschlug die ungewohnte Antwort für einen Augenblick die Sprache. Dann sagte er mit kurzem Nicken: »Wacker gesprochen, und ohne Beleidigung. Aber Carthon betritt niemand ohne Erlaubnis Lord Rannaths und seines Hauses. Wer ist dein Lehnsherr, und welche Angelegenheit führt dich her?«

»Was den Lehnsherrn betrifft, so bin ich ein freier Mann der Berge, der niemandem Treue geschworen hat«, erklärte Storn stolz. »An meinem Heimatort leisten die Männer mir aus freien Stücken Gefolgschaft, nicht gezwungenermaßen.« Stolz, so dachte er, würde ihm hier besser dienen als irgendeine andere Qualität. Trockenstädter respektierten Überheblichkeit; kam er als Bittsteller, warfen sie ihn vielleicht hinaus, ohne ihn anzuhören. »Mein Haus ist das Haus von High Windward in der Domäne der Aldarans, der alten Lords der Comyn. Was ich hier suche, hat nichts mit dir zu tun. Verlangen eure Sitten, dass ich es bekannt mache? Wo ich zu Hause bin, muss ein Mann beweisen, dass er seine Fragen weder aus müßiger Neugier noch mit bösen Absichten stellt. Falls es hier anders ist, sage mir, aus welchem Grund ich eure Bräuche respektieren muss, und ich will es tun.«

Wieder ging es wie eine Welle des Staunens über die im Raum Anwesenden. Kerstal machte eine Bewegung, als wolle er die Hand auf den Griff des Schwertes legen, das den leeren Thron einnahm. Dann hielt er inne. Er stellte sich auf die Füße, und jetzt klang seine Stimme höflich statt nachlässig. »Da es also keine geschworene Blutfehde zwischen uns gibt, *Charrat* von High Windward, sei in Carthon willkommen. Kein Gesetz verlangt, dass du deine Angelegenheiten offenbarst, wenn sie dich allein angehen – aber die Frage, die auf deinen Lippen zu schweben scheint, wird für immer unbeantwortet bleiben. Sag mir, was du in Carthon willst, und wenn es sich mit meiner Ehre verträgt, dass ich dir antworte, will ich es gern tun.« Ein schwaches Lächeln überzog sein Gesicht, und Storn entspannte sich. Jetzt hatte er gewonnen. Trockenstädter schätzten Selbstbeherrschung über alles; wenn sich ein Trockenstädter so weit gehen ließ, dass er lächelte, befand man sich bei ihm wahrscheinlich in Sicherheit.

Storn sagte: »Das mir von meinen Ahnen vererbte Haus wurde von einem Räuber, der als Brynat Narbengesicht bekannt ist, angegriffen und belagert. Ich suche Männer und Hilfe, um die Stärke, die Ehre und die Unversehrtheit meines Hauses wieder herzustellen.« Er benutzte das Wort *Kihar,* diesen nicht zu übersetzenden Ausdruck für Gesicht, persönliche Integrität und Ehre. »Meine Verwandten und die Frauen unserer Leute sind der Gnade von Brynats Männern ausgeliefert.«

Kerstal runzelte leicht die Stirn. »Und du bist hier, lebendig und unverwundet?«

»Tote haben kein *Kihar*«, antwortete Storn schnell. »Auch können die Toten ihren Verwandten nicht zu Hilfe kommen.«

Darüber musste Kerstal erst einmal nachdenken. Hinter ihnen in den äußeren Gängen entstand Lärm, dann war ein Aufschrei zu hören. Etwas an dieser Stimme kam Storn vage bekannt vor; sie fuhr ihm durch Mark und Bein. Er konnte sie nicht identifizieren, aber irgendetwas geschah da draußen ...

Kerstal achtete nicht auf die Geräusche. Er erklärte bedächtig: »Damit hast du nicht ganz Unrecht, Fremder, und – eure Ansichten sind nicht die unseren – deiner Ehre ist kein Schaden geschehen, der nicht wieder gutzumachen wäre. Doch ich sage es dir gleich, unsere Leute lassen sich nicht in Fehden der Gebirgler verwickeln. Das Haus von Rannath verkauft seine Schwerter nicht in die Berge; es gibt genug *Kihar* auf unseren eigenen Ebenen zu finden.«

»Auch habe ich dich nicht darum gebeten«, gab Storn sofort zurück. »Als ich Carthon das letzte Mal besuchte, gab es viele, die ihr Schwert gern gegen die Chance einer Belohnung verkauften. Ich bitte dich nur um die Erlaubnis, sie zu fragen.«

»Eine Erlaubnis dieser Art kann dir nicht verweigert werden«, meinte Kerstal, »und wenn deine Geschichte wahr ist, wird das Haus von Rannath keinem freien Mann, der nicht anderweitig gebunden ist, verbieten, in deine Dienste zu treten. Nun nenne deinen Namen, *Charrat* von High Windward.«

Storn richtete sich zu seiner vollen Höhe auf.

»Mit Stolz trage ich den Namen meines Vaters.« Seine Stimme – ein kräftiger Bass – klang laut und deutlich, obwohl sie ihm selbst fremd vorkam. »Ich bin Loran Rakhal Storn, Lord von Storn, von High Windward.«

Kerstal maß ihn mit einem nicht zu deutenden Blick. »Du lügst.«

Und in der ganzen Halle erklang ein Geräusch, das Storn noch nie gehört hatte und trotzdem nicht missdeuten konnte. Rings um ihn zogen Männer ihre Schwerter. Mit einem schnellen Blick vergewisserte er sich.

Er stand in einem Kreis nackter Klingen.

10

Melitta hatte aufgehört, sich zu wehren. Mit gesenktem Kopf ging sie zwischen ihren Wächtern und dachte bitter: *Ich habe versagt. Es war nicht genug, dass ich mir den Weg durch die Pässe erzwungen, mich des Nachts vor den Banshee-Vögeln versteckt, mich im Schnee verirrt, das Pferd, das hoch oben erfror, verloren habe ... Nein, es gelingt mir, bis nach Carthon zu kommen, und als Erstes passiert, dass ich gefangen genommen werde, sobald ich die Stadt betrete!*

Denke nach, Melitta, denke – es muss einen Ausweg geben. Was wollen sie von mir, welches Gesetz habe ich übertreten? Storn hätte mich nie hergeschickt, wenn es für mich unmöglich wäre, Hilfe zu finden. Aber wusste Storn es?

Sie richtete sich auf und zwang die beiden großen, hellhaarigen Männer, mit ihr stehen zu bleiben. »Ich gehe keinen Schritt weiter, bevor mir gesagt worden ist, was ich verbrochen haben soll«, sagte sie. »Ich bin eine freie Frau aus den Bergen, und ich kenne eure Gesetze nicht.«

Einer der Männer bemerkte kurz: »Herrenlose Dirnen –«, das Wort, das er benutzte, war nicht in Melittas Sprache zu übersetzen, sie hatte jedoch schon gehört, dass es als besonders schmutzige Beleidigung verwandt wurde, »– laufen hier in Carthon nicht unter anständigen Menschen frei herum, ganz gleich, welche Sitten ihr jenseits des Kadarin haben mögt.«

»Habt ihr keine Achtung vor den Sitten Fremder?«, fragte sie.

»Doch, wenn sie den allgemeinen Anstandsregeln entsprechen«, antwortete der andere Mann in einem so barbarischen Dialekt, dass Melitta Mühe hatte, ihn zu verstehen. »Aber kommt eine Frau hierher, muss man, wie es sich gehört, erkennen können, dass sie jemandes Besitz ist, und wir wollen den Namen ihres Herrn wissen. Der Lord von Rannath wird entscheiden, was mit dir geschehen soll, Mädchen.«

Melitta lockerte ihre angespannten Muskeln und ließ sich weiterziehen, vorbei an glotzenden Männern und dem leisen Gelächter der Frauen. Mit Entsetzen bemerkte sie die gefesselten Hände der Trockenstädterinnen. Sie schämte sich für sie und fragte sich, wie sie den Kopf hochtragen und mit so etwas wie Stolz einherschreiten konnten. Ihre schönen Kleider und die Bänder und Edelsteine in ihren hellen Haaren brachten ihr den eigenen abgeschabten Reitmantel, die geflickte und ausgebleichte Hose, die sie trug, besonders zu Bewusstsein. Nicht einmal die verhältnismäßig frei erzogenen Mädchen aus den Bergen trugen Hosen zum Reiten, und nur die Verzweiflung hatte Melitta veranlasst, es zu tun. Ihr Haar war feucht und strähnig von Schweiß und Schmutz und dem Staub der Straße. Melitta errötete tief. Wirklich, es war kein Wunder, wenn man sie für den letzten Dreck hielt! Am liebsten hätte sie geweint.

Lady von Storn, dachte sie. *Ja, verdammt noch mal, sehe ich nicht ganz so aus?*

Sie durchschritten jetzt einen kahlen Bogengang, und Melitta sah Männer und Frauen, die sich im Kreis um einen Thron scharten. Dort stand einer der hellhaarigen Trockenstädter, größer und besser gekleidet als die meisten anderen, und befragte einen Mann in Gebirgstracht. Melittas Wächter sagten: »Die Stimme Rannaths hat keine Zeit; warte hier, Mädchen.« Sie lockerten ihren Griff.

Melitta beherrschte das Cahuenga nicht sehr gut. So stand sie da, ohne zuzuhören, versuchte, wieder zu sich zu kommen, und war froh über die Ruhepause. Was sollte sie sagen, um die Lords dieser Stadt zu überzeugen, dass sie ein freies und verantwortungsbewusstes menschliches Wesen war und kein

Stück Vieh, für das ihre blödsinnigen Gesetze über Frauen galten? Vielleicht hätte sie sich in den Vorbergen nach Hilfe umsehen sollen. Die Comyn-Lords auf Armida und Burg Ardais waren mit ihrer Familie nicht verwandt, aber sie hätten ihr doch wohl Gastfreundschaft erwiesen. Dann hätte sie gekleidet, wie es ihrem Rang zustand, und mit einer angemessenen Eskorte nach Carthon weiterreisen können. Sie hatte gehört, Lord Valdir Alton sei ein kluger und aufgeklärter Mann, der viel getan hatte, um seine eigenen Leute gegen die Überfälle der Bergräuber zu schützen. Er hatte einen Feldzug gegen die *Forst* des berüchtigten Cyrillon des Trailles angeführt. Danach hatten alle Bewohner der Kilghardberge, die Storns eingeschlossen, sicherer in ihren Betten geschlafen. *Bestimmt wäre er bereit gewesen, uns gegen Brynat zu Hilfe zu kommen,* dachte sie.

Sie versuchte nicht, dem Gespräch zwischen dem Mann, den ihre Wächter die Stimme Rannaths genannt hatten, und seinem Gefangenen zu folgen, aber der Gefangene fesselte ihre Aufmerksamkeit. Er war ungewöhnlich groß mit rötlichdunklem Haar, schweren, ernsten Gesichtszügen und einem irgendwie fremden Ausdruck um die Augen. Melitta hätte ihn gern deutlicher gesehen und seine Stimme besser gehört. Sie erkannte, dass er auf den Trockenstädter einen gewissen Eindruck machte, denn dieser lächelte. Dann durchzuckte es Melitta wie ein elektrischer Schlag. Die Stimme, die durch die Halle dröhnte, hatte genau die Aussprache ihres Bruders!

»Ich bin Loran Rakhal Storn, Lord von Storn, von High Windward!«

Melitta unterdrückte einen Aufschrei. Offensichtlich hatte der Mann das Falsche gesagt. Aus Kerstals Gesicht war das Lächeln verschwunden. Er rief etwas, und plötzlich hatten alle Männer in der Halle ihre Schwerter gezogen. Sie rückten gegen den unglücklichen Fremden in der Mitte des Kreises vor.

Kerstal sagte: »Du lügst. Du lügst, Fremder. Der Sohn von Storn ist mir nicht persönlich bekannt, aber sein Vater kennt den meinen, und unser Haus weiß Bescheid über die Männer von Storn. Soll ich dir sagen, wieso du lügst? Storn-Männer sind hellhaarig. Die Augen der Storn-Männer sind grau. Und wie jeder von den Hellers bis Thendara weiß auch ich, dass der Lord von Storn von Geburt an blind ist – unheilbar blind! Jetzt nenne deinen wirklichen Namen, Lügner und Großmaul, oder du kannst Spießruten laufen, um deine elende Haut zu retten!«

Mit einem Mal begriff Melitta und keuchte auf vor Entsetzen. Sie erkannte, was Storn gesagt hatte – und sie wand sich, denn es war ein unaussprechliches Verbrechen – und warum er es getan hatte, und was sie nun tun musste, um sie beide zu retten.

»Lasst mich durch!«, rief sie mit heller Stimme. »Er lügt nicht. Kein Storn von Storn lügt, und wenn ihr meine Worte gehört habt, kann jeder, der uns Lügner nennt, einen von uns oder beide zum Kampf herausfordern. Ich bin Melitta von Storn, und wenn ihr das Haus von Storn kennt, den Vater und den Sohn, dann seht in mein Gesicht und lest dort *meine* Abstammung!«

Die Hände ihrer verblüfften Wächter abschüttelnd, trat sie vor. Der geschlossene Kreis aus messerschwingenden Trockenstädtern teilte sich vor ihr und schloss sich hinter ihr wieder. Ein erstauntes Flüstern lief um: »Ist das eine Freie Amazone aus dem Unterland, dass sie schamlos und ohne Ketten geht? Frauen der Comyn-Domänen sind schamhaft und bescheiden. Wie ist dies Mädchen hergekommen?«

»Ich bin keine Freie Amazone, sondern eine Frau aus den Bergen.« Melitta trat vor den Sprecher. »Storn ist mein Name, und Storn ist mein Haushalt.«

Kerstal wandte sich ihr zu. Er musterte sie mehrere Minuten

lang. Dann sank seine Hand vom Griff des Messers, er spreizte die Finger und machte vor ihr die formelle Verbeugung der Trockenstädter.

»Lady von Storn, Euer Erbe spricht aus Eurem Gesicht. Eures Vaters Tochter ist willkommen hier. Aber wer ist dieser Angeber, der behauptet, mit Euch verwandt zu sein? Erkennt *Ihr* ihn als Verwandten an?«

Melitta ging auf den Fremden zu. Ihre Gedanken rasten. Schnell fragte sie in der Sprache des Gebirges: »Bist du es, Storn? Loran, warum hast du es getan?«

»Ich hatte keine andere Wahl«, erwiderte er. »Das war der einzige Weg, euch alle zu retten.«

»Sag mir rasch den Namen des Pferdes, auf dem ich reiten lernte, und ich nehme dich als den, der du bist.«

Ein kurzes Lächeln zuckte über das Gesicht des Fremden. »Du hast nicht auf einem Pferd reiten gelernt, sondern auf einem Hirschpony«, sagte er leise, »und du nanntest es *Hornschwein.*«

Entschlossen stellte Melitta sich neben den Fremden, legte ihre Hand in seine, hob sich auf die Zehenspitzen und küsste seine Wange. »Verwandter«, flüsterte sie und drehte sich wieder zu Kerstal um.

»Er ist in der Tat ein Verwandter von mir«, erklärte sie. »Auch hat er nicht gelogen, als er sich selbst Storn von Storn nannte. Die Sitten bei uns im Gebirge sind euch unbekannt. Mein Bruder von Storn ist, wie Ihr sagtet, unheilbar blind und deshalb unfähig, *Laran*-Rechte in unserem Haus auszuüben. So trägt dieser unser Cousin, *Nedestro*-Erbe von Storn, der in unseren Haushalt adoptiert wurde, den Namen und den Titel von Storn. Sein wirklicher Name ist sogar von Bruder und Schwester vergessen.«

Nachdem sie diese Worte gesprochen hatte, hielt sie für einen Augenblick den Atem an. Kerstal gab ein Zeichen, und die

Schwerter senkten sich. Melitta wagte es nicht, sich ihre Erleichterung anmerken zu lassen.

Storn fragte ruhig: »Welche Wiedergutmachung gibt das Große Haus von Rannath für eine tödliche Beleidigung?«

»Ich bin nur die Stimme Rannaths«, entgegnete Kerstal. »Lerne unsere Sitten ein anderes Mal, Fremder.«

»Mich dünkt ..., Storns Stimme war immer noch beherrscht –, dass Storns von euren Händen schweres Unrecht widerfahren ist. Ich wurde tödlich beleidigt, und meine Schwester ...« Seine Augen richteten sich auf die beiden Männer, die Melitta in die Halle gezerrt hatten. »Heißt das in eurer Stadt Höflichkeit gegenüber Fremden?«

»Es wird eine Wiedergutmachung erfolgen«, sagte Kerstal. Schweißperlen standen ihm auf der Stirn. »Mein Haus hat keinen Streit mit dir, Lord von Storn. So seid unsere Gäste und nehmt Geschenke in Empfang, die eurem Rang angemessen sind. Lasst den Austausch von Höflichkeiten die Erinnerung an gegebene oder erhaltene Beleidigungen auslöschen.«

Storn zögerte, die Hand auf dem Griff seines Messers, und Melitta, die die Geste mit Erstaunen sah, dachte: *Er genießt das? Beinahe hofft er, Kerstal werde ihn zum Kampf herausfordern!*

Aber wenn Storn wirklich so dachte, erinnerte er sich noch rechtzeitig an seine eigentliche Absicht. Er stimmte zu: »Es sei. Meine Schwester und ich nehmen deine Gastfreundschaft dankbar an, Verwandter von Rannath.« Im ganzen Raum hörte man erleichterte und vielleicht auch enttäuschte Seufzer.

Kerstal rief Diener herbei und gab ihnen Befehle. Dann hielt er Storn mit erhobener Hand zurück. »Du erhebst also Anspruch auf diese Frau? Sorge dafür, dass sie nicht unter Missachtung unserer Sitten draußen herumläuft!«

Melitta fühlte, wie Storns Hand sich in ihre Schulter grub,

und biss sich auf die Zunge, statt zornig zu antworten. Jetzt war nicht der richtige Augenblick, neuen Streit zu beginnen.

Ein paar Minuten später fanden sie sich in einem großen Gästezimmer wieder, kahl wie alle Räume der Trockenstädter und mit wenig mehr an Einrichtung als Matten auf dem Fußboden und einem oder zwei Wandbrettern. Als die Diener sich zurückgezogen hatten, sah Melitta den Fremden an, der ihres Bruders Stimme und Benehmen besaß. Mit ihm allein gelassen, wusste sie kaum, was sie sagen sollte.

Der Fremde versicherte leise in ihrer eigenen Sprache: »Ich bin es wirklich, Melitta.« Er lächelte. »Ich muss sagen – du bist genau im richtigen Moment gekommen. Wir hätten es nicht besser planen können!«

»Ich hatte es nicht geplant, es war reines Glück«, gestand sie. Müde ließ sie sich niedersinken. »Warum hast du mich hergeschickt?«

»Weil sich früher einmal Söldner aus dieser ganzen Gegend in Carthon zusammenfanden«, antwortete Storn. »Jetzt sind Trockenstädter hier eingezogen, und ich bin mir nicht mehr sicher. Aber wir sind frei, wir können handeln. In High Windward wären wir nicht fähig, irgendetwas auszurichten.« Er legte sich auf eins der Polster. Auch Melitta war unbeschreiblich müde, und außerdem war ihr unbehaglich in der Anwesenheit eines Mannes, der ihr immer noch als Fremder erschien. Endlich fragte sie: »Wer ist – der Mann ...«

»Sein Name ist Barron; er ist Terraner, ein Außenweltler. Sein Geist lag offen vor mir. Ich erforschte seine Zukunft und sah, dass er in die Berge kommen würde. Und so ...« Storn zuckte die Schultern. Wieder herrschte Schweigen zwischen Bruder und Schwester. Es war ihnen unmöglich, weiter darüber zu reden. Beide wussten sie, dass Storn ein altes Tabu gebrochen hatte, das aus den frühesten Jahren des darkovanischen Vertrags herrührte. Auch wenn es sich bei dem Opfer um einen Terraner handelte, entsetzte Melitta sich über die Tat.

Beide empfanden es als Erleichterung, als Diener Rannaths eintraten. Sie trugen Tabletts mit Speisen und zwei Truhen, die, wie sie sagten, Geschenke des Hauses von Rannath an den Lord und die Lady von Storn enthielten. Sobald sie sich wieder entfernt hatten, stand Melitta auf und näherte sich dem Geschenkstapel. Storn lachte leise. »Nie zu müde, um neugierig zu sein – typisch Frau! Aber freue dich an diesen Geschenken mit gutem Gewissen, Melitta – Rannaths Stimme, oder wie dieser Beauftragte sich tituliert, weiß, dass er sich damit Immunität von einer Fehde erkauft, die jahrelang dauern und ihn verdammt viel mehr als das da kosten könnte. Das heißt, wenn wir Trockenstädter wären. Er wird uns ein bisschen verachten, weil wir uns mit Geldeswert abspeisen lassen, aber mich persönlich kümmert es nicht im Geringsten, was ein Haufen ungewaschener Trockenstädter von uns denkt – meinst du nicht auch? Ich habe die Geschenke auch deswegen angenommen, weil ...« – er betrachtete sie – »... du aussiehst, als könntest du sie gut brauchen. Ich habe dich noch nie so verwahrlost gesehen, kleine Schwester!«

Melitta wäre fast in Tränen ausgebrochen. »Du hast ja keine Ahnung, wo ich gewesen bin und wie ich reisen musste, und du machst dich lustig darüber, was ich anhabe ...« Ihre Stimme brach.

»Melitta! Weine nicht ...« Er nahm sie in die Arme, drückte sie an sich, ihr Gesicht lag auf seiner Schulter. »Schwesterchen, *Breda, Chiya* ...« Er wiegte sie, raunte ihr Kosenamen aus ihrer Kindheit zu. Langsam beruhigte sie sich, dann entzog sie sich ihm mit einem vagen Gefühl der Peinlichkeit. Die Stimme, das Benehmen gehörten ihrem Bruder, aber der Körper und die Berührung des fremden Mannes schufen ihr Unbehagen. Sie senkte die Augen, und Storn lachte verlegen.

»Sehen wir nach, was Kerstal uns geschickt hat, und wir werden wissen, wie hoch er das *Kihar* des Hauses von Storn einschätzt.«

»Jedenfalls nicht billig«, meinte Melitta, die Truhen öffnend.

Zuoberst lag ein feingetempertes Schwert für Storn. Er hängte es sich um und warnte: »Vergiss nicht, es sind Trockenstädter – das hier hat nicht die gleiche Bedeutung wie in unseren Bergen. Zu schade, denn dann würde es ein Gelübde bedeuten, uns zu Hilfe zu kommen.« Bei dem Schwert lagen ein Wehrgehenk und eine gestickte Weste. Für Melitta waren, wie sie gehofft hatte, Gewänder aus Leinen da, mit Pelz besetzt, Kapuzenmäntel und Hauben – und eine Goldkette mit einem winzigen Schloss. Ungläubig blickte sie darauf nieder.

Storn nahm die Kette lachend in die Hand. »Offensichtlich glaubt er, ich würde dich an der Leine führen!« Er sah ihre Augen funkeln und setzte schnell hinzu: »Lass nur, du brauchst das Ding nicht zu tragen. Komm, *Breda,* wir wollen essen und danach ein Weilchen schlafen. Wenigstens sind wir hier sicher. Morgen ist Zeit genug, darüber nachzudenken, was wir tun sollen, falls Rannath entscheidet, hier könne uns niemand helfen.«

11

Storn erwies sich als unfehlbarer Prophet. So großen Wert das Haus von Rannath auch darauf legen mochte, eine lang dauernde Fehde mit den Storns zu vermeiden, musste es doch ganz Carthon informiert haben: Jeder, den Storn ansprach, antwortete bedauernd, für einen Krieg in den Bergen »keine Zeit« zu haben.

Insgeheim fand Storn diese Reaktion verständlich. Die Trockenstädter fühlten sich im Vorgebirge nicht zu Hause, von den hohen Pässen ganz zu schweigen, und das Haus von Rannath hatte genug zu tun, wenn es Carthon halten wollte, ohne auch noch die Truppen, die ihm zu Gebote standen, in Feldzügen nach den fernen Sierras zu verzetteln. Übrigens würden Trockenstadt-Söldner, ungeübt im Bergsteigen und unzureichend gegen Schnee und Kälte geschützt, mehr Ärger machen, als sie wert waren. Storn brauchte Leute aus dem Gebirge, und in Carthon waren keine.

Nun bestanden Bruder und Schwester auf ihrer Abreise. Kerstal drängte sie zu bleiben, und es gelang ihm, längst nicht so unaufrichtig zu wirken, wie er, was sie wohl wussten, war. Sie betonten darauf die Dringlichkeit ihres Vorhabens, und da suchte er für Melitta ein ausgezeichnetes Reitpferd aus seinem eigenen Stall aus und machte es ihr zum Geschenk.

»Und so«, bemerkte Storn zynisch, als sie von dem Großen Haus wegritten, »dient Kerstal, die Stimme Rannaths, seinem Herrn, indem er eine weitere Verbindung zu den Bergbewohnern zerreißt, wodurch es immer unwahrscheinlicher wird, dass Bergbewohner nach Carthon kommen. Im Gegenteil, die wenigen, die noch hier sind, werden wegziehen – was mag wohl aus all den Lanarts geworden sein? Sie hatten einmal

Landbesitz in der Nähe von Carthon«, erklärte er, »und sie waren ein Unter-Clan der Altons, zusammen mit den Leyniers und den Leuten von Syrtis. Hoffentlich haben die verdammten Trockenstädter sie nicht einen nach dem anderen in Fehden verwickelt und umgebracht; es waren gute Leute. Domenic Lanart hat mir einmal seinen ältesten Sohn als Gatten für dich angeboten, Melitta.«

»Und du hast es mir nie erzählt.«

Er lachte vor sich hin. »Zu der Zeit warst du acht Jahre alt.« Gleich wurde er wieder ernst. »Ich hätte euch beide schon vor Jahren verheiraten sollen, dann könnten wir Verwandte zu Hilfe rufen. Aber es widerstrebte mir, mich von euch zu trennen. Allira hatte nicht viel Interesse daran zu heiraten ...«

Beide schwiegen eine Weile. Dann sprachen sie über die Vergangenheit der Stadt und aus welchen Gründen sie derart heruntergekommen sei. Bis sie Carthon hinter sich hatten, kam Storn nicht mehr auf das Thema ihrer nächsten Unternehmung zurück.

»Da sich Carthon als falsche Hoffnung erwiesen hat ...«, begann er.

Melitta unterbrach: »Wir sind nur ein paar Tagesritte von Armida entfernt, und Valdir Alton hat alle Männer des Vorgebirges gegen die Räuber vereint – denke daran, wie er Cyrillon des Trailles bekriegt hat! Storn, wende dich an ihn! Bestimmt wird er uns helfen!«

»Das kann ich nicht«, erwiderte Storn düster. »Ich wage es nicht einmal, mit Valdirs Männern zusammenzutreffen, Melitta. Valdir ist ein Comyn-Telepath und hat Alton-Kräfte; er würde sofort erkennen, was ich getan habe. Ich fürchte, er hat bereits einen Verdacht. Und außerdem ...« – er wurde rot vor Scham – »... habe ich einem Alton-Mann das Pferd gestohlen.«

Melitta meinte trocken: »Ich habe mich schon gewundert, woher du ein so edles Tier hast.«

Storns eigene Gedanken bildeten dazu einen bitteren Kontrapunkt. *Valdirs Pflegesohn hat sich mir mit einem Messer angelobt – nein, das war Barron, der Erdling. Er weiß nichts von mir und hat keine Freundschaft für mich. Und jetzt ist auch diese Straße geschlossen. Was nun?* Endlich sagte er: »Wir sind mit dem Haus von Aldaran weitläufig verwandt. Ich habe gehört, dass auch dort ein Sammelpunkt für die Bergbewohner ist. Vielleicht werden sie uns der alten Zusammengehörigkeit wegen helfen. Wenn nicht, werden sie uns wenigstens sagen können, wo wir Söldner finden. Wir wollen nach Aldaran reiten.«

Das bedeutete, dass sie den Kadarin wieder überqueren und in die Berge zurückkehren mussten, und Melitta wünschte, sie wäre gleich nach Aldaran gegangen. Aber dann erinnerte sie sich, dass Storn – Barron – den ganzen Weg von den Tälern bis zur anderen Seite des Vorgebirges zurückgelegt hatte. Carthon war der geeignetste Treffpunkt für sie beide gewesen, und außerdem hatte Storn jeden Grund zu der Annahme gehabt, sie könnten dort Hilfe finden. Es war schon sehr merkwürdig: Wenn sie ihn nicht ansah, war es leicht zu glauben, sie reite mit ihrem Bruder Storn. Die Stimme, fremdartig in Klang und Lage, hatte trotzdem die vertrauten Eigenheiten und den Sprechrhythmus ihres Bruders. Es war, als sei sie durch Entfernung verzerrt. Aber wenn sie den Blick auf den Unbekannten richtete, der so selbstverständlich auf dem großen Rappen saß – hoch gewachsen, dunkel, ein völlig anderer Typ –, wurde sie wieder von Unbehagen ergriffen. Was würde geschehen, wenn Storn sich zurückzog und sie mit diesem Außenweltler, diesem unglaublich fremdartigen Mann, allein blieb? Melitta hatte geglaubt, nach ihrem schrecklichen Treck durch die Berge gäbe es kaum noch etwas, das ihr Angst machen könne. Jetzt entdeckte sie, dass es Ängste gab, an die sie früher nie gedacht hatte, die unergründlichen Risiken, die mit einem Mann, einem Gehirn von einer anderen Welt zusammenhingen.

Entschlossen sagte sie sich: *Auch wenn er – herauskommt, kann er nicht schlimmer sein als Brynats Bande von Totschlägern. Ich bezweifle, dass er mich ermorden oder vergewaltigen wollen wird.* Wiederholt studierte sie dies Gesicht, das sich hinter dem Geist ihres Bruders verbarg, und dachte: *Wie mag er wirklich sein? Er kommt mir wie ein anständiger Mensch vor – keine Zeichen von Grausamkeit oder Ausschweifung – traurig sieht er aus, und ein bisschen einsam. Ob ich es jemals erfahren werde?*

Am dritten Abend, nachdem sie Carthon verlassen hatten, entdeckten sie, dass sie verfolgt wurden.

Mit Sinnen, die durch Anspannung und Furcht übernatürlich geschärft waren, merkte Melitta es zuerst. Es war, wie sie später zu sagen pflegte, als ob »ich die Gewohnheit angenommen hätte, beim Reiten über die Schulter zurückzublicken«. Sie vermutete, dass sie sich, vielleicht durch den Kontakt mit Storn, vielleicht durch einen anderen Stimulus, von einer latenten Telepathin in eine operante verwandelte. Anfangs wusste sie nicht, ob nur ihr Geist es wahrnahm oder ob ihre Sinne etwas auffingen – Geräusche, zu leise, um normalerweise gehört, Gestalten, zu weit entfernt, um gesehen zu werden. Doch kam es darauf nicht an. Sie fanden ein Obdach in der verlassenen Hütte eines Hirten auf einer Bergwiese, und da berichtete sie Storn von ihrem Verdacht. Ein bisschen hatte sie Angst, er werde lachen.

Nichts lag ihm ferner. Er kniff die Lippen zusammen – Melitta kannte die Geste, wenn auch nicht den Mund – und sagte: »Letzte Nacht glaubte ich es auch, aber dann redete ich mir ein, nur auf meine eigenen Ängste gelauscht zu haben.«

»Wer könnte uns denn folgen? Bestimmt keiner von Brynats Männern, aus solcher Entfernung! Männer aus Carthon?«

»Das ist nicht unmöglich«, antwortete Storn. »Dem Haus von Rannath mag es nicht unwillkommen sein, wenn eine weitere der alten Bergfamilien verschwindet – nur könnte er es dann früher oder später selbst mit Brynats Räuberbande zu tun bekommen. Räuber haben sich gelegentlich schon bis nach Carthon gewagt, und wir wären immerhin bessere Nachbarn als das Narbengesicht. Auch wenn Rannath uns nicht helfen will, bezweifle ich, dass er uns schaden würde. Nein, ich fürchte etwas Schlimmeres als das.«

»Eine nichtmenschliche Bande?«

Düster schüttelte Storn den Kopf. Dann bemerkte er Melittas Unruhe und versuchte zu lächeln. »Bestimmt bilde ich mir da etwas ein, *Breda,* und auf jeden Fall sind wir bewaffnet.«

Er sprach nicht aus, was er am meisten fürchtete: Larry mochte wegen seiner beschworenen Freundschaft mit Barron und aus Angst um ihn Valdir auf ihre Spur gesetzt haben. Storn hatte niemandem etwas zuleide tun wollen – ganz im Gegenteil. Aber Barron hatte zweimal – oder dreimal? – Fragen über Carthon gestellt. Es wäre ziemlich leicht gewesen, ihn dort aufzuspüren. Und wenn kein Terraner dort angekommen war – nun, zumindest Valdir würde erkennen, was er getan hatte und warum Barron, der Erdling, verschwunden war. Nach dem wenigen, was Storn über die Comyn wusste, stand fest, dass sie einen Mann, der sich so gegen die alten Gesetze Darkovers vergangen hatte, um die halbe Welt jagen würden.

Und wenn sie ihn fingen – was dann?

Mit der unheimlichen Gewohnheit des Gedankenlesens, die sich bei ihr entwickelte (Hatte er gut daran getan, *Laran* in dem Mädchen zu wecken?), fragte Melitta: »Storn, was ist der Comyn eigentlich?«

»Das ist, als ob du fragtest, was die Berge sind. Ursprünglich gab es auf Darkover sieben Große Häuser oder Domänen, jede mit einer besonderen telepathischen Gabe. Sollte ich je gewusst haben, welches Haus welche Gabe besaß, habe ich es vergessen, und Generationen der Inzucht und der Heiraten untereinander haben sie sowieso so vermischt, dass es niemand mehr weiß. Wenn Leute vom Comyn sprachen, meinten sie für gewöhnlich den Comyn-Rat – eine Hierarchie aus begabten Telepathen aller Häuser, deren Aufgabe es anfangs war, die Anwendung der alten Kräfte und Geistesgaben zu überwachen. Später gewannen sie auch weltliche Macht. Du hast die Balladen gehört – die sieben Häuser sollen von den sieben Söhnen Hasturs und Cassildas abstammen. Das könnte sogar wahr sein, aber es tut nichts zur Sache. Heutzutage sind sie die Gesetzgeber in diesem Teil Darkovers, soweit man seit dem Vertrag von Gesetzen sprechen kann. Ihr Wille gilt nichts in den Trockenstädten und im Waldläuferland, und die Bergbewohner sind ziemlich außerhalb ihrer Reichweite. Du weißt ebenso gut wie ich, dass wir uns nach unseren eigenen Sitten und Gebräuchen richten.«

»Sie regieren? Regiert im Unterland nicht der König?«

»O ja, es gibt einen König in Thendara, der unter dem Comyn-Rat regiert. Das Königsamt stand früher den Hasturs zu, doch vor ein paar Generationen traten sie es an eine andere Comyn-Familie, die Elhalyns, ab, die mit den Hasturs so verschwägert sind, dass es kaum einen Unterschied bedeutet. Du weißt das doch alles, verdammt noch mal. Ich erinnere mich, dass ich es dir erzählt habe, als du ein Kind warst, auch die Sache mit den Aldarans.«

»Es tut mir Leid, das scheint alles sehr weit weg zu sein.« Sie saßen in der dunklen Hütte auf Decken und Fellen dicht am Feuer, obwohl es jemand, der an den grimmigen Frost der Berge gewöhnt war, nicht wirklich kalt gefunden hätte. Draußen prasselte ein Graupelschauer gegen die Bretterwände. »Was ist mit den Aldarans? Sind sie nicht auch Comyn?«

»Früher einmal; sie mögen einige Comyn-Kräfte besitzen. Aber sie wurden vor Generationen aus dem Comyn-Rat hinausgeworfen. Es wird erzählt, sie hätten etwas so Entsetzliches getan, dass sich niemand mehr daran erinnert. Ich persönlich vermute, dass es der übliche politische Hahnenkampf war, aber genau weiß ich es nicht. Das weiß heute niemand mehr, ausgenommen vielleicht die Lords vom Comyn-Rat.« Er verstummte. Es war nicht der Comyn im Allgemeinen, den er fürchtete, sondern Valdir im Besonderen und sein alles wissender, alles erkennender Blick.

Niemand brauchte Storn auseinander zu setzen, was Melitta über seine Tat empfand. Er empfand selbst so. Auch er war in der Ehrfurcht vor diesem darkovanischen Gesetz gegen das Herumpfuschen mit einem anderen menschlichen Geist erzogen worden. Doch er verteidigte sich mit der ganzen Verzweiflung des gesetzestreuen und friedlichen Mannes, der zum Renegaten geworden ist. *Es interessiert mich nicht, welche Gesetze ich gebrochen habe! Meine Schwester und mein kleiner Bruder befinden sich in der Gewalt jener Männer, ebenso die Dorfbewohner, die meiner Familie seit Generationen gedient haben. Ich will sie frei sehen, und dann soll es mir gleich sein, ob man mich hängt! Wozu ist das Leben eines Invaliden überhaupt nütze? Ich bin vorher nie mehr als halb lebendig gewesen!*

Nahe bei ihm hockte Melitta auf der Decke vor dem niedrigen Feuer, und er war sich ihrer Anwesenheit intensiv bewusst. Bis jetzt hatte er seiner Blindheit wegen ein isoliertes Leben geführt; er war nur mit wenigen Frauen zusammengekommen, und es war keine seiner eigenen Kaste darunter gewesen. Gewohnheit und sparsam brennende Lebensflamme hatten ihn die Entbehrung nicht spüren lassen, aber der fremde, kraftvolle Körper, in dem er sich jetzt ganz zu Hause fühlte, spürte die Nähe des Mädchens nur zu deutlich.

Melitta war außergewöhnlich schön, dachte er, sogar in der abgetragenen und fleckigen Reitkleidung, die sie wieder angezogen hatte, als sie Carthon verließen. Sie hatte das Haar gelöst und Übermantel und Jacke abgelegt. Darunter trug sie ein loses, grobes Leinenhemd. Ein kleines Schmuckstück schimmerte an ihrem Hals. Ihre Füße waren bloß. So müde Storn vom tagelangen Reiten war, das körperliche Begehren ließ sich nicht unterdrücken. Er erlaubte sich, mit dem Gedanken zu spielen, vielleicht weil alle seine anderen Gedanken zu beunruhigend waren. Im Gebirge war eine sexuelle Verbindung nicht einmal zwischen Vollgeschwistern verboten, obwohl man es für ein Unglück hielt, wenn solchen Paaren Kinder geboren wurden – das isolierte Bergvolk wusste über die Gefahren der Inzucht sehr gut Bescheid. Mit dem finstersten Humor seines Lebens dachte Storn: *Im Körper eines Fremden brauchte ich das nicht zu fürchten!*

Dann überkam ihn der Widerwille. Dieser Körper war der eines Erdlings, eines Fremden auf ihrer Welt – und er hatte daran gedacht, ihn den Körper seiner Schwester, einer Lady von Storn, teilen zu lassen? Er biss die Zähne zusammen und bedeckte das Feuer.

»Es ist spät«, sagte er. »Wir müssen morgen weit reisen. Du solltest dich lieber schlafen legen.«

Melitta gehorchte wortlos, wickelte sich in ihren Pelzmantel und wandte sich von ihm ab. Sie war sich klar darüber, was er dachte, und es tat ihr sehr Leid für ihn, aber sie wagte es nicht, ihm ihr Mitgefühl offen zu zeigen. Ihr Bruder hätte es zurückgewiesen, wie er es ihr ganzes Leben lang getan hatte, und vor dem Fremden fürchtete sie sich immer noch ein bisschen. Nicht sein heimliches Begehren störte sie; damit hatte sie rechnen müssen. Wie jedes Mädchen ihrer Herkunft und Kaste wusste sie, dass dies Problem in aller Wahrscheinlichkeit auftauchen würde, wenn sie mit irgendeinem Mann allein reiste. Hätte sich Storn in seinem eigenen Körper befunden, wäre es anders gewesen. Doch sie war sich des Fremden viel stärker bewusst, als Storn ahnte. Sie war gezwungen gewesen, über diese Eventualität nachzudenken und ihren Entschluss zu fassen. Der Fremde hätte eine gewisse Anziehungskraft für sie gehabt, wenn sie nicht um die unheimliche Tatsache gewusst hätte, dass er gleichzeitig ihr Bruder war. Bestimmt sah er gut aus, und der Ton seiner Stimme ließ auf einen freundlichen und sympathischen Menschen schließen. Wenn sie nun unabsichtlich Begehren in ihm erweckt hatte, verlangte der Anstand von einer Frau ihrer Kaste, dass sie sich ihm nicht verweigerte. Das wäre unrecht und grausam hurenhaft gewesen. Bei einem Mann, der sie abstieß, hätte sie sich wie jedes Mädchen aus den Bergen gar nicht erst auf einen Ritt zu zweit eingelassen und sich in Carthon nach anderer Begleitung umgesehen.

Nun, es sah so aus, als sei die Entscheidung vorerst aufgeschoben, und Melitta war erleichtert. Es wäre zu unheimlich gewesen! *Als ob ich bei einem Geist läge,* dachte sie und schlief ein.

Es war immer noch dunkel, als Storns Hand auf ihrer Schulter sie weckte. Sie sattelten ihre Pferde und ritten weiter. Es ging den dunklen Bergpfad durch ein schweres Graupelwetter hinunter. Erst nach einer guten Stunde verwandelte sich der Niederschlag in den leichten Regen, der in dieser Breite und Jahreszeit die Morgendämmerung ankündigte. Melitta fror und zitterte und ärgerte sich sogar ein bisschen über Storn, aber sie protestierte nicht. Sie zog einfach ihren Mantel über das Gesicht. Storn bog in einen ungewöhnlich steilen und gefährlichen Weg ein, stieg ab und führte ihr Pferd über den schlüpfrigen Boden durch die Bäume, bis das Terrain wieder sicherer wurde. Melitta dachte: *Wenn Comyn auf unserer Fährte sind, mag es uns nicht gelingen, sie abzuschütteln.*

Aber wenn nicht, haben wir unsere Verfolger jetzt vielleicht irregeführt.

»Und wir kommen ihnen auf diesem Weg zwei oder drei Tagesritte voraus, wenn sie nicht an die Bergpfade gewöhnt sind – sie oder ihre Pferde«, sagte Storn unvermittelt, und Melitta verstand.

Diesen ganzen Tag und den nächsten nahmen sie immer steilere Wege. Über den Gipfeln brauten sich Unwetter zusammen, und abends waren sie so erschöpft, dass sie gerade ein paar Bissen essen und sich schon halb schlafend in ihre Decken wickeln konnten. Am dritten Morgen nach dem Tag, als sie zuerst etwas von einer Verfolgung gemerkt hatten, erwachte Melitta ohne das unbehagliche Gefühl, beobachtet zu werden. Wenigstens für den Augenblick waren sie ihre Verfolger los.

»Wir müssten Aldaran heute erreichen«, sagte Storn, als sie sattelten, »und wenn es stimmt, was ich gehört habe, sind die Comyn nicht erpicht darauf, so weit ins Gebirge vorzudringen. Im Unterland mögen sie sakrosankt sein, hier aber nicht.«

Sobald der Nebel sich auflöste, entdeckten sie von einem Gipfel aus die Burg, die halb unsichtbar zwischen grauen Klippen lag. Sie brauchten jedoch noch den ganzen Tag, um bis an den Fuß des Berges zu gelangen, auf dem sie stand. Eine vielberittene und stark befestigte Straße führte hinauf. Dort wurden sie von zwei vermummten Männern angehalten. Sie fragten sie mit äußerster Höflichkeit nach ihrem Begehr. Doch verlangten sie, dass sie unten warteten, bis der Lord von Aldaran von ihrem Kommen benachrichtigt worden sei, und das mit solchem Nachdruck, dass weder Storn noch Melitta den Wunsch zu einem Protest verspürte.

»Sagt dem Lord von Aldaran ...« – Storns Stimme klang tonlos vor Müdigkeit – »... dass seine entfernten Verwandten von Storn zu High Windward ein Obdach, seinen Rat und seine Gastfreundschaft brauchen. Wir sind lange geritten und sind müde, und wir bitten ihn, uns unseres gemeinsamen Blutes wegen hier ausruhen zu lassen.«

»In Sicherheit hier ausruhen könnt ihr selbstverständlich«, erklärte der eine Mann verbindlich, und Melitta seufzte erleichtert. Sie befanden sich unter Menschen ihrer eigenen Art. »Wollt Ihr Euch ins Torhaus begeben, mein Lord und *Damisela?* Eure Pferde will ich versorgen lassen. Ich kann den Lord von Aldaran ohne seine Einwilligung nicht stören, aber wenn ihr seine Verwandten seid, werdet ihr bestimmt nicht lange zu warten brauchen. Ich stehe euch zu Diensten, und für alle Reisenden sind Lebensmittel da, falls ihr welche braucht.«

In dem kleinen, kahlen Torhaus lächelte Storn Melitta kurz zu. »Aldaran hält den alten Brauch der Höflichkeit gegen Fremde hoch, was sein Haushalt auch sonst verbrochen haben mag.«

Nach fast unglaublich kurzer Zeit (Storn fragte sich, ob irgendein Signalapparat benutzt worden sei, denn ein Bote hätte es bis zur Burg hinauf und wieder zurück kaum schaffen können) meldete der Wachtposten: »Lady Desideria hat mir befohlen, euch zum Haupthaus zu führen und für eure Bequemlichkeit zu sorgen, Lord und Lady. Und wenn ihr euch ausgeruht und erfrischt habt, wird sie euch empfangen.«

Während sie den von Stufen unterbrochenen Weg hinaufstiegen, flüsterte Storn: »Ich habe keine Ahnung, wer Lady Desideria ist. Der alte Kermiac wird kaum noch einmal geheiratet haben. Vielleicht ist sie die Frau eines seiner Söhne.«

Aber das junge Mädchen, das sie begrüßte, war keines Mannes Gattin. Sie konnte nicht viel älter als fünfzehn sein und war eine hinreißende rothaarige Schönheit. Sie verfügte über eine Haltung und eine Sicherheit, dass Melitta sich im Vergleich mit ihr linkisch, bäurisch und verlegen fühlte.

»Ich bin Desideria Leynier«, sagte sie. »Meine Pflegemutter

und mein Vormund sind nicht zu Hause. Sie kommen morgen wieder und werden euch auf schickliche Art willkommen heißen.« Sie trat zu Melitta, ergriff ihre Hände und forschte mit freundlichen Augen in ihrem Gesicht. »Armes Kind, du siehst aus, als seist du beinahe zu Tode erschöpft. Es wird dir gut tun, dich eine Nacht richtig auszuschlafen, bevor du deine Gastgeber kennen lernst. Und Ihr, Master, müsst Euch ebenso ausruhen und alle Förmlichkeiten vergessen. Auch wenn ich persönlich die Storns nicht kenne, sind sie doch meinem Haushalt bekannt. Ich heiße euch willkommen.«

Storn dankte ihr, aber Melitta hörte nicht auf die Worte. Dies merkwürdige Mädchen hatte mehr an sich als nur Selbstsicherheit. Melitta spürte große innere Kraft und eine unheimlich entwickelte Empfindsamkeit. Lady Desideria überragte sie so sehr, dass sie sich neben ihr wie ein Kind vorkam. Sie verbeugte sich tief. »*Vai Leronis*«, flüsterte sie. Es war das alte Wort für eine in den ehrwürdigen Wissenschaften erfahrene Zauberin.

Desideria lächelte fröhlich. »Ach nein«, wehrte sie ab, »nur eine, die ein bisschen über die alten Künste weiß – und wenn ich richtig lese, Kind, sind sie auch dir nicht fremd! Aber darüber können wir ein anderes Mal reden. Ich wollte euch nur im Namen meiner Pflegeeltern begrüßen.« Sie rief einen Diener, die Gäste zu führen, und ging selbst vor ihnen die langen Flure hinunter. Offensichtlich war es, kurz vor dem Abendessen, eine Stunde der Betriebsamkeit; Leute kamen und gingen, und darunter waren ein paar große dünne Männer, die den Ankömmlingen flüchtige Aufmerksamkeit schenkten. Storn holte tief Atem und grub Melitta die Finger in den Arm.

»Es sind Terraner hier – so tief in den Bergen«, flüsterte er. »Bei Zandrus Höllen, was geht auf Aldaran vor? Sind wir von der Falle in den Kochtopf gewandert? Ich hätte nie geglaubt, dass irgendein Terraner je so weit gekommen ist. Und das Mädchen ist Telepathin – Melitta, pass auf!«

Desideria überließ Storn einem Diener und brachte Melitta in ein Zimmer, das einer von vier kleinen, tortenstückförmigen Räumen oben in einem Turm war. »Es tut mir Leid, dass ich dich nicht besser unterbringen kann«, entschuldigte sie sich, »aber es sind eine große Menge von uns hier. Ich werde dir Waschwasser schicken und ein Mädchen, das dir beim Ausziehen helfen wird, und obwohl ich dich sehr gern in der Halle sehen würde, Kind, halte ich es doch für besser, wenn du auf deinem Zimmer isst und sofort zu Bett gehst. Du wirst sonst krank.«

Melitta erklärte sich dankbar einverstanden. Sie war froh, dass sie heute Abend nicht auch noch mit vielen Fremden zusammenkommen musste. Desideria sagte: »Er ist ein seltsamer Mann – dein Bruder«, doch die Bemerkung enthielt keine Andeutung von einer neugierigen Frage. Sie drückte Melittas Hand und küsste sie auf die Wange. »Jetzt ruhe dich aus«, riet sie in dieser seltsam erwachsenen Art, »und fürchte dich vor nichts. Meine Schwester und ich sind in den Zimmern gegenüber, ganz in deiner Nähe.« Sie ging. Allein gelassen, zog Melitta ihre schmutzigen, kalten Reitsachen aus und nahm gern die Dienste der ruhigen, gleichmütigen Zofe entgegen, die als Aufwartung kam. Nach dem Bad und einer leichten, köstlichen Mahlzeit, die man ihr brachte, legte sie sich in das weiche Bett. Zum ersten Mal, seit die Alarmglocken Brynats Eintreffen vor den Mauern von Storn verkündet hatten, konnte sie in Frieden schlafen. Sie waren in Sicherheit.

Wo ist Storn? Genießt auch er den Luxus von Sicherheit und Ruhe? Bestimmt irrt er sich, wenn er glaubt, hier seien Terraner. Und es ist wirklich seltsam – eine Vai Leronis *tief in den Bergen zu finden.*

12

Storn erwachte im ersten Morgenlicht. Ein paar Minuten lang hatte er keine Ahnung, wo er war. Um ihn waren ihm unbekannte Gerüche und Laute. Mit geschlossenen Augen lag er da und versuchte sich zu orientieren. Er hörte Schritte auf Stein, Tiere brüllten nach Futter, fremde Stimmen wurden lauter und leiser. Es waren friedliche Morgengeräusche, nicht die eines Heims, das sich in der Gewalt eines Eroberers befand. Dann kehrte die Erinnerung zurück, und er wusste wieder, dass er sich auf Burg Aldaran befand. Er öffnete die Augen.

Eine vage Unruhe erfasste ihn, er wusste nicht, warum. Wie lange konnte er wohl die Oberhand über Barron behalten – lange genug, um sein Ziel zu erreichen? Oder würde er sich plötzlich in seinem eigenen Körper wiederfinden, hilflos in Trance, zwar geschützt gegen einen Angriff auf die eigene Person, aber unfähig, etwas für seine Familie und seine Leute zu tun? Er machte sich keine Illusionen, was dann früher oder später geschehen würde. Barron ging seiner Wege, verwirrt durch einen Gedächtnisverlust oder vielleicht falsche Erinnerungen – Storn wusste wirklich nicht, wie es hinterher im Kopf dieses Mannes aussehen mochte –, und Melitta war ohne jeden Schutz. In dem Fall würde ihm ihr Schicksal wohl für immer verborgen bleiben.

Und er wollte nicht in seinen eigenen Körper zurückkehren, blind und hilflos gefangen. Was sollte dann aus Barron werden, einem Fremdling in diesen Bergen? Schon seines Opfers wegen musste er die Kontrolle um jeden Preis behalten.

Wenn sich wirklich Terraner auf Burg Aldaran befanden, was mochte das bedeuten? Krank vor nicht beantworteten und nicht beantwortbaren Fragen schlug Storn die Decken zurück und trat ans Fenster. Wie auch das Ende aussehen mochte, er würde diese paar Tage des Lichts in einem Leben voller Dunkelheit genießen. Auch wenn diese Tage seine letzten sein sollten.

Aus dem Fenster betrachtete er das Leben im Hof. Männer, denen man ihre Zielstrebigkeit irgendwie ansah, gingen hin und her. Es waren Terraner unter ihnen, ein paar trugen sogar die Lederkleidung der Raumhäfen – *woher weiß ich es, sobald ich es sehe, wo ich doch nie dort gewesen bin?* –, und nachdem er eine Weile zugesehen hatte, entstand Unruhe unter ihnen. Ein Mann ritt mit zwei uniformierten Begleitern ins Tor ein.

Der Mann war groß und dunkelbärtig. Das mittlere Alter hatte er ein gutes Stück hinter sich. Er strahlte eine Autorität aus, die Storn ein bisschen an Valdir erinnerte, obwohl dieser Mann offensichtlich zu den Gebirgsbewohnern gehörte. Aus der allgemeinen Aufregung schloss Storn, dass er der Ankunft des Lords von Aldaran beiwohnte. In wenigen Stunden musste er ihm von Angesicht zu Angesicht gegenübertreten und ihn um Hilfe bitten. Deprimierende Gedanken quälten ihn. Konnte selbst eine ganze Armee, falls Aldaran willens war, sie ihm zur Verfügung zu stellen (und warum sollte er?), Brynat vertreiben? Burg Storn war früher schon belagert worden, und es war nie notwendig gewesen, sie zu verteidigen. *Jetzt hält Brynat die Burg, und wer könnte sie ihm wieder abnehmen? Eine Armee? Wir würden einen Gott brauchen.*

Das Bild unten löste sich auf, und Storn sah die große, Ketten tragende Gestalt Sharras, flammengekrönt, schön und schrecklich. Die gleiche Vision hatte er gehabt, als er hinter dem Magnetfeld auf Burg Storn lag, der Körper in Trance versunken, der Geist auf der Suche nach Hilfe von *irgendwo* frei durch Zeit und Raum schweifend.

Wieder Sharra! Was hat die Vision zu bedeuten?

Kurz vor Mittag kam Melitta mit Desideria zu ihm. Desideria sagte, ihr Vormund sei bereit, sie zu empfangen. Während er den Mädchen die langen Gänge und Treppen hinunter folgte, schätzte Storn im Stillen die Haltung, die Kraft und die offensichtliche telepathische Begabung dieser sehr jungen Frau ab und kam zu einer beunruhigenden Antwort. Sie musste eine Bewahrerin sein – eine dieser Jungfrauen, die von frühester Kindheit an in der Arbeit mit den alten Matrix-Kristallen und -Schirmen geübt werden, neben denen die paar Geräte auf Burg Storn wie Kinderspielzeug wirken würden. Desideria schien eine Vorliebe für Melitta gefasst zu haben und sprach ganz ungezwungen mit ihr. Storn fing ein paar Bruchstücke ihrer Unterhaltung auf und entnahm ihnen, dass es vier waren. In früherer Zeit war es den Mitgliedern eines Matrixkreises, isoliert von der Welt und ohne etwas anderes zu tun zu haben, kaum gelungen, eine Bewahrerin in zehn Jahren auszubilden. Und Aldaran sollte es geschafft haben, in den paar Jahren, seitdem Storn zum letzten Mal hier gewesen war, gleich vier anzulernen? Was ging an diesem Ort vor?

Als er Desideria eine harmlose Frage stellte und dabei die höfliche Anrede *Leronis* benutzte, schüttelte sie jedoch mit fröhlichem Lächeln den Kopf. »Nein, mein Freund, ich bin keine *Leronis.* Mein Vormund liebt das Wort mit seinem Hinweis auf Zauberei nicht. Ich bin in einer Fertigkeit ausgebildet worden, die sich jeder gute Telepath anzueignen vermag, genauso wie jeder, der kräftig und behände genug ist, das Jagen mit Falken oder das Reiten erlernen kann. Auf unserer Welt herrschen schon zu lange törichte Vorstellungen wie die über Magie. Nenne mich, wenn du willst, eine Matrix-Technikerin. Meine Schwestern und ich haben es in dieser Kunst weiter gebracht als die meisten anderen, aber du brauchst mich nicht mit Ehrfurcht zu betrachten, weil ich gut gelernt habe!«

Immer noch sah sie ihn mit einem mädchenhaften, unbefangenen Lächeln an – und plötzlich erschauerte sie, wurde rot und schlug die Augen nieder. Ihre nächsten Worte richtete sie an Melitta, wobei sie Storn gezielt ignorierte.

Mit einer gewissen Bitterkeit dachte er: *Bei all ihrer Ausbildung ist sie immer noch konventionell – und dem verdanke ich mein Leben. Wäre sie älter – eine geschulte Telepathin ihres Kalibers brauchte nur einen Blick auf mich zu werfen, und schon wüsste sie, was ich getan habe. Nur die Regel, dass Mädchen ihres Alters von sich aus keinen Kontakt mit Männern anknüpfen dürfen, die nicht ihre Blutsverwandten sind, hat mich bisher gerettet.*

Es waren quälende Gedanken: Dieses junge Mädchen aus den Bergen, seiner eigenen Art und Kaste angehörend, hatte all die Dinge studiert, die die Hauptquelle des Trostes in seinem Leben gewesen waren, und sie verhielt sich so reserviert gegen ihn! Er jedoch wagte es nicht, sich ihr im Geist oder im Körper zu nähern. Er hätte weinen mögen. Mit verkniffenen Lippen folgte er den Mädchen und sprach kein einziges Wort mehr.

Aldaran empfing sie nicht im offiziellen Audienzsaal, sondern in einem kleinen freundlichen Raum unten in der Burg. Er umarmte Storn, nannte ihn Cousin, machte bei Melitta Gebrauch von dem Vorrecht eines Verwandten und küsste sie auf die Stirn, bot ihnen Wein und Süßigkeiten an und ließ sie an seiner Seite Platz nehmen. Dann fragte er, was sie hergeführt habe.

»Es ist lange her, dass einer eurer Familie uns auf Aldaran besucht hat. Ihr lebt zu High Windward so abgeschnitten wie Adler in ihrem Horst. Das ganze letzte Jahr habe ich mir Vorwürfe gemacht, dass ich die verwandtschaftlichen Pflichten verletze und einmal nach Storn reiten müsste. Es gibt heutzutage viel Unruhe in den Bergen, und keiner von uns sollte sich zu sehr absondern. Die Zukunft unserer Welt hängt davon ab, dass wir zusammenhalten. Mehr davon später, wenn es euch interessiert. Sagt mir, was führt euch nach Aldaran, Verwandte? Wie kann ich euch helfen?«

Er hörte sich ihre Geschichte ernst an, und sein Gesicht wurde dabei immer düsterer und bekümmerter. Als sie zu Ende waren, sprach er mit tiefem Bedauern:

»Ich schäme mich, dass ich euch nicht früher Hilfe angeboten und das verhindert habe. Jetzt, da es geschehen ist, bin ich machtlos. Storn, seit dreißig Jahren unterhalte ich hier keine Krieger mehr; ich habe den Frieden bewahrt und Überfälle lieber vermieden, als sie zurückgeschlagen. Das Volk der Berge ist schon viel zu lange durch Fehden und kleine Kriege zerrissen worden; wir haben es zugelassen, dass wir in ein barbarisches Zeitalter zurückgefallen sind.«

»Auch ich hatte keine Krieger und wollte den Frieden«, stellte Storn bitter fest. »Und alles, was ich davon hatte, waren Brynats Männer vor meinen Außenwerken.«

»Ich habe terranische Wachtposten hier, und sie sind mit Außenweltler-Waffen ausgerüstet«, sagte Aldaran. »Wer uns ein- oder zweimal vergeblich angegriffen hat, weiß genug, um uns in Ruhe zu lassen.«

»Mit – Waffen? Energiewaffen? Was ist denn mit dem Vertrag?«, stieß Melitta in echtem Entsetzen hervor. Das Gesetz, das auf dieser Welt jede Waffe verbot, die über die Armesreichweite ihres Benutzers hinausging, wurde noch strenger beachtet als das Tabu gegen das Eindringen in einen anderen Geist. Aldaran erwiderte ruhig: »Dies Gesetz hat uns schmutzigen kleinen Kriegen, Fehden, Mördern und Attentätern ausgeliefert. Wir brauchen neue Gesetze, nicht die stumpfsinnige Verehrung der alten. Ich habe den darkovanischen Vertrag gebrochen, und die Folge ist, dass die Hasturs und die Comyn meine Familie geächtet haben. Aber wir leben hier in Frieden, und vor unseren Türen lauern keine Raufbolde darauf, dass ein alter Mann schwach wird und zum Kampf herausgefordert und beiseite geschoben werden kann, als sei der stärkere Schwertkämpfer der bessere Mensch. Das Gesetz der rohen Gewalt bedeutet nichts als die Herrschaft der Gewalt.«

»Aber wie ich gehört habe«, protestierte Melitta, »hat man auf anderen Welten die Erfahrung gemacht, dass das ungehinderte Verbessern von Waffen zu einem endlosen Wettlauf mit immer fürchterlicheren Waffen führt, bis eine Katastrophe nicht nur die Menschen, sondern die ganze Welt vernichten kann.«

»Das mag durchaus stimmen«, erwiderte Aldaran. »Aber seht euch doch an, was seit dem Erscheinen der Terraner aus Darkover geworden ist! Was haben wir getan? Wir haben alles zurückgewiesen, ihre Technologie, ihre Waffen, überhaupt jeden Kontakt mit ihnen. Seit dem Zeitalter des Chaos, als unsere gesamte eigene Technologie bis auf das Wenige in den Händen der Comyn verloren ging, sind wir tiefer und tiefer in die Barbarei zurückgefallen. Die Sieben Domänen im Unterland werden weiter so regiert, als sei nie ein Schiff in den Raum vorgestoßen. Und hier in den Bergen lassen wir uns von Räubern terrorisieren, weil wir uns fürchten, gegen sie zu kämpfen. Jemand muss diesen toten Punkt überwinden, und ich habe es versucht. Ich habe einen Vertrag mit den Terranern abgeschlossen; sie lehren uns ihre Methoden und Verteidigungsmittel, und ich lehre sie unsere. Eine Generation, in der Frieden herrschte, in der wir frei von unerwartet auftauchenden Räuberbanden waren und zu denken lernten, wie die Terraner denken – dass nämlich alles, was geschieht, erklärt und gemessen werden kann und muss –, hat noch ein weiteres Ergebnis gezeitigt. Ich habe vieles von unserm alten darkovanischen Wissen wiederentdeckt; ihr dürft nicht glauben, dass wir gezwungen sind, ein Teil von Terra zu werden. Zum Beispiel habe ich gelernt, wie man Telepathen ohne die alten abergläubischen Rituale zu Matrixarbeitern ausbildet. Von den Comyn wird keiner auch nur den Versuch machen! Und daraus ergab sich wiederum – doch genug davon. Ich sehe, dass ihr im Augenblick nicht in der Verfassung seid, über abstrakte Ideen von Fortschritt, Wissenschaft und Kultur nachzudenken.«

»All diese schönen Reden bedeuten«, sagte Storn bitter, »dass meine Schwester, mein Bruder und alle meine Leute in der Gewalt von Räubern bleiben müssen, weil Ihr es vorzieht, Euch nicht in Fehden verwickeln zu lassen.«

»Mein lieber Junge!« Aldaran war entsetzt. »Die Götter mögen mir helfen; wenn ich die Möglichkeit hätte, würde ich meine Prinzipien vergessen und euch zu Hilfe kommen – verwandtes Blut ist kein Bergbeerenwein! Aber ich habe überhaupt keine Krieger und nur wenige Waffen, und die, die ich habe, können nicht über die Berge geschafft werden.« Storns telepathische Begabung reichte aus, um zu erkennen, dass Aldarans Verzweiflung echt war. Der alte Mann fuhr fort: »Wir leben in schlimmen Zeiten, Storn; noch nie hat es Veränderungen in einer Kultur gegeben, ohne dass Menschen zu Schaden kamen, und es ist dein Unglück, dass du einer davon bist. Doch fasse Mut, du bist am Leben und unverletzt, und deine Schwester ist hier, und glaube mir, ich nehme euch gern als Verwandte auf. Von diesem Tag an ist dies euer Heim, und die Götter sollen mich verderben, wenn ich nicht wie ein Vater an euch beiden handeln werde.«

»Und meine Schwester? Mein Bruder? Meine Leute?«

»Vielleicht finden wir eines Tages einen Weg, ihnen zu helfen. Irgendwann müssen alle diese Räuber ausgelöscht werden, nur ist es im Augenblick unmöglich.«

Er entließ sie liebevoll. »Denkt darüber nach. Lasst mich für euch tun, was ich kann. Auf keinen Fall dürft ihr zurückkehren, um euer Leben auch noch zu opfern. Glaubt ihr, eure Leute wünschen sich, dass ihr jetzt, da ihr entkommen seid, ihr Schicksal teilt?«

Storn ging voller Bitterkeit. Vielleicht war das, was Aldaran sagte, auf lange Sicht richtig, in der Geschichte Darkovers, in den Annalen einer Welt. Aber er machte sich Sorgen um die unmittelbare Zukunft, um seine eigenen Leute und die Annalen seiner eigenen Zeit. Wer den Blick in die ferne Zukunft richtet, den kümmert es wenig, wie viele Menschen leiden müssen. Wenn er nie gehofft hätte, Hilfe von außen zu finden, wäre er froh gewesen, wenigstens für Melitta Sicherheit und ein neues Heim gefunden zu haben. Er hatte sein Ziel jedoch höher gesteckt, und nun empfand er die Enttäuschung als äußerstes Versagen.

Wie von weit weg hörte er Desideria zu Melitta sagen: »Irgendetwas zieht mich zu deinem Bruder, und ich weiß nicht, was – nicht etwa, dass ich sein Aussehen bewundere, das hat damit nichts zu tun. Ach, ich wünschte, ich könnte euch helfen. Ich vermag vieles, und in der alten Zeit wurden die Kräfte der ausgebildeten Telepathen Darkovers gegen Angreifer und Eindringlinge eingesetzt. Nur kann ich es nicht allein.«

Melitta antwortete: »Glaube nicht, dass wir undankbar für den guten Willen deines Vormunds sind, Desideria. Aber wir müssen nach Storn zurückkehren, auch wenn uns dort nichts anderes übrig bleibt, als uns in unsere Niederlage zu ergeben. Das werden wir aber erst dann tun, wenn alle Hoffnung verloren ist, und wenn wir die Bauern mit ihren Mistgabeln und das Schmiedevolk aus den Bergen zusammenrufen müssen!«

Desideria blieb plötzlich stehen. »Das Schmiedevolk aus den Höhlen der Hellers? Du meinst das alte Volk, das die Göttin Sharra verehrte?«

»Ja, es hat sie verehrt. Aber ihre Altäre sind lange kalt und entweiht.«

»Dann kann ich euch helfen!« Desiderias Augen funkelten. »Meinst du, es komme auf einen Altar an? Hör zu, Melitta. Du weißt doch ein bisschen über meine Ausbildung hier Bescheid? Nun, zu den – den Energien, die zu erwecken wir gelernt haben, gehört auch die, die mit Sharra in Zusammenhang steht. Früher einmal war Sharra eine Wesenheit auf dieser Welt. Die Comyn versiegelten die Tore, durch die man sie herbeirief, weil es da gewisse Gefahren gab. Wir haben jedoch entdeckt, wie wir – Melitta, wenn du für mich fünfzig Männer zusammenbringst, die einmal an Sharra geglaubt haben, könnte ich – ich könnte die Tore von Burg Storn niederlegen, ich könnte Brynats Männer rings um ihn bei lebendigem Leib verbrennen.«

»Das verstehe ich nicht«, sagte Storn, gegen seinen Willen gefesselt. »Wozu brauchst du Gläubige?«

»Und du willst Telepath sein? Ich muss schon sagen, Storn! Sieh mal – die vereinigten Gedanken der Sharra-Verehrer, die einen gemeinsamen Glauben teilen, erzeugen Energie. Sie hilft dieser – dieser Wesenheit, durch die Tore der anderen Dimension in unsere Welt zu kommen. Das ist die Feuergestalt. Rufen kann ich sie allein, aber sie hat dann keine Kraft. Ich besitze die Matrices, um das Tor zu öffnen. Zusammen mit denen, die sie einst verehrt haben ...«

Storn glaubte, begriffen zu haben. Auch er hatte entdeckt, wie sich bestimmte Gewalten beschwören ließen, doch allein und mit Brynat vor seinen Mauern war er nicht fähig gewesen, sie zu manipulieren. Er hatte gedacht: *Wenn ich Hilfe hätte, jemanden, der darin ausgebildet ist ...*

Er fragte: »Wird Aldaran es erlauben?«

Desideria blickte erwachsen und selbstbewusst drein. »Eine Frau, die mein Wissen und meine Kraft besitzt, fragt nicht mehr um Erlaubnis, ob sie tun darf, was sie für richtig hält. Ich habe gesagt, ich will dir helfen. Mein Vormund wird mich nicht daran hindern – und ich würde ihm dies Recht auch gar nicht zugestehen.«

»Und ich habe dich für ein Kind gehalten«, murmelte Storn.

»Niemand kann das Training, das ich gehabt habe, durchstehen und ein Kind bleiben«, erklärte Desideria. Sie sah ihm in die Augen und errötete, aber sie zuckte vor seinem Blick nicht zurück. »Eines Tages werde ich das Fremde in dir lesen, Loran von Storn. Jetzt ist nicht der richtige Augenblick, denn deine Gedanken sind anderswo.« Sie berührte flüchtig seine Hand, errötete von neuem und wandte sich ab. »Halte mich nicht für unverschämt.«

Storn wusste nichts zu antworten. Wieder überfielen ihn Furcht und Unsicherheit. Wenn diese Menschen sich nicht davor scheuten, das feierlichste Gesetz Darkovers, den Vertrag gegen Waffen, zu brechen, wie würden sie dann seine Tat beurteilen? Er wusste nicht, ob er Erleichterung oder Abscheu bei dem Gedanken empfand, dass sie sie vielleicht als durch die Notwendigkeit gerechtfertigt ansehen würden, ohne sich über die zweifelhafte Moral den Kopf zu zerbrechen.

Er verbannte diese Überlegungen aus seinem Gehirn. Im Augenblick war es genug, dass Desideria meinte, sie habe einen Weg gefunden. Es war eine winzige Chance, aber er war verzweifelt genug für jeden Einsatz – sogar für Sharra.

»Kommt mit mir in den Raum, wo meine Schwestern und ich arbeiten«, forderte Desideria sie auf. »Wir müssen die geeigneten Instrumente finden – ihr könnt sie auch Talismane nennen, wenn ihr wollt. Und wenn du, Storn, mit diesen Dingen schon experimentiert hast, wird es dich interessieren, ein Matrix-Laboratorium zu sehen. Kommt. Und dann können wir, wenn es euch recht ist, jederzeit aufbrechen.«

Sie führte sie eine Treppenflucht hinauf und an blauschimmernden Zeichen in den Korridoren vorbei, die Storn erkannte. Das waren Energiestrahlen, Warnsignale. Es gab sie auch in seiner eigenen Burg; er hatte mit ihnen experimentiert und viele ihrer Geheimnisse entdeckt. Dazu gehörten das undurchdringliche Feld, das seinen Körper schützte und Brynats Waffe abgelenkt hatte, und die magnetischen Ströme für die mechanischen Vögel, durch die er die Empfindung des Fliegens erlebte. Andere Dinge eigneten sich weniger für praktische Anwendungen. Gern hätte er Desideria Fragen über Fragen gestellt. Aber er war zu unruhig, er hatte das Gefühl, die Zeit werde knapp. Melitta musste es auch spüren, denn sie blieb ängstlich einen Schritt zurück.

Er versuchte zu lächeln. »Nur ruhig. Es ist schon überwältigend, wenn man sieht, dass diese – diese Spielzeuge, mit denen ich meine Kindheit verbracht habe, eine Wissenschaft von dieser Größenordnung sein können.«

Die Zeit wird knapp ...

Desideria zog einen Vorhang zur Seite und durchschritt einen blauen magnetischen Schimmer. Melitta folgte ihr. Storn zögerte, gepackt von einer undefinierbaren Vorahnung. Dann trat er vor.

Ein stechender Schmerz durchfuhr ihn, und ... Einen Augenblick lang starrte Dan Barron halb wahnsinnig auf die unheimlichen Gerätschaften des Matrix-Laboratoriums, als erwache er aus einem langen, langen Alptraum.

»Storn ...?« Desiderias Hand berührte die seine. Storn gewann die Kontrolle zurück und lächelte. »Entschuldige. Ich bin an so starke Felder nicht gewöhnt.«

»Ich hätte dich warnen sollen. Aber wenn du das Feld nicht hättest durchschreiten können, würde es dir auf jeden Fall an Kraft fehlen, uns zu helfen. Ich muss erst einmal sehen, was ich brauche.«

Sie winkte sie zu Sesseln und drückte ein Knöpfchen.

»Wartet auf mich.«

Langsam drang das zersetzende Summen in Storns Bewusstsein. Melitta sah ihn erstaunt und bestürzt an. Er brauchte all seine Kraft, um sich unter diesem seltsamen Geräusch nicht aufzulösen, nicht zu verschwinden ...

Ein telepathischer Dämpfer. Barron mit seinen sich entwickelnden Gaben hatte auf Armida gemerkt, dass einer angestellt war, er hatte ihn damals nur nervös gemacht, aber jetzt ... jetzt ...

Jetzt blieb ihm nicht einmal Zeit aufzuschreien. Es vibrierte durch sein Gehirn – durch die Schläfenlappen und Nerven, zerriss die Netze, die ihm die Herrschaft ermöglichten, befreiten – Barron! Er wirbelte durch unermesslichen, blau getönten, zeitlosen Raum – fiel, verschwand, starb – blind, taub, in Trance ... Sein letzter Gedanke, bevor er verlöschte, galt weder Melitta, die nun allein zurückblieb, noch seinem Opfer Barron. Es waren Desiderias graue Augen, ihr Mitleid und ihr Wissen, die ihm in eine Nacht so vollständiger Bewusstlosigkeit folgten, dass es wie Tod war ...

Barron tauchte wie aus großen Tiefen auf.

»Verdammt noch mal, was, zum Teufel, geht hier vor?« Er hatte keine Ahnung, ob er das laut ausgesprochen hatte. Sein Kopf schmerzte, und er erkannte dies vibrierende Summen wieder, das Valdir Alton einen telepathischen Dämpfer genannt hatte. Für den Augenblick stellte das seine ganze Welt dar.

Langsam fand er seine Füße und sein Gleichgewicht wieder. Es war, als sei er tagelang durch einen Albtraum gewandert, bei Bewusstsein und doch unfähig, etwas anderes zu tun als das, was er tat – als ob eine andere Person in seinem Körper einherginge und seine Bewegungen dirigierte, während er von irgendwo zusah, ohne eingreifen zu können. Er erwachte plötzlich, und die ihn beherrschende Macht war verschwunden, aber der Albtraum ging weiter. Das Mädchen, das er im Traum gesehen hatte, sah ihn einigermaßen verblüfft an – seine Schwester? *Verdammt, nein, das war der andere!* Er erinnerte sich an alles, was er getan und gesagt, und an fast alles, was er *gedacht* hatte, während Storn ihn kommandierte. Er hatte seine Position nicht geändert, nur der Brennpunkt hatte sich irgendwie verschoben. Er war wieder er selbst, Dan Barron, nicht Storn.

Er öffnete den Mund, um einen höllischen Wirbel zu veranstalten, Erklärungen zu fordern und ein paar zu geben und alles klarzustellen, als er Melittas besorgten und etwas ängstlichen Blick bemerkte. Melitta! Er war nicht aus eigenem Willen mit ihr zusammengetroffen, aber jetzt war sie da, und nach allem, was er wusste, war er ihr einziger Beschützer. *Sie ist so tapfer gewesen; sie ist von so weit hergekommen, um Hilfe zu bringen, und jetzt ist die Hilfe in ihrer Reichweite. Was wird geschehen, wenn ich sage, wer ich wirklich bin?*

Er war kein Kenner darkovanischer Gesetze und Sitten, aber eins wusste er, nachdem er sieben oder acht Tage lang mit Storn gewandert war. Nach darkovanischen Begriffen hatte Storn ein Verbrechen begangen. *Gut – ich könnte ihn dafür umbringen, und wenn Gott will, bringe ich ihn eines Tages auch um. Etwas Gemeineres kann man dem Geist und dem Körper eines Mannes kaum antun!* Aber Melitta trug daran keine Schuld. *Nein. Ich muss das Spiel noch eine Weile mitmachen.*

Das Schweigen hatte zu lange gedauert. Melitta fragte, und ihrer Stimme war die wachsende Furcht anzumerken: »Storn?«

Er zwang sich dazu, sie anzulächeln, und dann stellte er fest, dass es ihm keine Mühe machte. Er versuchte sich zu erinnern, wie Storn gesprochen hatte. »Alles in Ordnung. Dieser – telepathische Dämpfer bringt mich ein bisschen aus der Fassung.« *Junge, Junge, war das ein Meisterstück an Untertreibung!*

Desideria kehrte zu ihnen zurück, bevor Melitta antworten

konnte, und brachte verschiedene in ein Stück Seide gewickelte Gegenstände mit. Sie sagte: »Ich muss jetzt gehen und Vorbereitungen für die Reise treffen, auch für eine Eskorte, die uns in die Berge nahe High Windward bringt, zu den Höhlen des Schmiedevolkes. Dabei könnt ihr mir nicht helfen; geht nur und ruht euch aus. Ihr habt einen langen Ritt hinter euch und vor euch, und einige Schwierigkeiten ...« Sie schlug die Augen zu Barron auf und wandte sie schnell wieder ab. Verwundert fragte er sich: *Was ist los mit der kleinen Rothaarigen?* Plötzlich wurde ihm schwindelig. Er schwankte, und Desideria sagte schnell: »Geh mit deinem Bruder, Melitta; ich habe viele Pläne zu machen. Bei Sonnenuntergang komme ich zu euch.«

Zu desorientiert und verwirrt, um etwas anderes zu tun, ließ sich Barron von Melitta durch Flure, die ihm mit einem Mal fremd vorkamen, in ein Zimmer führen. Er wusste, dass er letzte Nacht hier geschlafen hatte, und doch hatte er es noch nie mit Bewusstsein gesehen. Melitta blickte besorgt auf ihn nieder.

»Storn, was ist geschehen? Bist du krank? Du siehst mich so seltsam an – *Storn! Loran!*« Ihre Stimme stieg in panischer Angst an, und Barron streckte beruhigend die Hand aus.

»Keine Bange, Kleine ...« Er merkte, dass er seine eigene Sprache benutzte, und schaltete mit einiger Anstrengung auf die um, in der Storn und seine Schwester sich zu unterhalten pflegten. »Melitta, es tut mir Leid.« Aber ihr Blick hing immer noch in wachsendem Entsetzen und Begreifen an ihm.

»Der telepathische Dämpfer«, flüsterte sie. »Jetzt verstehe ich. *Wer bist du?*«

Seine Bewunderung und Achtung für das Mädchen wuchsen. Das hier musste so ungefähr das erschreckendste Ereignis ihres Lebens sein. Nachdem sie so weit gekommen war und so viel durchgemacht hatte, in dem Augenblick, da Hilfe in Aussicht stand, entdeckte sie, dass ihr Bruder verschwunden und sie allein mit einem Fremden war – einem Fremden, der ein Tobsüchtiger oder ein mörderischer Irrer sein mochte und wahrscheinlich auf jeden Fall verrückt war –, und sie lief nicht weg und schrie nicht und rief nicht um Hilfe. Sie stand da, weiß wie ein Laken, aber sie sah ihm ins Gesicht und fragte: »Wer bist du?«

Gott, was für ein Mädchen!

Er gab sich Mühe, ebenso ruhig zu sein wie sie. »Ich glaube, dein Bruder hat dir meinen Namen genannt. Falls er es nicht getan hat: Ich heiße Dan Barron. Dan genügt, aber es wäre wohl besser, wenn du mich weiterhin Storn nennst, oder ein paar von diesen Leuten werden Lunte riechen. Das willst du doch nicht, nachdem du so viel durchgemacht hast, nicht wahr?«

Sie fragte fast ungläubig: »Du meinst – trotz allem, was mein Bruder dir angetan hat, willst du mir helfen? Du willst mit uns nach Storn zurückkehren?«

»Lady«, erklärte Barron und meinte es ernster als je zuvor etwas in seinem Leben, »Storn ist der Ort auf diesem ganzen verdammten Planeten, den ich lieber als irgendeinen anderen sehen möchte. Ich muss dir helfen, die Räuber aus deiner Burg zu vertreiben, damit ich zu deinem Bruder gelangen kann – und wenn ich ihn in die Finger bekomme, wird er wünschen, es nur mit Brynat Narbengesicht zu tun zu haben! Doch das geht nicht gegen *dich*. Also beruhige dich. Ich werde mitspielen – und Storn und ich können unsere privaten Schwierigkeiten später bereinigen. Einverstanden?«

Sie lächelte ihn an und reckte beherzt das Kinn.

»Einverstanden.«

13

Draußen stand ein Flugzeug.

Barron betrachtete es verblüfft. Er hätte geschworen, auf Darkover gäbe es keine Maschinen für den Atmosphärenflug, und ganz bestimmt wurde kein Treibstoff aus der Zone für sie exportiert. Er hatte auch nie davon gehört, auf Darkover sei ein Flugzeug verkauft worden, ausgenommen eins oder zwei in der Handelsstadt. Aber da war es, und es war offensichtlich ein Fabrikat des Imperiums. Er stieg ein und sah, dass sämtliche Kontrollinstrumente herausgerissen worden waren. An die Stelle des Armaturenbretts war einer dieser blauen Kristalle getreten. Desideria nahm davor Platz. Sie sah wie ein Kind aus, und Barron hätte am liebsten gefragt: »He, willst *du* dies Ding fliegen?« Er hielt sich jedoch zurück. Sie schien zu wissen, was sie tat, und nach dem, was er auf Darkover gesehen hatte, traute er den Leuten hier langsam alles zu. Eine Technologie, die ein Gehirn durch einen anderen Geist besetzen konnte, war es wert, genauer betrachtet zu werden. Barron fragte sich, ob man im Terranischen Imperium überhaupt etwas über Darkover wisse.

Melitta hatte Angst, in den seltsamen Apparat zu klettern, bis Desideria ihr gut zuredete. Mit einem Gesicht, als nehme sie ihr Leben in beide Hände, stieg sie ein, entschlossen, ihre Furcht nicht zu zeigen.

Das sonderbare Flugzeug hob in unheimlicher Lautlosigkeit ab. Desideria stellte einen der telepathischen Dämpfer im Inneren an und entschuldigte sich: »Es tut mir Leid – ich brauche meine ganze Kraft, um den Kristall zu kontrollieren, und muss verhindern, dass mich ein zufällig eindringender Gedanke stört.« Barron ertrug das Summen kaum. Allmählich verstand er, was es war. Wenn es sich bei der Telepathie um Vibrationen handelte, stellte der Dämpfer einen Zerhacker dar, der den Benutzer vor fremden Schwingungen schützte.

Was würde Storn wohl gedacht haben, wenn er in wenigen Stunden ein Gebiet überflog, für dessen Durchquerung er und Melitta zu Fuß und zu Pferde mehrere Tage gebraucht hatten? Barron fand den Gedanken äußerst lästig. Er wollte Storns Gefühle nicht nachvollziehen. Aber sein Vorurteil von der Rückständigkeit Darkovers war in den letzten paar Stunden heftig erschüttert worden. Wenn sie andere Waffen als Messer und Schwerter verschmähten, so hatte das ethische Gründe. Andererseits hatte auch Aldaran nicht Unrecht, wenn er meinte, dadurch blieben sie in Fehden und kleine Kriege verstrickt, bei denen der Kämpfer mit der größeren Körperkraft siegte.

Aber hängt nicht letzten Endes der Ausgang jedes Krieges davon ab? Du glaubst doch nicht etwa, dass die Seite, die für eine gerechte Sache kämpft, die wirksameren Waffen besitzt? Würde die Fehde zwischen Brynat und Storn leichter beigelegt, wenn beide Gewehre hätten?

Und wenn hier ein ethisches Prinzip statt eines Mangels an Kenntnissen vorlag, war es dann nicht auch möglich, dass die Darkovaner gute Gründe hatten, auf Straßenbau, Fabrikanlagen und dergleichen zu verzichten?

Verdammt noch mal, warum zerbreche ich mir den Kopf über Probleme der Darkovaner, wenn ich dringend meine eigenen lösen muss?

Er hatte seine Arbeit auf Valdir Altons Feuerwache im Stich gelassen. Er – beziehungsweise Storn in seinem Körper – hatte ein wertvolles Reitpferd gestohlen. Er war bei den Terranischen Behörden, die sich geradezu überschlagen hatten, um ihm diesen Job zu verschaffen, wahrscheinlich für immer in Ungnade gefallen, und mit seiner Karriere war es endgültig aus. Er konnte sich glücklich preisen, wenn er sich nicht auf dem ersten Schiff, das Darkover verließ, wiederfand.

Plötzlich wurde ihm klar, dass er nicht zu gehen brauchte! Das Imperium mochte seine Geschichte nicht glauben, aber die Altons, die Telepathen waren, glaubten sie bestimmt. Larry hatte ihm Freundschaft gelobt, und Valdir hatte Interesse an dem Fachgebiet, auf dem er Experte war. Vielleicht gab es hier Arbeit für ihn. Gegen seinen Willen war er in die Kämpfe und Probleme dieser Leute hineingezogen worden, doch jetzt wollte er Darkover gar nicht mehr verlassen.

Ich könnte Storn umbringen für das, was er getan hat – aber verdammt, ich bin froh, dass es so gekommen ist.

Das war jedoch nur eine kurz aufblitzende Einsicht, und danach fühlte er sich wieder einsam und verlassen. In den Tagen als Storn hatte er sich an Melittas Gesellschaft gewöhnt. Jetzt hielt sie sich von ihm fern, und wenn er versuchte, ihre Gedanken zu erreichen, griff ihre Hand fast automatisch nach dem telepathischen Dämpfer, von dessen leisem Summen ihm übel wurde. Er hatte erwartet, in einem Flugzeug werde er sich mehr zu Hause fühlen als auf einem Pferderücken, und jetzt wünschte er nach kurzer Zeit von Herzen, der Flug wäre vorbei. Melitta sah ihn die ganze Zeit nicht an.

Das war das Schlimmste daran. Er sehnte das Ende des Fluges herbei, damit er zu ihr sprechen, sie berühren konnte. Sie allein war ihm in dieser Welt vertraut, und es verlangte ihn nach ihrer Nähe.

Im Widerspruch dazu war er bestürzt, als der Flug endete und Desideria die Maschine geschickt wie einen Hubschrauber in einem kleinen Tal landete. Sie entschuldigte sich bei Melitta dafür, dass sie sich Storn nicht weiter genähert habe; die Turbulenzen um die Gipfel seien so heftig, dass sie ein kleines Flugzeug zerschmettern könnten. Barron fragte sich, wieso ein Mädchen ihres Alters über Turbulenzen Bescheid wisse.

Verdammt, sie ist offenbar unter den Telepathen etwas ganz Besonderes, wahrscheinlich fühlt sie sie durch die Haut oder mit ihrem Gleichgewichtssinn oder so etwas.

Barron hatte keine Ahnung, wo sie sich befanden. Da der blinde Storn den Ort nie gesehen hatte, nützten seine Erinnerungen Barron nichts. Aber Melitta wusste Bescheid. Sie übernahm die Führung und brachte sie zu einem Bergdorf. Darkovaner kamen gelaufen, begrüßten Melitta begeistert und erwiesen Desideria eine scheue Ehrerbietung. Zum ersten Mal sah Barron, dass das junge Mädchen die Fassung verlor und sogar zornig wurde.

»Ich *hasse* das«, vertraute sie ihm an, und Barron war klar, dass sie immer noch glaubte, mit Storn zu sprechen. »In früheren Zeiten mag es Gründe gegeben haben, Bewahrerinnen wie Göttinnen zu behandeln. Jetzt, da wir wissen, wie man sie ausbilden kann, gibt es keinen mehr. Ebenso könnte man einen erstklassigen Hufschmied seiner Geschicklichkeit wegen verehren!«

»Da wir von Hufschmieden reden«, fragte Barron, »wie fangen wir es an, dies Schmiedevolk aufzutreiben?«

Sie musterte ihn, und es war wie beim ersten Mal, als sie sich kennen lernten. Schon wollte sie antworten: »Das müsst ihr tun, du und Melitta, ich bin nie mit diesen Leuten zusammengekommen«, als sie stirnrunzelnd abbrach. Beinahe flüsternd und eher zu sich selbst als zu Barron sagte sie: »Du hast dich verändert, Storn. Irgendetwas ist geschehen ...« Abrupt wandte sie sich ab.

Er hatte beinahe vergessen, dass er für sie immer noch Storn war. Ansonsten war die Maskerade vorbei; die Dorfbewohner ignorierten ihn. Sie, die in der Nähe von High Windward lebten, kannten natürlich sämtliche Storns.

Barron versuchte gar nicht erst, dem zu folgen, was Melitta zu den Dorfbewohnern sagte. Auf dieser Reise war er entschieden überflüssiges Gepäck, und er konnte sich nicht vorstellen, warum Melitta gewollt hatte, dass er mit ihr nach Storn ritt. Nach einer Weile kehrte sie zu ihm und Desideria zurück und berichtete: »Sie werden uns Pferde und Führer zu den Höhlen des Schmiedevolkes geben. Wir müssen jedoch sofort aufbrechen; Brynats Männer kontrollieren die Dörfer fast täglich – besonders, seit ich entflohen bin –, nur um sich zu vergewissern, dass hier unten alles ruhig ist. Wenn es bekannt würde, dass diese Leute uns geholfen haben – nun, ich möchte nicht, dass es zu Strafmaßnahmen gegen sie kommt.«

Noch in der gleichen Stunde verließen sie das Dorf. Barron ritt schweigend hinter Melitta. Ihre bloße Anwesenheit gab ihm Trost, aber er wusste, dass sie sich bei ihm unbehaglich fühlte, und so drängte er sich ihr nicht auf. Es war ihm genug, in ihrer Nähe zu sein. Kurz dachte er an Storn, und diesmal bemitleidete er ihn. *Armer Teufel, wie viel hat er durchgemacht, und als er es beinahe geschafft hatte, wurde er gezwungen, die Bühne im letzten Akt zu verlassen.*

Er vermutete, dass Storn in Trance hoch oben im alten Flügel der Burg lag, und wenn er überhaupt bei Bewusstsein war – was Barron bezweifelte –, wusste er nicht, was sich ereignet hatte. *Verdammt, das ist eine schlimmere Strafe als alles, was ich ihm antun könnte!*

Er war dahingeritten, ohne viel auf den Weg zu achten, und hatte dem Pferd seinen Willen gelassen. Jetzt füllte sich die Luft mit dem stechenden Geruch nach Rauch. Barron, den seine Tage auf der Feuerwache dafür empfindlich gemacht hatten, hob den Kopf und sog den Wind ein, während die anderen gleichmütig weiterritten.

Nur Melitta merkte, dass er aufmerksam geworden war, und hielt ihr Pferd an, bis er neben ihr war. »Das ist kein Feuer. Wir nähern uns den Höhlen des Schmiedevolkes; du riechst das Feuer der Schmieden.«

Ein schmaler Pfad führte ins Herz des Berges hinein. Nach einer Weile erkannte Barron entlang ihrem Weg dunkle Höhlen. Kleine, schwärzliche Gesichter lugten ängstlich aus den Eingängen. Es waren in Pelze und Leder gekleidete Männlein, Frauen in Pelzmänteln, die sich scheu von den Fremden abwandten, und in Pelze gehüllte Zwergenkinder, die wie Teddybären aussahen. Schließlich öffnete sich vor ihnen eine Höhle wie ein großes Maul. Hier stiegen Melitta und Desideria ab. Ihre Führer blieben in einer Mischung aus Furcht und der festen Entschlossenheit, sie zu beschützen, dicht neben ihnen.

Drei Männer mit Lederschürzen, lange Metallstäbe in der Hand und Metallhämmer im Gürtel – Hämmer von solchem Gewicht, dass Barron nicht glaubte, einen davon heben zu können –, schritten aus der Höhle auf Melitta zu. Hinter ihnen scharten sich die ängstlichen Leutchen zusammen. Die drei Männer waren dunkel, knorrig, von kurzer Statur, aber mit langen, muskulösen Armen. Sie verbeugten sich tief vor den Frauen. Barron ignorierten sie, wie er es nicht anders erwartet hatte. Der Mann in der Mitte, dessen schwarzes Haar weiße Stellen zeigte, begann zu sprechen. Es war *Cahuenga,* aber die Aussprache war so guttural und eigentümlich, dass Barron nur ein Wort unter dreien mitbekam. Er erriet jedoch, dass sie Melitta willkommen hießen und Desideria fast noch mehr Ehrerbietung erwiesen als die Dorfbewohner.

Dann folgte eine lange Konferenz. Melitta sprach. Es hörte sich nach einer eindrucksvollen Rede an, nur verstand Barron sie nicht. Er war sehr müde und voll böser Vorahnungen, ohne zu wissen, warum, und das hinderte ihn daran, Kontakt aufzunehmen und sie zu verstehen, wie er es bei Larry und Valdir gemacht hatte. *Zum Teufel, wie komme ich überhaupt zu dieser telepathischen Begabung? Durch die Verbindung mit Storn?* Nun sprach der weißhaarige Schmied. Sein langer Sprechgesang klang wild und melodisch, und dabei machte er viele Verbeugungen. Wieder und wieder fing Barron den Namen *Sharra* auf. Desideria ergriff das Wort. Der Name *Sharra* wurde noch öfters erwähnt, begleitet von Ausrufen und Nicken der um sie versammelten kleinen Leute. Schließlich brachen sie alle in Geschrei aus und schwangen Messer, Hämmer und Schwerter durch die Luft. Barron erinnerte sich an die Trockenstädter und zuckte zusammen, aber Melitta stand fest und furchtlos, und ihm ging auf, dass es eine Akklamation, keine Drohung war.

Dünner Regen tröpfelte nieder, und die kleinen Leute drängten sich um sie und führten sie tiefer hinein in den Berg.

Die luftige und geräumige Höhle war teilweise von Fackeln erhellt, die in Nischen an den Wänden brannten, und teilweise von wundervoll leuchtenden Kristallen, die man angebracht hatte, um den Feuerschein zu verstärken. Exquisit gearbeitete Metallgegenstände waren überall, aber Barron hatte keine Muße, sie genau zu betrachten. Beim Gang durch die ausgehauenen, beleuchteten Tunnel holte er zu Melitta auf und fragte mit leiser Stimme: »Um was ging all das Geschrei?«

»Der Alte des Schmiedevolkes hat sich bereit erklärt, uns zu helfen«, antwortete Melitta. »Dafür habe ich ihm versprochen, dass die Altäre Sharras überall in den Bergen wiederhergestellt werden und das Schmiedevolk unbelästigt in seine alten Dörfer zurückkehren kann. Bist du müde vom Reiten? Ich schon, aber irgendwie ...« Sie spreizte die Finger. »Es hat so lange gedauert, und jetzt nähern wir uns dem Ende – zwei Stunden vor dem Morgengrauen werden wir nach Storn aufbrechen, so dass wir, wenn Brynat erwacht, die Burg eingekreist haben – hoffentlich kommen wir noch rechtzeitig!« Sie zitterte und machte eine Bewegung, als wolle sie sich auf ihn stützen. Dann straffte sie stolz den Rücken und vergrößerte den Abstand zwischen ihm und ihr. Wie zu sich selbst sagte sie: »Ich darf von dir nicht erwarten, dass du daran Anteil nimmst. Was können wir für dich tun, wenn dies vorüber ist, um unsere Einmischung in dein Leben wieder gutzumachen?«

Barron wollte erwidern: »Ich nehme Anteil daran. Ich nehme Anteil an dir, Melitta.« Aber sie hatte sich bereits von ihm abgewandt und eilte Desideria nach.

An diesem Abend wurde in der großen unteren Halle ein Bankett abgehalten mit Edelsteinlicht und mit Musik, die kleine Baumfrösche und Singgrillen in Käfigen lieferten. Barron aß wenig. Staunend saß er vor dem silbernen Geschirr – Silber war in den Bergen häufiger als Glas – und den juwelenbesetzten Prismenlampen, deren Schein die rußbefleckten Wände der Höhle überspielte. Das Schmiedevolk sang mit tiefen Stimmen wilde Lieder aus vier Tönen in einem merkwürdigen Rhythmus, der wie Hämmern klang. Aber Barron konnte die Speisen nicht essen und verstand kein Wort der endlosen Epen, und so war er erleichtert, als die Gesellschaft sich früh auflöste. So viel bekam er mit, dass man sich trennte, weil man vor Morgengrauen aufbrechen wollte. Einer der Führer brachte sie zu Zellen, die in den Stein gehauen waren.

Barron war allein. Er hatte gesehen, dass Melitta und Desideria zu einer anderen Zelle in der Nähe geführt wurden. In diesem kleinen Felsenraum, kaum größer als ein Schrank, fand er ein bequemes Bett: ein silberner Rahmen mit einem Ledergeflecht, bedeckt mit Pelzen. Er legte sich hin und glaubte, aus schierer Erschöpfung gleich einzuschlafen. Aber der Schlaf wollte nicht kommen.

Barron fühlte sich desorientiert und einsam. Vielleicht hatte er sich an Storns Gegenwart und seine Gedanken gewöhnt gehabt. Auch Melitta hatte sich von ihm zurückgezogen, und er konnte sie nicht einmal in Gedanken erreichen. In ihm hatte eine Veränderung stattgefunden, überlegte er. Immer war er allein gewesen und hatte es gar nicht anders gewollt. Die wenigen Frauen in seinem Leben hatten keinen bleibenden Eindruck hinterlassen. Sie kamen, wurden für die kurze emotionale Erleichterung, die sie zu bieten vermochten, benutzt und waren vergessen. Er besaß keine engen Freunde, nur Kollegen. Er hatte auf dieser Welt gelebt, ohne zu ahnen, wie sehr sie sich von Terra oder einem anderen Imperiumsplaneten unterschied, und es hatte ihn auch nicht interessiert.

Bald würde es vorbei sein, und er wusste nicht, wohin er gehen sollte. Plötzlich wünschte er, sich Larrys Freundschaftsangebot gegenüber aufgeschlossener gezeigt zu haben. Doch Storn hatte ihm diesen Kontakt kaputtgemacht, wahrscheinlich für immer. Er hatte nie erfahren, wie es war, einen Freund zu haben. Andererseits hatte er auch noch nie die Tiefen der Einsamkeit ausgelotet.

Die Zelle schien anzuschwellen, die Wände wichen zurück, die Lichter schwankten. Barron spürte, dass Gedanken in der Luft um ihn schwebten. Sie schlugen nach ihm, und er wurde buchstäblich krank davon. Er klammerte sich an das Bettgestell, denn der Raum kippte, und er fragte sich, ob er abrutschen werde. Furcht packte ihn; wollte Storn von neuem in sein Gehirn eindringen? Er konnte Storn *sehen*, ohne zu wissen, woher er sein Äußeres kannte – schön, mit weißen Händen, einem weichen Gesicht lag er schlafend auf einer seidenen Bahre – ausdruckslos, als Mensch einfach nicht anwesend. Dann sah er einen großen weißen Vogel, der sich von den Zinnen der Burg erhob, sie mit einem seltsam melodischen, mechanischen Ruf umkreiste, die Schwingen schlug und davonflog.

Der Raum schaukelte immer noch, und Barron hielt sich fest und kämpfte gegen die Übelkeit und die Desorientierung an, die ihn zu zerreißen drohten. Er hörte sich aufschreien und war nicht fähig, den Schrei zurückzuhalten, er kniff die Augen zusammen, krümmte sich zu einer fötalen Haltung und konzentrierte sich mit aller Kraft darauf, nicht zu denken und nicht zu fühlen.

Er wusste nicht, wie lange er so gelegen hatte, aber nach einer Zeit, die ihm lang und fürchterlich dünkte, drang es allmählich in sein Bewusstsein vor, dass jemand ganz leise seinen Namen rief.

»Dan! Dan, ich bin es, Melitta – es ist alles in Ordnung, nimm meine Hand, berühre mich – es ist alles gut. Ich wäre längst gekommen, wenn ich gewusst hätte ...«

Er musste sich anstrengen, um seine Finger um ihre Hand zu schließen. Diese Hand schien der einzige feste Punkt in dem unglaublichen Verändern, Fließen, Schwimmen zu sein, und er klammert sich daran wie ein im Raum treibender Mann an seine Sicherheitsleine.

Er flüsterte: »Entschuldige – Zimmer dreht sich ...«

»Ich weiß. Ich habe es auch gehabt; alle Telepathen bekommen es irgendwann, wenn sich ihre Kraft entwickelt, nur geschieht es im Allgemeinen während der Pubertät. Du bist ein Spätentwickler, und da ist es schlimmer. Wir nennen es die Schwellenkrankheit. Sie ist nicht gefährlich, sie wird dir keinen Schaden zufügen, aber sie macht einem sehr Angst. Ich weiß. Halt dich an mir fest; es wird dir bald besser gehen.«

Barron drückte ihre kleinen, harten Finger, und allmählich gab es wieder ein Oben und ein Unten. Das Schwindelgefühl blieb, aber Melitta war fest, inmitten des fließenden, sich drehenden Raums eine zuverlässige Präsenz, die nicht völlig körperlich war.

»Immer, wenn das passiert, musst du versuchen, dich auf etwas Festes und Wirkliches zu konzentrieren.«

»*Du* bist wirklich«, flüsterte er. »Du bist das einzig Wirkliche, das ich je gekannt habe.«

»Ich weiß.« Ihre Stimme war sehr sanft. Sie beugte sich über ihn und berührte seine Lippen leicht mit den ihren. So blieb sie liegen, und ihre Wärme war wie ein wachsender Punkt aus Licht und Stabilität in der Dunkelheit. Barron holte tief Atem und zwang sich, Melitta loszulassen.

»Du dürftest nicht hier sein. Wenn Desideria entdeckt, dass du fort bist ...«

»Was würde es ihr bedeuten? Sie hätte mehr für dich tun können; sie ist Bewahrerin, eine geschulte Telepathin, und ich – doch ich vergaß, du weißt ja nicht, welcher Art von Training sie sich unterziehen müssen. Die Bewahrerinnen setzen sich mit Leib und Seele völlig für ihre Arbeit ein, und deshalb hüten sie sich vor allen Emotionen ...« Sie lachte, ein leises, unterdrücktes Lachen. »Übrigens, Desideria weiß es nicht, aber sie und Storn ...«

Sie brach ab. Barron stellte keine Frage; Desideria interessierte ihn im Augenblick nicht. Melitta schmiegte sich an ihn, das einzige warme und wirkliche Ding in seiner Welt, der einzige Mensch, der ihm etwas bedeutete und jemals bedeuten würde ...

Bis in sein tiefstes Inneres erschüttert, flüsterte er, beinahe schluchzend: »Wenn ich mir vorstelle, dass ich dich vielleicht nie kennen gelernt hätte ...«

Sie murmelte: »Wir hätten uns auf jeden Fall gefunden. Von den Enden der Welt, von den Enden des Universums der Sterne. Wir gehören zusammen.«

Und dann zog sie ihn an sich, und er verlor sich in dem Bewusstsein ihrer Nähe. Sein letzter Gedanke war, bevor alles Denken verlöschte: Er war ein Fremder auf seiner eigenen Welt gewesen, und jetzt gab ihm ein fremdes Mädchen von einer fremden Welt das Gefühl, zu Hause zu sein.

14

Zwei Stunden vor dem Morgengrauen brachen sie bei dichtem Schneefall auf. Nach kurzer Zeit wirkten die Männer des Schmiedevolkes auf ihren kräftigen Ponys wie Eisbären; ihre Pelzkleidung und die zottigen Felle der Ponys waren ganz mit weißen Flocken bedeckt. Barron ritt neben Melitta, aber sie sprachen nicht miteinander, brauchten nicht miteinander zu sprechen. Dies neue Bewusstsein ging zu tief für Worte. Doch er spürte ihre Angst – die immer stärker werdende Sorge und Verzweiflung über das, was sie wagen wollten.

Valdir hatte gesagt, die Verehrung Sharras sei schon vor langer Zeit verboten worden, und Larry hatte sich große Mühe gegeben, Barron zu erklären, dass die Götter auf Darkover reale Wesenheiten seien. *Was wird geschehen? Es muss eine ernste Sache sein, ein altes Gesetz zu brechen – Melitta ist kein Feigling, und doch bringt die Angst sie beinahe um den Verstand.*

Desideria ritt allein an der Spitze des Zuges. Sie war eine merkwürdig kleine, aufrechte und irgendwie bemitleidenswerte Gestalt, und Barron spürte, ohne es zu analysieren, die Einsamkeit der einen, die diese unglaublichen Kräfte zu lenken hatte.

Als sie durch den Pass kamen und Burg Storn oben liegen sahen, eine große, bedrohliche Masse, erinnerte sich Barron, sie einmal durch Storns Augen erblickt zu haben – in der magischen Vision Storns, als er in dem seltsamen magnetischen Netz flog, das seinen Geist an den mechanischen Vogel band.

Habe ich das geträumt?

Melitta fasste nach seiner Hand. Mit zittriger Stimme erklärte sie: »Da ist es. Wenn wir nur rechtzeitig kommen! Storn, Edric, Allira – ob sie überhaupt noch am Leben sind?«

Barron drückte ihr wortlos die Hand. *Auch wenn du sonst niemanden mehr haben solltest, wirst du immer mich haben, Geliebte.*

Sie lächelte schwach, sprach jedoch nicht.

Die Schmiedeleute stiegen ab und schlichen sich unter dem Schutz der Dunkelheit und der Klippen den Pfad zu den großen, geschlossenen Toren von Storn hinauf. Barron ging zwischen Desideria und Melitta mit ihnen. Was sollte geschehen, dass Melitta und Desideria beide bleich vor Entsetzen waren? Melitta hauchte: »Es ist zumindest eine Chance«, verstummte wieder und klammerte sich an seine Hand.

Wieder verlor Barron das Gefühl für den Ablauf der Zeit. Es mochte zehn Minuten dauern oder zwei Stunden, dass er neben Melitta den Hang hinaufstieg. Nun standen sie, in Schatten gehüllt, im Lee der Tore. Um die Gipfel im Osten färbte sich der Himmel langsam rot. Die große, blassrote Scheibe der Sonne erhob sich über die Berge. Desideria sah sich im Kreis der kleinen, dunklen Männer um, holte tief Atem und meinte: »Wir sollten lieber anfangen.«

Melitta warf einen scheuen Blick nach oben. »Vermutlich hat Brynat Schildwachen aufgestellt. Sobald er merkt, dass wir hier unten sind, wird er uns mit Pfeilen und anderem beschießen.«

»Besser, wir geben ihm nicht erst Gelegenheit dazu«, pflichtete Desideria ihr bei. Sie winkte die Schmiedeleute näher und gab mit leiser Stimme Anweisungen, die Barron zu seiner Überraschung verstand, obwohl sie diese harte, barbarische Sprache benutzte. »Stellt euch dicht um mich. Ihr dürft euch nicht bewegen und nicht sprechen. Richtet die Augen auf das Feuer.«

Sie wandte ihr Gesicht Barron zu, und sie sah beunruhigt

und etwas ängstlich aus. »Es tut mir Leid«, sagte sie, »aber du musst es tun, obwohl du kein Verehrer Sharras bist. Wäre mir klar gewesen, was geschehen ist, hätte ich einen zweiten ausgebildeten Telepathen mitgenommen; Melitta ist nicht stark genug. Du ...« – plötzlich bemerkte er, dass sie ihn heute noch nicht direkt angesehen und auch seinen Namen nicht ausgesprochen hatte – »... musst am Pol der Kraft dienen.«

Barron erhob Einwände, er wisse überhaupt nichts davon; sie schnitt ihm kurz das Wort ab. »Stell dich hierhin, zwischen mich und die Männer. Betrachte dich als Sammelpunkt der Kraft all ihrer Emotionen und sende diese Kraft weiter in meine Richtung. Sag mir nicht, dass du das nicht kannst. Ich bin acht Jahre lang darin ausgebildet worden, diese Dinge zu beurteilen, und ich weiß, du kannst es, solange du die Nerven nicht verlierst. Wenn das passiert, sind wir wahrscheinlich alle tot, deshalb erschrick nicht, was du auch sehen magst. Konzentriere dich einfach auf mich.« Wie an Schnüren gezogen begab Barron sich an die ihm zugewiesene Stelle, und doch wusste er, dass Desideria ihn nicht kontrollierte. Vielmehr war sein Wille in Einklang mit dem ihren, und er bewegte sich, wie sie dachte.

Desideria warf einen letzten, angespannten Blick an der nackten Mauer der Burg hinauf und winkte Melitta zu sich.

»Melitta, mach Feuer.«

Aus dem in Seide gehüllten Bündel, das sie trug, nahm Desideria einen großen blauen Kristall und hielt ihn mit beiden Händen. Er war größer als eine Kinderfaust und hatte viele Facetten, und in seinem Inneren waren ein seltsames Feuer und metallische Lichtstreifen zu sehen. Trotz seiner kristallinen Struktur wirkte der Stein geschmolzen. Form, Farbe und die in ihm spielenden Lichter schienen sich zu verändern.

Melitta schlug Feuer, und es flammte zwischen ihren Händen auf. Desideria bedeutete ihr, das Stückchen brennenden

Zunders zu ihren Füßen fallen zu lassen. Barron erwartete, es werde verlöschen. Desiderias ernstes weißes Gesicht beugte sich in höchster Konzentration über den blauen Kristall. Ihr Mund war gespannt, ihre Nasenlöcher waren weiß und verkniffen. Das blaue Licht aus dem Kristall wuchs, umspielte sie, spiegelte sich auf ihr wider – und jetzt loderte das Feuer auf statt in sich zusammenzufallen, flammte hoch, bis es einen roten Schein zu dem blauen Licht auf Desiderias Gesicht warf – eine merkwürdig züngelnde, springende Fontäne.

Desiderias Augen, grau und riesengroß und irgendwie unmenschlich, trafen die Barrons über das Feuer hinweg, als sei eine sichtbare Linie zwischen ihnen gezogen. Er hörte ihre Stimme in seinem Gehirn: *»Denke daran!«*

Langsam baute sich hinter ihm ein starker Druck auf – das waren die vereinigten Gedanken des Schmiedevolkes, die auf sein Gehirn einstürmten. Er rang darum, diesem neuen Angriff auf seinen Verstand nicht zu unterliegen. Sein Atem ging schnell, sein Gesicht war verzerrt. So kämpfte er ein paar Sekunden lang, die ihm wie Äonen vorkamen. Die Flammen ermatteten. Desiderias Miene zeigte Zorn, Furcht und Verzweiflung. Dann hatte Barron es – es war, als sammele er eine Hand voll schimmernder Fäden, drehe sie schnell zu einem Seil und werfe dieses Desideria zu. Er spürte fast, wie sie es auffing. Die Flammen sprangen in die Höhe, neigten sich, schwankten auf Desideria zu.

Sie hüllten sie ein.

Barron keuchte laut. Für einen winzigen Augenblick lockerte sich der Rapport, dann hielt er ihn fest. Er durfte nicht versagen, sonst geriet dies magische Geistesfeuer außer Kontrolle und wurde zu gewöhnlichem Feuer, das Desideria verzehrte. Er spürte die Glut des Glaubens, die von den Männern hinter ihm ausging. Die Flammen umspielten das zarte Mädchen, das ruhig dastand und sich von ihnen baden ließ. Ihr

Körper, ihr leichtes Kleid, ihr locker geflochtenes Haar flackerten.

Mit einem Bruchteil seines Bewusstseins hörte Barron Rufe und Schreie von der Mauer, aber er wagte es nicht, den Blick nach oben zu richten. Mit aller Kraft hielt er den Rapport zwischen dem Mädchen in den Flammen und dem Schmiedevolk.

Ein Pfeil flog aus dem Nichts, ein Mann schrie auf, und ein unsichtbarer Faden riss. Barron merkte es kaum. Irgendetwas hatte die Leute in der Burg alarmiert; sie erkannten, dass sie auf seltsame Art angegriffen wurden. Aber Barrons Gedanken waren ganz auf Desideria konzentriert.

Die Flammen schossen in die Höhe, und die Schmiedeleute schrien laut auf. Auch Desideria schrie vor Schreck und Entsetzen und Staunen, und dann – dann schien ihre zarte, in Feuer gekleidete Gestalt vor Barrons Augen ungeheuerlich zu wachsen, an Höhe, Majestät und Macht zu gewinnen. Es war kein junges Mädchen mehr, das da stand, sondern eine gewaltige verschleierte Frau, die bis zu den Dächern der Außenwerke und der Burg aufragte, die Haare tanzende Flammen, die wild im Wind flatterten, eingehüllt in Kleider aus Flammen, die Arme, von denen goldene Feuerketten baumelten, hoch erhoben.

Ein tiefer Seufzer stieg von dem Schmiedevolk und von den Dorfbewohnern auf, die sich hinzugedrängt hatten.

»Sharra! Sharra, Flammenhaarige, Flammengekrönte, goldene Ketten Tragende – Sharra! Kind des Feuers!«

Die Göttin ragte über ihnen auf, lachte, schwang die Arme und die langen, feurigen Locken in wilder Lust. Barron fühlte den wachsenden Fluss der Kraft, die vereinigten Gedanken und Gefühle der Gläubigen, die sich durch ihn in Desideria ergossen – in die Flammengestalt, das Feuerbild.

Unzusammenhängende Gedanken tauchten am Rand seines Bewusstseins auf. *Ketten. Ist das der Grund, warum sie in den Trockenstädten ihre Frauen in Ketten legen? In der Legende heißt es, wenn Sharra jemals ihre Ketten bricht, wird die Welt in Flammen aufgehen ... Auf Terra gibt es ein altes Sprichwort, dass Feuer ein guter Diener, aber ein schlechter Herr ist. Auf Darkover auch; jeder Planet, der das Feuer kennt, hat diese Erfahrung gemacht. Larry! Du! Wo bist du? Nicht hier; ich spreche zu deinem Geist, später werde ich zu dir kommen.*

Barron fiel wieder in Rapport mit Desideria, doch ihm war vage bewusst, dass er ihn nie verlassen hatte und seine Wahrnehmungen sich jetzt außerhalb der normalen Zeit und des normalen Raums bewegten. Irgendwie war auch Storn anwesend. Barron schloss ihn aus, schloss alles aus bis auf die Kraftlinien, die beinahe sichtbar von den Gläubigen ausströmten – durch seinen Körper und sein Gehirn hinein in das Feuerbild. Mit vervielfältigten Sinnen war er fähig, in und durch das Feuerbild zu sehen – Desideria zu sehen, aufrecht und ruhig und zart und irgendwie frohlockend –, aber er sah sie nicht mit seinen Augen.

Jetzt flogen Pfeile in die Menge, Männer fielen lautlos, seltsam entrückt. Ein Pfeil schwirrte in das Feuerbild hinein, ging in Flammen auf und verschwand in weißer Glut. Das Feuerbild wuchs höher und höher hinauf. Sharra streckte die Arme aus und spreizte die Finger, von denen Kugelblitze und Kettenblitze tropften. Die Männer auf der Mauer brachen in wahnsinniges Geschrei aus, als ihre Kleider in Flammen aufgingen und ihre Körper von dem alles verzehrenden Feuer ergriffen wurden.

Barron konnte später nicht sagen, wie lange diese schreckliche Schlacht getobt hatte, denn er weilte in einer zeitlosen Welt, jenseits von Müdigkeit und Wahrnehmung. Doch er spürte es, dass Brynat fluchend versuchte, seine fliehenden, brennenden, sterbenden Männer zum Stehen zu bringen, er spürte es, dass das große Feuerbild mit einem einzigen Schlag die Außenwerke zerbrach, als seien sie aus Käse geschnitten. Brynat, verzweifelt sich gegen eine Magie wehrend, an die er bis zum Ende nicht glaubte, lief außer Reichweite der Flammen um die Mauern.

Von irgendwo kam ein großer weißer Vogel geflogen. Er flatterte wild um Brynats Kopf. Brynat schlug nach ihm, doch der Vogel kam näher, stach mit seinem glitzernden Metallschnabel nach seinen Augen. Der Räuberhauptmann verlor das Gleichgewicht, fiel und stürzte mit einem langen, jammernden Schrei in den Abgrund unterhalb der Burg.

Das Feuer sank nieder und erstarb. Barron fühlte das Energienetz dünner werden und sich auflösen. Er fand sich auf den Knien wieder, als sei er körperlich von den gewaltigen Strömen, die ihn überflutet hatten, niedergedrückt worden. Melitta starrte reglos nach oben.

Und Desideria, wieder ein Mädchen – ein kleines, zartes Mädchen mit rotem Haar und bleichem Gesicht – stand zitternd im Kreis der sterbenden Flammen, Kleid und Haar unversehrt. Mit letzter Kraft machte sie eine Geste, und das Feuer flackerte und ging aus. Sie steckte den blauen Stein in den Halsausschnitt. Dann fiel sie bewusstlos zu Boden und blieb liegen wie tot.

Über ihnen klafften die gewaltigen Mauern der Burg, und niemand war mehr zu ihrer Verteidigung da als die Sterbenden.

15

Die Schmiedeleute hoben Desideria voller Ehrfurcht auf und trugen sie durch die Bresche in den Burghof. Mit Barron hätten sie es ebenso gemacht, wenn er es sich hätte gefallen lassen. Er ging zu Melitta, die blass und mit weichen Knien dastand. Das Schmiedevolk entledigte sich der Toten auf einfache Weise, indem es sie in den tiefen Abgrund warf. Nach einer Weile bezeichnete das Kreisen der *Kyorebni,* der Raben und Lämmergeier Darkovers, ihre Ruhestätte. In ihrer Begeisterung hätten die kleinen Leute die Verwundeten und Sterbenden hinterhergeworfen, aber Barron hinderte sie daran und staunte, dass sie sein Wort als Gesetz betrachteten. Danach fragte er sich, warum er es getan hatte. Was würde jetzt mit diesen Räubern geschehen? Gefängnisse gab es auf Darkover nicht, abgesehen von einer Arrestzelle in der Handelsstadt, in die man Streithähne und randalierende Betrunkene zum Abkühlen steckte. Gewaltverbrecher starben entweder bei der Ausübung ihrer Tat oder töteten jeden, der sie aufzuhalten versuchte. Vielleicht musste Darkover über mildere Strafen als die Todesstrafe nachdenken, und diese Aufgabe überließ Barron gern dem Lord von Aldaran.

Nach Melittas Anweisungen stiegen sie ins Verlies hinab und befreiten den jungen Edric von Storn, in dem Barron konsterniert einen Jungen von fünfzehn erblickte. Die furchtbaren Wunden, die er bei der Belagerung erhalten hatte, heilten, aber Barron fand es schrecklich, dass das Kind sein ganzes Leben lang die Narben im Gesicht tragen und hinken würde. Edric begrüßte seine Retter mit der Höflichkeit eines jungen Königs. Dann brach er zusammen und schluchzte hilflos in Melittas Armen.

Allira hatte sich, fast wahnsinnig geworden vor Furcht, in der königlichen Suite versteckt. Sie hatte nicht gewusst, ob die Angreifer Befreier waren oder Leute, die an Brynats Stelle treten wollten. Barron, der sich nach Melittas Gedanken ein merkwürdiges Bild von ihr gemacht hatte, sah vor sich ein hoch gewachsenes, hellhaariges, ruhiges Mädchen, das sich von den ausgestandenen Ängsten bald erholte. Für die meisten Augen war sie schöner als Melitta. Würdevoll dankte sie ihren Rettern, bevor sie sich der Aufgabe widmete, Desideria ins Bewusstsein zurückzurufen und zu pflegen.

Barron war wie betäubt vor Erschöpfung, aber er war zu angespannt, um sich auch nur einen Augenblick Ruhe zu gönnen. Er dachte: *Ich bin müde und habe Hunger, ich wünschte, sie würden mit dem Siegesschmaus oder dergleichen voranmachen!* Und doch wusste er: *Dies ist nicht das Ende. Es wird ein Nachspiel geben, verdammt noch mal.*

Ungläubig stellte er fest, dass die Sonne sich kaum dreißig Grad über den Horizont erhoben hatte. Die ganze furchtbare Schlacht war in wenig mehr als einer Stunde vorbei gewesen.

Der große weiße Vogel, glitzernd, als sei er aus Edelsteinen gebaut, die durch seine Federn schimmerten, schwebte dicht über ihm und schien ihn aufzufordern, nach oben zu kommen. Melitta an der Hand, stieg Barron die langen Treppen hinauf. Er durchschritt den Torbogen mit dem prickelnden blauen Magnetfeld und betrat den Raum, wo die seidene Bahre stand. Darauf lag ein Mann – schlafend, in Trance oder tot, bewegungslos wie eine bleiche Statue. Der Vogel schwebte über ihm. Plötzlich klatschte er mit den Flügeln und stürzte zu Boden. Dort blieb er als ein Haufen juwelenschimmernder Federn liegen wie ein zerbrochenes mechanisches Spielzeug.

Storn öffnete die blinden Augen, setzte sich auf und streckte ihnen die Hand zur Begrüßung entgegen.

Melitta flog ihm um den Hals, gleichzeitig lachend und

weinend. Sie wollte ihm erzählen, aber er lächelte traurig. »Ich habe alles gesehen – durch die Augen des Vogels – das Letzte, was ich je sehen werde.« Er fragte: »Wo ist Barron?«

»Ich bin hier, Storn.« Barron hatte geglaubt, den Mann töten zu können; jetzt verließ ihn sein Zorn. Tagelang war er Teil dieses Mannes gewesen. Er war nicht fähig, ihn zu hassen oder auch nur, ihm zu grollen. Was konnte er einem Blinden, einem schwachen Invaliden antun? Storn empfand etwas wie Scham. Leise sagte er: »Ich verdanke alles dir. Aber ich habe dafür gelitten – und ich will hinnehmen, was auch kommen mag.«

Barron wusste nicht, was er antworten sollte. Rau erklärte er: »Zeit genug, das später zu regeln, und was mich persönlich betrifft – ich trage dir nichts nach.«

Sich schwer auf Melitta stützend, stand Storn auf und machte ein paar unsichere Schritte. Barron fragte sich, ob er zu allem Überfluss auch noch lahm sei, und Storn empfing den Gedanken. »Nein, ich bin nur steif von der langen Trance. Wo ist Desideria?«

»Ich bin hier«, erklang eine Stimme hinter ihnen. Desideria trat vor und ergriff seine Hand.

Fast flüsternd gestand er: »Ich hätte dein Gesicht so gern nur einmal mit meinen eigenen Augen gesehen.« Mit einem Seufzer verstummte er. Barron empfand nur noch Mitleid mit Storn, und mit dieser neuen Fähigkeit, die er nie mehr einbüßen sollte, erkannte er: Dies Mitleid war die furchtbarste Rache an dem Mann, der ihm seine Arbeit, seinen Körper und seine Seele gestohlen hatte.

Tief unten im Hof erklang ein Horn, und die Frauen eilten ans Fenster. Barron folgte ihnen nicht, denn er wusste, was geschehen war. Valdir Alton war mit Larry und seinen Männern eingetroffen. Der Comyn-Lord war ihnen durch das halbe Gebirge gefolgt, und als er ihre Spur verlor, war er direkt nach Burg Storn geritten, weil er sich sagte, dass es früher oder später hier enden würde. Barron hatte aufgehört, sich den Kopf darüber zu zerbrechen, dass man Storn in seinem Körper erkannt hatte. Er hatte so lange mit Larry in Rapport gestanden, dass ihn nichts mehr wunderte.

Mit einer stillen Tapferkeit, die Barrons Mitleid verringerte und seine Achtung vor Storn steigen ließ, richtete Storn sich auf. »Meine Strafe liegt in Comyn-Händen«, sagte er wie zu sich selbst. »Kommt, ich möchte sie begrüßen – meine Gäste und Richter.«

»Dich richten? Dich bestrafen?«, fragte Valdir Stunden später, als den Förmlichkeiten Genüge getan war. »Welche härtere Strafe könnte *ich* dir auferlegen als das Schicksal, zu dem du dich selbst verurteilt hast, Loran von Storn? Du warst frei und bist wieder gebunden, du konntest sehen und bist wieder blind. Hast du wirklich geglaubt, wir haben dies Verbot nur erlassen, um die *Opfer* zu schützen?«

Barron war es schwer angekommen, Valdir vor die Augen zu treten. Jetzt, angesichts der strengen Gerechtigkeit des Mannes, sah er ihn offen an und erklärte: »Unter anderem schulde ich Euch ein Pferd.«

Valdir antwortete ruhig: »Behalte es. Seinen Zwilling und Stallgefährten wollte ich dir als Gastgeschenk geben, wenn du deine Arbeit bei uns beendet hättest. Nun soll Gwynn ihn haben. Ich weiß, du bist nicht verantwortlich dafür, dass du uns so plötzlich verlassen hast, und wir haben dir – oder Storn ...« – er lächelte schwach – »... dafür zu danken, dass die ganze Feuerwache und alle Pferde in der Nacht des Geisterwindes gerettet wurden.«

Er wandte sich Desideria zu, und sein Blick wurde strenger. »Wusstest du, dass wir Sharra schon vor Jahrhunderten verbannt hatten?«

»Ja«, schleuderte sie ihm entgegen, »ihr vom Comyn wollt uns beides vorenthalten – die neuen Kräfte Terras und die alten Darkovers.«

Valdir schüttelte den Kopf. »Ich bin nicht glücklich über das, was die Aldarans tun. Aber andererseits bin ich auch nicht ganz glücklich über das, was meine eigenen Leute tun. Mir gefällt die Vorstellung nicht, dass Terra und Darkover immer die unwiderstehliche Kraft und das unbewegliche Objekt sein sollen. Wir sind Schwesterwelten – es sollte Eintracht zwischen uns herrschen, und stattdessen herrscht Kampf. Alles, was ich sagen kann, ist: Gott helfe dir, Desideria – jeder Gott, den du finden kannst! Und du kennst das Gesetz. Du hast dich in eine private Fehde eingemischt und telepathische Fähigkeiten bei zwei Menschen erweckt, die sie vorher nicht besaßen. Jetzt hast du, und du allein, die Pflicht, deine – Opfer – im Umgang mit dieser gefährlichen Gabe zu unterrichten. Du wirst wenig Muße für deine Arbeit als Bewahrerin finden, Desideria. Du trägst die Verantwortung für Storn, Melitta und Barron.«

»Ich war es nicht ganz allein«, erwiderte sie. »Storn hat diese Dinge selbständig entdeckt – und es wird mir eine Freude sein, ihm zu helfen, keine Last!« Sie funkelte Valdir ungebrochen an und ergriff Storns blasse Hände.

Larry warf Valdir einen Blick zu, als bitte er ihn um Erlaubnis, und sagte zu Barron: »Für dich gibt es immer noch Arbeit bei uns zu tun. Du brauchst nicht in die Terranische Zone zurückzukehren, wenn du nicht willst – und, verzeih mir, ich glaube nicht, dass dort noch Platz für dich ist.«

»Es ist dort nie Platz für mich gewesen, glaube ich«, antwortete Barron. Melitta rührte sich nicht, und trotzdem war ihm, als stelle sie sich an seine Seite. Er fuhr fort: »Ich habe nie irgendwo anders hingehört als hierher.«

Eine kurze Vision zeigte ihm die Zukunft, einen Terraner,

der auf dieser seltsam geteilten Welt sowohl für als auch gegen Terra arbeitete, gnadenlos hin und her gerissen und doch wissend, wohin er gehörte. Storn hatte ihm seinen Körper geraubt und ihm dafür ein Herz und eine Heimat gegeben.

Hier war er am richtigen Ort. So wie Storn seine Stelle eingenommen hatte, würde er im Lauf der Jahre immer stärker Storns Stelle einnehmen. Er würde die neue Welt, die er durch ein doppeltes Augenpaar sah, bemeistern. Aus dem Darkover, das sie kannten, wurde eine andere Welt. Aber mit Melitta an seiner Seite kannte er keine Furcht; es war eine gute Welt – und seine Welt.

Darkover bei Knaur

Eine Liste aller Darkover-Romane
in chronologischer Reihenfolge

Die Entdeckung des Planeten: Ein vom Kurs abgekommenes und in einen noch unbekannten Sektor des Weltraums verschlagenes terranisches Siedlerschiff muss auf dem Planeten Cottman IV notlanden; die Besatzung nennt ihre neue Heimat Darkover.

Die Landung

Das Zeitalter des Chaos: 1000 Jahre sind seit der Landung auf dem Planeten vergangen. Die Nachfahren der Siedler haben jedes Wissen über ihre Herkunft verloren und leben in einer mittelalterlichen Welt.

Herrin der Stürme
Herrin der Falken

Die Zeit der hundert Königreiche: Das Land ist in unzählige kleine Königreiche geteilt, deren Herrscher sich erbittert bekämpfen. Furchtbare Waffen verwüsten den Planeten – und nur ein Mann kann Darkover den Frieden bringen ...

Die Zeit der hundert Königreiche
Die Erben von Hammerfell

Die Entsagenden: Frauen haben auf Darkover nur wenig Rechte – es sei denn, sie werden zu Entsagenden, zu Frauen, die bewusst auf den Schutz durch einen Mann verzichten und selbstbewusst ihr eigenes Leben führen.

Die zerbrochene Kette
Gildenhaus Thendara
Die schwarze Schwesternschaft

Die Wiederentdeckung: Das Terranische Imperium entdeckt den Planeten Darkover wieder und meldet Rechte auf ihn als ehemalige Kolonie an. Gleichzeitig wächst auf Darkover aber auch die Unzufriedenheit mit den althergebrachten Traditionen. Ein Bürgerkrieg scheint unausweichlich, als sich eine der Domänen mit den Terranern verbünden will ...

An den Feuern von Hastur
Das Zauberschwert
Der verbotene Turm
Die Kräfte der Comyn
Sturmwind

Nach den Comyn: Obwohl die Terraner mittlerweile einen festen Raumhafen auf dem Planeten eingerichtet haben, bleibt Darkover weitestgehend vom restlichen Universum abgeschnitten. Der Kampf zwischen Alt und Neu, zwischen Tradition und Aufbruch führt zu immer neuen Kämpfen und Auseinandersetzungen.

Die blutige Sonne
Hasturs Erbe
Retter des Planeten
Sharras Exil
Die Weltenzerstörer

Der Marguerida-Alton-Zyklus: Eigentlich denkt Margaret Alton, sie würde den Planeten ihrer Eltern zum ersten Mal betreten, als sie nach Darkover kommt. Bald schon aber häufen sich die Beweise dafür, dass ihre Erinnerungen manipuliert wurden.

Asharas Rückkehr
Die Schattenmatrix
Der Sohn des Verräters

Knaur

Ein Darkover-Roman

Anthologien: Die Darkover-Anthologien wurden von Marion Zimmer Bradley gemeinsam mit dem amerikanischen Fanclub, den »Friends of Darkover«, herausgegeben. Die Kurzgeschichten beschäftigen sich mit neuen oder auch bekannten (Neben-)Figuren des Zyklus, schlagen Brücken zwischen den einzelnen Romanen oder vertiefen die große Geschichte des Planeten und seiner Bewohner weiter.

Der Preis des Bewahrers
Schwert des Chaos
Rote Sonne
Die vier Monde
Die Freien Amazonen
Die Schwesternschaft des Schwertes
Planet der blutigen Sonne
Die Domänen
Die andere Seite des Spiegels
Die Türme

Knaur

Ein Darkover-Roman

KATHARINE KERR

DIE CHRONIKEN VON DEVERRY

Band 1: Der Wanderer von Deverry

Band 2: Die Ausgestoßenen von Deverry

Band 3: Dämmerung über Deverry

Band 4: Der Magier von Deverry

Band 5: Zeit der Verbannung

Band 6: Zeit der Omen

Band 7: Zeit des Dunkels

Band 8: Zeit des Feuers

Band 9: Der rote Drache

Band 10: Der schwarze Rabe

Band 11: Die Feuerechse

Band 12: Die silberne Brut

Excalibur

bei

Knaur